PROTEGGERE CHEYENNE

Armi & Amori, Book 6

SUSAN STOKER

Copyright © 2020 di Susan Stoker
Titolo originale: *Protecting Cheyenne*
Traduzione dall'inglese di Well Read Translations
http://wellreadtranslations.com
Design di copertina: Chris Mackey, AURA Design Group
Prodotto negli Stati Uniti

CAPITOLO UNO

"911, CHE EMERGENZA C'È?"

"Parlo con la polizia?"

"Sì, è la linea di emergenza, dove si trova?"

"Il mio satellite non funziona più e non riesco a guardare la TV."

"Signora, questo numero è riservato alle emergenze."

"Ma sì, lo so. Questa è un'emergenza. Il mio videoregistratore digitale non funziona e devo assolutamente vedere cosa succede stasera a Toni."

Cheyenne sospirò. Santo cielo, odiava le chiamate come questa. "Ha provato a contattare un tecnico per la parabola?"

"Sì, certo, ma non mi rispondono."

"Cosa vuole che faccia?" Cheyenne cominciò a perdere la pazienza, forse prima del dovuto, ma il numero a cui rispondeva era riservato alle emergenze e lei ormai era sfinita. Non aveva più né il tempo né la pazienza per quelle stupidaggini.

"Può provare lei a contattarli e a mandarmeli? Devono venire subito a riparare il satellite."

"Va bene, rimanga in linea. Vediamo cosa posso fare." Cheyenne mise la chiamata di quella donna in attesa e quasi sbatté la testa sulla scrivania che aveva davanti. Poi respirò profondamente tre volte, si rimise a sedere per bene e riattivò la conversazione con quella donna. "Va bene, allora, li ho sentiti e mi hanno detto che li dovrebbe richiamare. Faranno tutto il possibile per venire da lei oggi stesso."

"Oh, che fortuna, grazie mille! Lo apprezzo davvero."

"Le auguro una buona serata, signora, spero che Toni stia bene."

"Sì, anch'io! Grazie di nuovo. Li richiamerò imme-diatamente."

Cheyenne interruppe la chiamata e sospirò profon-damente. Lavorare al call center delle emergenze le era sembrato un lavoro molto più entusiasmante di quanto non fosse in realtà. Quasi ogni notte le arrivavano una o due telefonate di persone che chiamavano con le "emer-genze" più ridicole che si potessero immaginare. In teoria, avrebbe dovuto riferire quelle chiamate come abusi al supervisore, ma in genere era molto più semplice far sì che la persona dall'altra parte del tele-fono chiudesse la chiamata soddisfatta, in poco tempo ma sempre con educazione, invece di fare rapporto per mettere qualcuno nei guai.

Per Cheyenne non era affatto giusto far perdere tempo a un poliziotto, farlo uscire apposta per andare ad ammonire persone di quel tipo, quando invece le forze dell'ordine dovevano concentrarsi sui malviventi, oppure dovevano aiutare le persone che avevano davvero bisogno di aiuto.

Cheyenne tornò al suo computer portatile, che stava appoggiato vicino a un altro computer e alle attrezzature elettroniche in dotazione alla sua postazione, cliccò sullo schermo per continuare a guardare il suo film.

Di solito, Cheyenne era l'unica operatrice telefonica in servizio, era una sezione piccola. Faceva il secondo turno, quello che preferiva, anche se potevano passare a volte delle ore senza alcuna chiamata. Aveva imparato molto presto a portarsi qualcosa da fare per passare il tempo, altrimenti sarebbe morta dalla noia. In genere non era un tipo "notturno", ma lavorare dalle quindici alle ventitré le piaceva proprio, le andava bene. Poteva dormire fino a tardi, fare le sue faccende al mattino e le rimaneva del tempo prima di dover andare al lavoro, nel pomeriggio.

Era un incarico molto più difficile di quanto non avesse immaginato quando aveva fatto domanda di assunzione. A lei non dispiaceva tanto parlare alle persone. Dare dei consigli immediati di primo soccorso a volte era persino divertente; le dava molta soddisfazione aiutare a far star meglio qualcuno, a volte sentiva di salvare delle vite, altre volte si trattava solo di far calmare qualcuno in attesa che arrivassero i soccorritori o i poliziotti. Negli ultimi tempi, però, Cheyenne si era sentita nervosa, ansiosa e scontenta. Solo dopo aver letto un articolo online sul disturbo da stress post-traumatico era stata in grado di comprendere le sue emozioni e gli sbalzi d'umore.

Ogni volta che il suo telefono squillava e lei rispondeva alla chiamata, poteva trattarsi di una questione di vita o di morte. Cheyenne trascorreva dai tre ai venti minuti al telefono con le persone, per aiutarle, cercando di far loro superare qualunque problema avessero... riattaccando solo all'arrivo della polizia o dell'ambulanza, senza poi sapere nulla di come sarebbe andata a finire.

Oh, a volte le capitava di leggere una storia sui giornali e riconosceva il contesto o i dettagli di una delle telefonate a cui aveva risposto per dare assistenza, ma il più delle volte non aveva idea di come si evolvessero quelle situazioni. C'erano stati degli arresti? Qualcuno era morto? Stavano tutti bene? Alla fine di ogni turno di sera, Cheyenne era così piena di adrenalina che le serviva parecchio tempo prima di riuscire ad addormentarsi, una volta arrivata a casa.

Forse ancora peggio del non sapere, Cheyenne si sentiva sola. Al lavoro, passava il tempo parlando con gli altri, ma non li aveva mai conosciuti davvero bene. A volte, parlava con persone che vivevano la giornata più brutta della loro vita. Solo una volta in cinque anni, da quando aveva assunto quell'incarico, qualcuno l'aveva rintracciata per ringraziarla. Una volta sola.

Lavorare al secondo turno le rendeva difficile crearsi delle nuove amicizie durature, figuriamoci trovare il tempo per avere una vita sentimentale. Lavorava cinque giorni di fila, poi aveva quattro giorni liberi. Non era una ragazza molto festaiola, non era solita frequentare bar e locali notturni. Conosceva i suoi colleghi, che però spesso facevano orari diversi dai suoi, quindi non era facile socializzare e uscire con loro al di là degli incontri sul luogo di lavoro.

Cheyenne ricordava in particolare una conversazione avuta con sua mamma. L'aveva chiamata per farsi consolare un po' dopo una dura giornata di lavoro, in cui una donna aveva telefonato per sfogarsi, perché aveva scoperto che suo marito era morto in casa loro. Era stata una conversazione ricca di emozioni, Cheyenne aveva pianto per il dolore di quella donna, che aveva scoperto il marito impiccato. Avrebbe fatto meglio a evitare di cercare consolazione in sua madre.

"Non capisco perché tu ti faccia coinvolgere così tanto da persone che non conosci nemmeno, Cheyenne," l'aveva ripresa sua mamma.

"Mamma, mi chiamano perché hanno bisogno di aiuto. sono quasi sempre terrorizzati, hanno solo bisogno di qualcuno che li rassicuri. Io sono quella persona."

"Ma, tesoro, tu ti fai sempre coinvolgere dal tuo lavoro anche a livello emotivo. perché non ti trovi un lavoro normale come tua sorella?"

Cheyenne si era limitata a rispondere con un sospiro. Sapeva che erano in pochi a capire quello che faceva o perché lo faceva, ma sperava almeno di ricevere comprensione e supporto dalla sua famiglia, invece la disapprovavano.

Avrebbe desiderato essere più vicina a sua sorella, ma fin da quando erano piccine, Karen si era sempre sentita molto in competizione con lei. Cheyenne non aveva mai capito il perché, a lei la competizione non interessava minimamente, soprattutto con sua sorella, ma dato che il suo arrivo era stato una grossa "sorpresa" per Karen, che allora aveva cinque anni, immaginava che doversi adattare dalla vita della figlia unica alla vita della sorella maggiore con una sorellina appena nata non fosse stato un cambiamento così semplice.

Karen lavorava nello studio di un avvocato penalista in città, Cheyenne sapeva bene che a sua mamma piaceva molto vantarsi con le sue amiche di quella figlia "di successo". Aveva imparato a tenersi per sé il dolore che provava per il modo in cui la trattava sua mamma. Ormai era inutile cercare di cambiarla, non avrebbe mai capito.

Il telefono squillò, risvegliando Cheyenne dai suoi castelli in aria, il suo cuore cominciò a battere all'impazzata. Non aveva modo di sapere il tipo di situazione per cui la stessero chiamando e come avrebbe potuto aiutare. Cliccò sul tasto "pausa" per interrompere la visione del film, poi accettò la telefonata.

CAPITOLO DUE

FAULKNER "DUDE" Cooper fissò impietrito la donna che stava dietro al bancone della stazione di servizio. Dude indossava jeans e maglietta, stava pagando il rifornimento per la sua auto, aveva preso anche un caffè e una confezione con sei biscotti. Cavolo, non era certo una colazione da campioni, ma aveva appena finito una corsa di quasi quindici chilometri e aveva sollevato pesi per una buona mezz'ora. Sei miseri biscotti non gli avrebbero certo fatto male. Aveva tirato fuori di tasca il portafogli e aveva estratto una banconota da venti. Non aveva pensato alla sua mano, ormai si era abituato a sopperire ai pezzi mancanti delle dita.

Sollevò lo sguardo appena in tempo per scoprire che quella donna gli guardava inorridita la mano. Dude sospirò e le porse la banconota con impazienza, aspettando che la prendesse.

Avrebbe dovuto essere abituato alle reazioni scatenate dalla vista della sua mano, e lo era in quasi tutte le occasioni, ma ogni tanto gli capitava di farsi cogliere ancora di sorpresa. Ai commilitoni di Dude, i suoi compagni nella squadra di Navy SEAL[1], a loro non importava per nulla della sua mano, e anche le loro donne erano altrettanto accomodanti al riguardo. Ripensandoci, Dude capì che mai una volta era capitato che una di loro reagisse con repulsione alla sua mano. Quel pensiero gli bastava per ignorare gli sguardi altrui, come quello che gli stava rivolgendo quella cassiera.

Tanto per sfoderare un pizzico di sadismo, Dude tese avanti la mano sinistra per ricevere il resto, costringendo la donna a guardare di nuovo la sua mano mezza spappolata. Poi le rivolse un sorrisetto soddisfatto a denti stretti e mise in tasca il suo resto. Scuotendo la testa, afferrò il suo pacchetto di biscotti e la sua tazza di caffè, per poi tornare alla sua auto.

Dude si mise il pacchetto di biscotti sotto al mento per trattenerlo mentre apriva la porta con la mano che aveva così liberato. Poi riprese il suo spuntino dolce da sotto il mento e si sedette al posto di guida. Bevve un sorso di caffè, fece una smorfia al sapore di brodaglia bruciacchiata che quei postacci smerciavano per caffè, infine avviò il motore e fece manovra per uscire dal parcheggio.

"Scommetto che si sarebbe comportata diversamente, se avesse saputo che sono un SEAL," pensò Dude con un po' di amarezza. Poi scosse la testa. Col passare del tempo,

stava diventando sempre più sentimentale. Dovette darsi una scrollata per scacciare ogni pensiero.

Accostò davanti alla casa di Wolf e Ice. Ice non mancava mai di rallegrarlo. I due si erano incontrati quando l'aereo su cui viaggiavano era stato dirottato. Ice aveva fiutato l'odore del narcotico nel ghiaccio nei bicchieri che avevano ricevuto, così Wolf, Mozart e Abe erano riusciti a mettere fuori gioco i terroristi. Ovviamente l'agente dell'FBI che faceva il doppio gioco aveva scoperto che Ice aveva avuto un ruolo nell'azione che aveva fatto fallire il suo piano, così l'aveva fatta rapire e torturare.

Ice aveva passato fin troppo tempo nelle mani dei terroristi, quando la squadra era finalmente riuscita a liberarla, ma per un po' la situazione era stata proprio in bilico. Ice aveva fatto scoprire a Wolf cosa fosse il vero amore. Dude non aveva avuto una famiglia molto espansiva, non esprimevano molto i loro sentimenti, lui aveva sempre pensato di averli in qualche modo delusi. I suoi genitori avrebbero voluto mandarlo al college, invece lui era deciso, voleva fare il militare. Loro avrebbero preferito che entrasse nei Marine², lui era entrato in Marina. Loro speravano diventasse un medico, lui aveva scelto le forze speciali dei SEAL. Dude ormai non tornava spesso a casa. Là si sentiva solo a disagio, si sentiva strano, sapeva di averli delusi.

Dude lasciò quella schifosa tazza di caffè nel portabicchieri dell'auto e si diresse alla porta d'ingresso.

Sorrise quando questa si aprì di getto, prima ancora che lui potesse bussare.

"Faulkner!"

Dude fece un passo indietro, vedendosi gettare tra le braccia una bionda dinamica. Sorrise e la riprese giocosamente. "Santo cielo, Summer, vacci piano con questo vecchietto, sai? E quante volte devo ripeterti di chiamarmi Dude?"

"Fa lo stesso! Non ho intenzione di usare quel nomignolo così ridicolo. Non mi interessa se alle superiori eri un campione di surf[3]. Non sei un 'tipo' qualunque e io non ti chiamerò così! E poi non sei vecchio! Se tu sei vecchio, io sono una cariatide." I due si pungolavano spesso così, scherzosamente. "Che piacere vederti. Ormai è passato tanto tempo."

"Come stai?" le chiese Dude con tono serio.

"Sto bene."

"No, *come stai?*" Dude usò la sua 'voce da comandante' sapendo che Summer non sarebbe riuscita a resistere e gli avrebbe detto tutto ciò che voleva sapere. Summer era una sopravvissuta, aveva passato l'inferno tra le grinfie di un serial killer. Dude era arrivato solo un attimo in ritardo, altrimenti l'avrebbe ucciso lui personalmente. Wolf aveva tirato il grilletto prima ancora che Dude e Benny potessero estrarre i loro coltellacci per tagliare la gola di Hurst da parte a parte.

"Sto bene, Faulkner. Te lo giuro," gli rispose Summer prima di tornare ad abbracciarlo.

"Va bene, andiamo, togliamoci dall'ingresso ed entriamo."

Summer afferrò la mano mutilata di Dude e lo trascinò all'interno della casa. Se non fosse stato guardato male in precedenza, quel giorno, non l'avrebbe nemmeno notato: si meravigliò vedendo che Summer non era minimamente trasalita. Non aveva mai, mai una sola volta mostrato disgusto, vedendo o toccando la sua mano. Quel pensiero lo fece stare un po' meglio, gli consentiva di sperare che ci fossero altre donne in circolazione, in grado di comportarsi nello stesso modo.

Entrarono in cucina, dove Wolf, Ice e Mozart erano seduti intorno al tavolo. Summer lasciò andare la sua mano e andò subito da Mozart. Questi la avvicinò al proprio fianco e le appoggiò una mano alla vita. Poi la baciò sulla tempia. Dude sorrise vedendo che Summer aveva una mano sulla spalla del suo uomo, mentre posava l'altra su quella di lui, che aveva appoggiata in vita.

"Ehi, Dude. Son contento che sei arrivato." Mozart salutò il suo amico e commilitone con onesto entusiasmo.

"Sapete che ormai con voi mi sento quasi la ruota di scorta."

"Ma va là," disse Caroline, alzando gli occhi al cielo. "Ci piace passare il tempo con te e con Kason, uscire insieme. Solo perché sei single non significa che non ti vogliamo nei paraggi."

"Lo so, volevo solo provocarvi un po'." Dude cercò

di far capire loro che stava dicendo la verità, ma per un attimo credette di fallire miseramente, vedendo gli sguardi preoccupati dei suoi amici.

Tirò a sé una sedia e si sistemò a tavola.

"Che c'è per cena, Wolf?" chiese Dude, sapendo che il suo amico stava probabilmente grigliando della carne sul suo nuovo barbecue di lusso, nel giardino sul retro.

"Delle bistecche di manzo alla New York[4] per noi e del pollo alla griglia per le signore."

"Che meraviglia, non si spreca la carne con le signore."

"Ehi!" ringhiò Summer, lanciando un'occhiataccia a Dude.

"Scherzavo!"

Risero tutti e si rilassarono. A Dude piaceva davvero passare il tempo coi suoi amici. Chissà come, gli facevano dimenticare tutti i pensieri e le preoccupazioni.

Il gruppo passò il resto della serata a ridere e chiacchierare, senza parlare di nulla in particolare. Quando Dude se ne andò, aveva già dimenticato quella brutta sensazione di rigetto che aveva provato per un attimo quel pomeriggio.

CAPITOLO TRE

"È SOLO *un'altra giornata noiosa della mia vita*," pensò Cheyenne, mentre spingeva il suo carrello al supermercato. Era il secondo giorno dei suoi quattro giorni di pausa tra un turno e l'altro. Quel mattino aveva dormito fino a tardi e aveva deciso di togliersi il pensiero della spesa. Odiava cucinare, spesso arrivava a mangiare tutto quanto aveva in casa, prima di costringersi ad andare a fare la spesa al supermercato. Viveva di pasti preconfezionati o di cibi pronti e facili da cuocere. Non aveva alcuna voglia di imparare a cucinare. Cheyenne sapeva che in un certo senso le mancava il "gene della cucina" o qualunque altra cosa fosse, che faceva desiderare alle altre donne di imparare a preparare deliziosi manicaretti.

E poi Karen era una cuoca eccellente, uno dei tanti aspetti su cui sua madre era solita confrontarla con sua sorella. Cheyenne finiva sempre per perdere questi confronti. Allontanò questi pensieri. In fondo non aveva nemmeno qualcuno per cui cucinare.

Avrebbe desiderato avere un'amica speciale, o almeno una buona amica con cui uscire, ma da quando si era diplomata alle superiori, Cheyenne aveva perso di vista le poche amiche di allora. Certo, usciva con dei colleghi di lavoro, quando i turni coincidevano, onestamente poteva dire di chiamarli amici, ma non aveva una persona speciale, una donna con cui si trovasse, quell'amicizia che tanti altri avevano. Desiderava da sempre un'amica del cuore, ma era felice anche con le amicizie occasionali che aveva.

Cheyenne pensò ancora una volta al suo lavoro, a come avrebbe dovuto essere più soddisfacente di quanto fosse. Pensava che salvare la vita alla gente fosse più stimolante, più gratificante, ma si era rivelato un impiego molto stressante e a volte perfino noioso. *Ho 32 anni, dovrei avere una vita più interessante. Dovrei viaggiare, magari anche essere sposata, ormai.*

Cheyenne era depressa per la vita che conduceva. Viveva a Riverton, in California, vicino a una base della marina. Ogni giorno vedeva uomini e donne in uniforme. Una volta aveva pensato di arruolarsi per "vedere il mondo", almeno così si leggeva su tutti i poster, ma la realtà era che si sentiva troppo codarda per andare fino in fondo. Inoltre, non sarebbe in alcun modo riuscita a superare gli esami fisici. Non era grassa, ma era convinta di non essere in grado di fare nemmeno

una flessione; correre, poi, era completamente fuori
questione.

Cheyenne era affascinata dai militari. Credeva fosse
perché non ne conosceva nemmeno uno, ma, come ogni
altra donna, trovava irresistibile l'uomo in uniforme.
Tuttavia, non viveva una realtà di pura fantasia, sapeva
che anche loro potevano essere cattivi e brutti, proprio
come qualunque altra persona. Leggeva gli articoli sui
giornali, dentro e intorno alla base c'erano omicidi,
pestaggi e altre cose simili, per non parlare dei suoi
turni alla linea di emergenza, in cui le arrivavano chiamate con richieste di aiuto per incidenti domestici, in
cui a volte erano coinvolti anche dei militari. Ma ciò
non le impediva di sognare a occhi aperti gli uomini in
uniforme, in generale.

C'era un uomo che vedeva quasi regolarmente al
supermercato, che le tornava subito in mente quando
pensava alla base della marina. di solito, al negozio non
indossava l'uniforme, ma lei lo riconosceva comunque.
Era piuttosto alto, aveva i capelli scuri ed era muscoloso. Cheyenne si vergognava un po' ad ammetterlo, ma
un giorno lo aveva perfino seguito al supermercato,
l'aveva osservato mentre si metteva nel carrello degli
alimenti sani, niente a che fare con le paste dolci e tutto
il cibo spazzatura che lei comprava sempre.

Era sempre educato con tutte le persone che incon-
trava. Una volta, l'aveva perfino aiutata a prendere una
lattina dallo scaffale più alto, mentre lo faceva le aveva
sorriso. Cheyenne era rimasta con un sorriso a tren-

tadue denti per tutto il giorno, come una ragazzina. Non conosceva nemmeno il suo nome, ma sapeva che di cognome faceva Cooper. Lo sapeva perché era cucito sul petto della sua uniforme. Gliel'aveva vista indossare solo in un'occasione, eppure sapeva che non l'avrebbe mai dimenticata. Riempiva quell'uniforme in tutti i punti giusti. Non aveva idea di che ruolo potesse avere in marina, anche perché non conosceva il significato delle mostrine sull'uniforme, ma a lei onestamente non interessava. Da quando Cheyenne l'aveva visto al negozio, si era rifiutata di andare altrove a fare la spesa, volesse il caso che lo incontrasse di nuovo.

Cheyenne trovava interessante guardare le persone nell'arco della sua giornata. Il suo lavoro le richiedeva la capacità di capire immediatamente la persona con cui parlava, dopo pochi minuti al telefono, quindi era diventata molto brava nel farlo. Uno dei suoi passatempi preferiti era immaginare la vita delle persone solo osservandole. Cheyenne si guardò intorno, nel supermercato... non era molto affollato, il che era un bene, perché lei preferiva fare la spesa senza avere attorno troppa gente.

C'era una signora che camminava, davanti a Cheyenne, nel reparto delle verdure. Calzava tacchi da otto centimetri e un vestitino stretto e aderente, che le copriva appena la schiena. *Non so come si possano indossare certe cose. Scommetto che è una poliziotta infiltrata, ha appena finito il turno, ha cercato di arrestare gli uomini che avvicinavano le prostitute, adesso si prende qualcosa da mangiare prima di tornare a casa.* Cheyenne guardò un ragazzo in età da università che stava in piedi al bancone della carne. *Scommetto che ha organizzato una grigliata per stasera e sta cercando di decidere cosa comprare per i suoi amici.* Cheyenne continuava a sognare ad occhi aperti, mentre si spostava nel negozio di alimentari. Non andava di fretta, anche perché il suo unico programma di giornata era andare a casa e finire di leggere il libro che aveva iniziato il giorno prima.

Cheyenne si incamminò per il reparto dei surgelati e notò cinque uomini in piedi vicino alla farmacia. Il negozio era quasi vuoto, quindi si notavano molto bene. non avevano alcun carrello, erano tutti vestiti di nero. Nel poco tempo che servì al suo cervello per elaborare il fatto che c'era qualcosa di strano, senti urlare molto forte, poi gli uomini estrassero tutti delle pistole, nascoste da qualche parte nei loro abiti. Cheyenne rimase lì, immobile. Quando sognava una vita più emozionante, davvero non intendeva qualcosa del genere! Cominciò a indietreggiare molto lentamente per uscire da quella corsia, in modo che quegli uomini non la vedessero, ma uno di loro la notò e si incamminò verso di lei, puntandole contro la sua pistola.

———

Dude rideva coi suoi amici. Amavano andare a mangiare all'*Aces Bar and Grill*. Era il loro locale preferito, sia per bere che per mangiare. Cercavano sempre di trovarsi tutti insieme almeno una volta a settimana. Il bar non era molto grande, non era certo un grande ristorante, ma si mangiava molto bene e, cosa forse ancor più importante, non era pieno zeppo di turisti.

Dude pensò in tutta onestà che non gli importava affatto dove andassero a mangiare tutte le settimane. Voleva bene ai suoi amici e alle loro donne. Gli piaceva un sacco scherzare coi suoi commilitoni, più che poteva.

"Ragazzi, siete patetici!" disse Dude, provocandoli e roteando gli occhi verso gli altri uomini, i compagni della sua squadra di SEAL. "Davvero, non volete proprio più uscire, siete sempre chiusi in casa. Siete diventati tutti dei matusa, con le vostre donne. Mi stupisce che siate usciti di casa, almeno oggi."

"Ehi, sei solo geloso," ribatté Mozart, ridendo in faccia al suo amico.

Dude scherzò con tutto il gruppo, sapendo che Mozart aveva ragione, da molti punti di vista. Si guardò intorno, vedere la felicità sul volto dei suoi amici lo emozionava parecchio. Le loro donne erano proprio perfette per loro.

Si alzarono tutti sentendo il cellulare di Wolf squillare. Lo guardarono rispondere, poi si avvicinarono tutti attenti, vedendo che irrigidiva i muscoli. Una telefonata poteva anche essere semplicemente un call center che aveva trovato il numero privato di Wolf e provava a fare un po' di pubblicità, ma poteva anche significare una partenza immediata per una località segreta.

Dude vide che anche le quattro donne si stavano

innervosendo, nell'attesa di sentire quali fossero le novità.

"Capito, sì, ci mando lui. Grazie." Wolf chiuse la conversazione e si rivolse a Dude. Senza troppi giri di parole, disse con una certa urgenza: "C'è una minaccia di bomba al supermercato di Main Street. Chiedono un artificiere esperto."

"Ci penso io." Dude si alzò velocemente, pensando già a cosa aspettarsi. Il dipartimento di polizia a volte chiamava i militari per farsi dare un aiuto in più. Evidentemente anche in quest'occasione avevano bisogno del suo aiuto.

"Stai attento. Facci sapere se ti serve nulla."

Dude rispose alle parole di Wolf alzando una mano, poi uscì.

———

Cheyenne non aveva mai avuto così tanta paura in vita sua. Aveva guardato dei film e letto dei libri in cui le eroine erano coraggiose e riuscivano a tenere testa ai cattivi. Nei film e nei libri funzionava sempre, chissà come. Lei invece pensò che cercare di rispondere a tono a quegli uomini spaventosi non sarebbe servito né a lei né a tutti gli altri presenti, qualunque cosa avesse detto o fatto, o tentato. Erano chiaramente crudeli, Cheyenne aveva intuito che non avrebbero esitato un solo secondo a premere il grilletto e a uccidere uno qualunque di loro.

Era evidente che volessero rapinare la farmacia che

si trovava all'interno del negozio di alimentari, volevano i soldi e le medicine, ma purtroppo il loro piano era fallito. Tre agenti della Naval Shore Patrol[1] erano casualmente nel negozio, proprio nel momento in cui era cominciata la rapina. Gli agenti avevano subito estratto le loro pistole e si era creata una situazione di stallo. Cheyenne si era ritrovata intrappolata nel negozio, insieme a due altre donne, con i cinque uomini armati. Le donne si erano sentite dire di allontanarsi rapidamente verso il retro del supermercato.

Gli agenti di ronda erano riusciti a mettere al sicuro tutti gli altri clienti, che erano usciti dall'edificio e si erano messi in salvo dal marasma che si era creato, quando i cinque uomini avevano estratto le loro armi. Sembrava passata un'eternità da quando il supermercato era stato occupato, ma in realtà si trattava solo di un'ora e mezza. Gli uomini armati erano sempre più agitati e disperati. Cheyenne poteva sentire che l'agitazione e l'ansia crescevano man mano che passava il tempo. Ogni tanto sentiva delle parole confuse provenire da un altoparlante, fuori dall'edificio.

Le due donne intrappolate con lei erano isteriche. Erano entrambe alquanto giovani, forse avevano appena vent'anni. Ogni volta che uno degli uomini armati guardava nella loro direzione, loro imploravano di potersene andare, dicendo che avevano famiglia, che avevano bambini, che erano sposate... qualunque cosa pensavano potesse convincere quei tipi a mostrare un po' di misericordia, lasciandole andare. Vedendo che non aveva funzionato, si erano messe a sedere rannicchiate insieme, piangendo.

Anche Cheyenne aveva una paura tremenda, ma non credeva che piangere sarebbe servito. Quei tipi erano ovviamente fatti di qualche droga, a loro interessava solo scamparla. Dato che c'erano cinque uomini, Cheyenne sapeva che né lei né le altre donne sarebbero in alcun modo riuscite a sbloccare la situazione. Erano bloccate finché quello stallo non si fosse risolto, qualunque fosse stato l'esito.

Pensò ai suoi colleghi. Chissà se qualcuno aveva chiamato il numero di emergenza. Magari uno dei suoi colleghi aveva risposto alla telefonata e aveva inviato soccorso e rinforzi. Cheyenne avrebbe preferito con tutto il cuore non essere mai entrata nel negozio di alimentari, quel giorno. Era tutta colpa del cibo. Avrebbe di gran lunga preferito trovarsi nella sala di controllo al lavoro e organizzare l'intervento di soccorso dall'esterno. Non aveva mai considerato l'ipotesi di diventare lei stessa una vittima. Lei era quella che aiutava sempre gli altri, Non aveva mai immaginato che quella bisognosa di aiuto potesse essere proprio *lei*.

L'attenzione di Cheyenne fu riportata alla situazione presente, quando uno degli uomini armati, quello più grosso e dall'aspetto più truce, si avvicinò minaccioso al punto in cui le donne si erano rifugiate e ringhiò: "Oggi è un bel giorno per morire."

Ovviamente le altre donne si agitarono ancora di più di quanto già non fossero. Lui fece una grassa risata, profonda e crudele. Cheyenne sapeva che farle spaventare lo divertiva. Così rimase seduta lì, senza piangere, cercando di tenere sotto controllo il suo terrore.

"Ecco come andranno le cose, signore," disse quell'uomo con una smorfia. "Non Potremo andarcene di qui finché quegli sbirri non si toglieranno dai piedi, e loro non lo faranno a meno che non li costringiamo, ecco dove entrate in gioco voi."

Cheyenne inspirò profondamente, sapeva che, qualunque fosse il suo piano, non sarebbe stato un lieto fine per loro.

"Dato che oggi sono di buon umore..." Cheyenne non riuscì a trattenersi e sbuffò dal naso. Purtroppo non riuscì a farlo abbastanza in silenzio, infatti quell'uomo la squadrò immediatamente con cattiveria, prima di proseguire. "Lascerò che siate voi a decidere chi porterà il mio messaggio agli sbirri là fuori."

Cheyenne percepiva fisicamente le vibrazioni e i tremori delle due cassiere, molto nervose. Sapeva che entrambe avrebbero fatto di tutto per poter uscire dall'edificio a portare quel messaggio. Lei invece aspettava di scoprire cosa si nascondeva dietro quella offerta. Era impossibile infatti che quell'uomo così malvagio lasciasse andare libera una di loro. La loro presenza come ostaggi rappresentava la salvezza di quei malviventi, e Cheyenne lo sapeva.

L'uomo armato se ne andò, ma urlò di nuovo alle donne. "State ferme, stronze, torno subito col messaggio."

Appena l'uomo fu abbastanza distante, le due cassiere cominciarono a discutere tra di loro.

"Io devo andarmene da qui," disse quella bionda.

"Impossibile, dovrei andare *io* a portare il messaggio, tu non sei sposata, non mi importa di quello che gli hai detto," rispose l'altra di rimando.

Le due cominciarono ad alzare la voce, discutendo tra loro con tono sempre più acceso.

"Sì, ma io devo prendermi cura di mia mamma, lo sai che non sta bene," rispose subito la bionda.

Cheyenne sospirò. A lei non interessava inserirsi in quella discussione. Era quasi contenta che quelle due donne non si fossero rivolte a lei, non *consideravano* nemmeno l'ipotesi che potesse essere lei a uscire col messaggio. In pratica era come invisibile. Però a lei andava bene così, era single, non aveva né marito né figli... in pratica era sacrificabile.

Le due donne smisero di discutere quando l'uomo tornò verso di loro, con in mano una scatola. Cheyenne sussultò, sapeva che qualunque cosa fosse contenuta in quella scatola, non era nulla di buono. Si erano tutte immaginate che tornasse con un biglietto, con scritte le richieste degli uomini armati. Nessuna di loro si aspettava di ricevere una scatola.

L'uomo mise con molta attenzione la scatola per terra e si rivolse alle donne, con le mani sui fianchi, come in segno di sfida. "Ecco il messaggio... è una bomba."

Cheyenne sussultò di nuovo e arretrò da quella

scatola dall'aspetto così innocuo, le due cassiere fecero lo stesso.

"Il messaggio è che, se non ci lasciano uscire da qui, faremo esplodere questa bomba, che farà saltare in aria tutto il negozio, persone comprese. L'esplosione sarà tremenda, distruggerà tutto nell'arco di qualche chilometro... tutti quelli nei pressi dell'edificio moriranno... il loro corpo verrà traforato dalle schegge," la sua voce si trasformò lentamente in una grassa risata. Poi le guardò di nuovo e aggiunse: "Avete tre minuti per decidere chi porterà fuori il messaggio. Di certo non vi sarà difficile decidere. In fondo, chiunque di voi andrà, sarà libera." Poi rise di nuovo, ma Cheyenne non percepì alcun segno di umorismo in quella risata. L'uomo se ne tornò a conversare con gli altri suoi compagni armati, lasciando le tre donne a decidere chi di loro avrebbe portato fuori alla polizia quella bomba letale.

Cheyenne si rivolse alle altre due; si guardavano tutte tra di loro. Com'era prevedibile, le due cassiere cominciarono a piangere. La stessa Cheyenne era sul punto di scoppiare in lacrime, ma si costrinse a non farlo. Se doveva per forza morire, non aveva certo intenzione di farlo piagnucolando.

Si rivolse sussurrando alle altre due. "Che situazione di merda, però ha ragione lui, chi porta la bomba fuori sarà libera."

"Ma è una bomba," gracchiò la bionda, senza riuscire a distogliere lo sguardo inorridito dalla scatola che avevano davanti.

"E se non lo fosse?" disse l'altra donna. "Cioè, e se volessero solo farci *pensare* che è una bomba per spaventarci, ma ci fosse dentro solo un foglio di carta?" Cheyenne ci pensò. Quella ragazza aveva ragione, forse cercavano solo di spaventarle e non c'era nulla.

"Ma non sarai così pazza da correre il rischio!?" sussurrò la bionda.

L'altra cassiera scrollò le spalle. "Col cavolo."

"Beh, anch'io non voglio correre il rischio. Questi tipi sono dei pazzi. Non so neanche se siano capaci di costruire una bomba, figuriamoci costruirla abbastanza bene perché non esploda quando viene trasportata fuori dal negozio."

Purtroppo, anche Cheyenne la pensava così.

Quasi accorgendosi per la prima volta che c'era anche lei, le cassiere si rivolsero a Cheyenne. "E tu?"

"Ehm..." a Cheyenne non venne in mente nulla da rispondere, ma la bionda non le lasciò nemmeno il tempo.

"Vedo che non indossi un anello, quindi non sei sposata. Hai figli?"

Cheyenne scosse la testa in tutta onestà, sapendo dove portava quel discorso.

"Allora lo devi fare tu. Noi abbiamo famiglia, ci sono delle persone che dipendono da noi."

Vedendo che Cheyenne si limitava a fissarle, la donna con i capelli scuri si aggregò alla richiesta, ma almeno fu abbastanza educata da implorarla con un "per favore".

Alla fine, dopo un altro momento, sapendo che probabilmente sarebbe stata la decisione migliore, Cheyenne fu disposta ad accettare di correre quel rischio. Se per liberarsi da quell'incubo infernale bastava superare un momento di pericolo e portare quella dannata scatola fuori dal supermercato, ne valeva la pena. "Lo faccio io," disse esitante alle altre donne. "So che avete entrambe famiglia. Speriamo che non succeda niente; almeno dobbiamo crederlo." Le donne annuirono e non dissero null'altro.

L'uomo armato tornò dalle donne spaventate e chiese: "Allora? Chi porta fuori il mio messaggio?"

Cheyenne alzò semplicemente il mento e rispose: "Io." Non le piacque affatto l'espressione malvagia che vide sul volto di quell'uomo, mentre la guardava.

"Allora alzati, stronza, devo preparare il mio regalo per gli sbirri."

Cheyenne si alzò lentamente, respingeva con ogni fibra del suo corpo ciò che stava per fare. Sapeva che sarebbe andata a finire male, almeno per lei. Lo sapeva.

———

Dude camminava nervosamente fuori dal supermercato. Odiava le attese. Finora, nessuno conosceva molto bene la situazione all'interno dell'edificio. Gli agenti che si trovavano all'interno del negozio quando era partita la rapina erano stati molto bravi, avevano fatto uscire quasi tutti, ma le persone uscite dicevano che c'erano ancora dei civili all'interno. Non si sapeva bene quanti, inoltre gli uomini armati non dicevano molto, solo che se non li avessero lasciati andare, avrebbero fatto esplodere una bomba e tutti sarebbero saltati in aria. Proprio per questo lui si trovava lì. Sapevano tutti che lui era il migliore, gli bastava l'opportunità di disinnescare la bomba, ma nessuno sapeva davvero se questa opportunità gli si sarebbe presentata.

Dude sentì uno dei poliziotti che diceva: "Guardate!"

Si voltò e osservò dalla vetrina del negozio, c'erano due donne che si avvicinavano all'uscita del supermercato, erano quasi alla porta principale. Si tenevano abbracciate strette e camminavano velocemente. Degli uomini armati non c'era traccia. Erano forse riusciti a fuggire? Era mai possibile? Guardò le due donne che uscivano dal negozio e si avvicinavano lentamente allo schieramento di auto della polizia.

"Ferme dove siete," urlò uno dei poliziotti dal megafono. "Giratevi, mettete le mani sulla testa e inginocchiatevi." Le donne fecero quanto ordinato loro. Quattro poliziotti si staccarono con circospezione dallo schieramento delle auto, dietro le quali si erano protetti fino a quel momento, si avvicinarono alle donne con le armi spianate. Le afferrarono per le mani, dietro la testa, le fecero alzare in piedi e praticamente le trascinarono fin dietro le auto della polizia.

Dude ascoltò i poliziotti che interrogavano velocemente le donne sul posto, cercando di ottenere più informazioni su come fosse la situazione all'interno.

"Quanti sono gli uomini armati?"

"Cinque."

"Che potenza di fuoco hanno a disposizione?"

Vedendo lo sguardo smarrito delle due donne, Dude roteò gli occhi, mentre il poliziotto spiegava loro di voler sapere che tipo di armi avessero i cattivi.

"Oh, hanno una pistola ciascuno, ma il tipo che comanda ne aveva due, aveva anche una pistola più lunga," spiegò la bionda, stropicciandosi le mani con fare drammatico.

"Vi hanno lasciato andare? Come avete fatto a uscire?"

Stavolta fu la donna con i capelli scuri a rispondere. "Volevano che una di noi portasse un messaggio qua fuori, a voi ragazzi, ma poi il tipo più grosso ha detto che il messaggio era una bomba. L'altra donna ha detto che l'avrebbe portato lei, così quel tipo l'ha condotta sul retro. Ci hanno lasciate sole, così abbiamo deciso di svignarcela da quel casino, non volevamo saltare in aria. Siamo venute di corsa all'uscita del negozio, quando se ne sono accorti eravamo già vicine alla porta, quindi ci hanno lasciato stare. Però si sono incazzati, questo è certo."

"Allora c'è solo un altro ostaggio all'interno?"

Entrambe le donne annuirono, così il poliziotto chiese di nuovo: "Siete sicure?"

"Sì, assolutamente," disse la bionda annuendo frene-

ticamente. "Sì, avete sentito il messaggio? Volevano che
venissimo qui da voi a riferirvi che hanno una bomba.
Nessuna di noi due voleva farlo, abbiamo famiglia, non
potevamo. L'altra signora si è offerta volontaria."

Dude strinse i denti. Volontaria col cavolo. Molto
probabilmente le due giovani donne si erano rifiutate
categoricamente di farlo e l'altra donna era rimasta
letteralmente con la miccia in mano.

Dude diventava sempre più impaziente. Non voleva
altro che mettere le mani su quella bomba... sempre che
ce ne fosse una. A quel punto, davvero non sapeva se ciò
che gli uomini armati o le donne isteriche dicevano
fosse credibile. Però, senza dubbio tutte le persone
presenti in quella zona erano in pericolo. Gli uomini
armati erano imprevedibili, pericolosi e sempre più
disperati. Volevano scappare dal negozio, Dude sapeva
che avrebbero fatto qualunque cosa pur di riuscirci. Si
chiese quale potesse essere la loro prossima mossa.

Non dovette aspettare molto per scoprirlo.

———

Cheyenne deglutì a fatica. Era sempre stata la noiosa
Cheyenne Cotton... la donna a cui non succedeva mai
niente di emozionante, come aveva fatto a ritrovarsi
con una stronzissima bomba fissata sul suo corpo dal
nastro adesivo? Credeva le avessero fatto *portare* la
bomba fuori... per far vedere agli sbirri che facevano
sul serio, ma quel tipo aveva un piano diverso. Le aveva

fatto tenere la bomba all'altezza dello stomaco, poi aveva cominciato a fissarla al suo corpo con del nastro adesivo. Le aveva messo il nastro tutto intorno, più e più volte, finché non riusciva quasi a muoversi. *Dopo* aveva azionato un interruttore nella parte inferiore dell'ordigno, per poi aggiungere dell'altro nastro. Aveva attivato la bomba e l'aveva fissata con così tanto nastro adesivo, che nemmeno Cheyenne la poteva intravedere. Ma la sentiva, ne sentiva il ticchettio contro il petto. Sarebbe morta. Dannazione al mondo intero.

———

Dude vide cinque uomini all'interno del negozio che camminavano verso la porta principale. Avrebbe tanto desiderato avere con sé tutta la squadra. Non aveva avuto tempo di telefonare a Wolf quando era cominciata tutta quella baraonda, adesso tutto lo schieramento di polizia ad armi spianate lo faceva davvero innervosire. Dude non aveva idea di dove si potesse trovare la presunta bomba, in quel confuso intrigo, sapeva solo che gli prudevano le mani.

Tutti i poliziotti puntavano le armi agli uomini che si avvicinavano all'uscita del negozio di alimentari, li si poteva intravedere dietro la grande vetrina. Era impossibile che potessero scamparla. Quegli uomini camminavano in una specie di triangolo rettangolo, con davanti a loro una donna che li proteggeva facendo da scudo. La spingevano avanti mentre camminavano. Arrivati all'ingresso, aprirono uno spiraglio.

Uno di loro urlò: "Lasciateci uscire di qui e la lasceremo andare, altrimenti morirà, insieme a tutti voi, grazie alla bomba che sta portando addosso, cazzo!"

Dude spostò tutta la sua attenzione su quella donna. Non l'aveva osservata in modo particolare, mentre gli uomini si avvicinavano, si era concentrato sulle possibili vie di fuga e sul valutare che tipo di potenza di fuoco avessero. Riguardando bene, Dude non riusciva a vedere sulla donna nient'altro che metri e metri di nastro adesivo color argento. Sembrava avessero usato diversi rotoli, era ridotta a una mummia appesantita dal nastro. Dude non riusciva chiaramente a vedere se sotto tutto quel nastro ci fosse o meno una bomba, quei terroristi potevano anche bluffare. Ma sapeva bene che la situazione andava trattata *come* una minaccia esplosiva, anche per la loro sicurezza e per la sicurezza della donna, che era sbiancata come un cadavere; la tenevano stretta, probabilmente per il braccio, anche se era difficile a dirsi, perché era tutta ricoperta di nastro adesivo. A giudicare dallo sguardo che aveva in volto, sotto tutto quel nastro argentato che la stringeva c'era molto probabilmente una bomba. Era spaventata, terrorizzata, fuori di sé. Ovviamente sapeva bene, come tutti i poliziotti presenti, che le possibilità di uscire da quella situazione incasinata senza farsi del male... senza rimanere uccisa... erano estremamente basse.

Non appena l'uomo che aveva gridato la minaccia

chiuse la porta, si scatenò l'inferno. Probabilmente i cecchini avevano ricevuto l'ordine di sparare a quegli uomini. Nel negozio c'erano cinque uomini armati, ma nei dintorni c'erano tiratori scelti più che a sufficienza. Non solo si trovavano vicino a una base della marina, con tanti tiratori scelti dei SEAL, ma anche le squadre speciali della polizia avevano i loro specialisti letali.

Ormai quella situazione di stallo proseguiva già da oltre quattro ore, Dude sapeva che tutti volevano porre fine a quel casino. Il vetro si frantumò, le schegge furono scagliate in ogni direzione. Lui *sapeva* che i tiratori scelti erano degli ottimi professionisti, ma sperava comunque di tutto cuore che non colpissero per sbaglio quella donna. Era una situazione molto caotica, colpire al di là di un vetro comportava sempre un rischio, sia pur minimo. Quella donna era una presenza innocente, una presenza terrorizzata. Dude l'aveva guardata solo di sfuggita, eppure era rimasto impressionato dal modo in cui cercava di contenersi.

Era palesemente spaventata, certo, ma non aveva urlato, non aveva cercato di dimenarsi per liberarsi dalla presa di quell'uomo, sorprendentemente non stava nemmeno piangendo. Se non altro, Dude sperava che i proiettili dei tiratori scelti non la colpissero, almeno per ricompensarla di quel comportamento così coraggioso e stoico, in una situazione di pericolo estremo.

———

Cheyenne trasalì sentendo il vetro davanti a lei frantumarsi. Si accovacciò subito, più in basso che poteva, purtroppo non molto, dato che era tutta accartocciata e avvolta dal nastro adesivo. Inginocchiata a terra, sentiva molto bene il ticchettio della bomba contro lo stomaco. Dell'altro vetro andò in frantumi intorno a lei, Cheyenne sentì una spruzzata di umido sulla faccia e dietro la schiena. Uno dei rapinatori si accasciò su di lei, facendole perdere l'equilibrio; cadde in avanti, verso la porta del negozio. Non le fu possibile nemmeno protendere una mano in avanti per attutire quella caduta, finì per colpire una parte della vetrina, che non era stata distrutta dai colpi di arma da fuoco o dal peso di almeno uno di quei terroristi, che l'avevano trattenuta e spaventata per alcune ore.

Cheyenne dette un'occhiata veloce tutt'intorno, vide tutte le schegge di vetro, il sangue sul pavimento, i corpi dei cinque uomini intorno a lei. Dannazione, le sembrava un miracolo essere ancora viva. Tutti e cinque gli uomini che l'avevano tenuta in ostaggio giacevano a terra, morti. L'abilità dei tiratori scelti l'aveva sempre impressionata, adesso perfino di più, dopo aver vissuto personalmente, così da vicino le loro prodezze.

Respirò profondamente, si accorse di essere fuori di sé quando accolse con gratitudine il ticchettio della bomba, che sentiva ancora addosso al suo corpo. La caduta non l'aveva fatta esplodere, grazie al cielo, ma era ancora innescata e il conto alla rovescia proseguiva. Non aveva la minima idea di quanto tempo rimanesse prima dell'esplosione, ma Cheyenne immaginò che sarebbe comunque morta. Non le veniva in mente alcun modo per togliersi di dosso quell'ordigno senza farlo esplodere, però non voleva far morire nessun altra persona innocente.

Così si appoggiò alla vetrata tremolante che aveva di fronte, fece leva con le spalle e si rimise in piedi. Si scrollò di dosso il corpo dell'uomo morto che le era caduto sulla schiena, era quello che credeva essere stato il capo della banda. Aveva gli occhi aperti, sbarrati, fissava il soffitto, esanime. Faceva quasi la stessa paura da morto come da vivo... solo, senza quel sorriso da maniaco che le aveva rivolto mentre la immobilizzava col nastro adesivo. Fece un passo verso sinistra, aggirando i corpi degli altri uomini che insozzavano il pavimento dell'ingresso del supermercato... poi superò i vetri in frantumi ed evitò le chiazze di sangue che si spargevano rapidamente, si incamminò verso i reparti del negozio. Continuo a tenere d'occhio il parcheggio davanti all'ingresso, sperava che tutti i poliziotti e le altre squadre di soccorso intervenute stessero lontane, al sicuro, mentre lei si allontanava da tutto quel trambusto, dal parcheggio, dalle altre persone, per far sì che l'esplosione non le uccidesse.

———

Appena la polvere cominciò a diradarsi, Dude si mise a correre verso il supermercato, insieme a una decina di poliziotti, che avevano atteso e osservato fino a quel momento l'ingresso del negozio. Lui non era armato, ma ciò non lo preoccupava, perché era là per la bomba; avrebbero pensato gli altri agenti a mettere in sicurezza tutta l'area. Ogni secondo era prezioso. Era sempre così, quando c'era di mezzo una bomba.

Dude sentì i poliziotti urlare a qualcuno "fermi, nessuno si muova" mentre avanzavano. Vide i corpi dei terroristi a terra vicino alla porta, ma non vide la donna che sembrava una mummia di nastro adesivo. Si addentrò nel negozio e guardò lungo una corsia. La vide, era ancora completamente avvolta dal nastro, arretrava allontanandosi dai poliziotti che le si avvicinavano.

Le gridavano tutti di fermarsi, di arrendersi. Lei scuoteva la testa dicendo: "No, no, non avvicinatevi, non capite."

Quella donna era pallida come le mattonelle che calpestava, aveva i capelli scuri, probabilmente portava una treccia o una coda di cavallo, ma molti capelli si erano sciolti e le ricadevano sul viso in modo disordinato. Aveva il volto e il fianco destro ricoperti di sangue, camminava all'indietro incespicando. Dude non riuscì più ad attendere in silenzio.

"Fermi tutti," ordinò con la sua miglior voce da comandante e maschio alfa. Tutti i poliziotti si fermarono, ancora con le armi spianate, puntate a terra invece che alla donna, ma lei continuava a indietreggiare, ignorando il tono imperioso della sua voce.

"Fatemi passare," disse Dude con sollecitudine,

facendosi largo a gomitate tra lo schieramento dei poliziotti. Si voltò, dando la schiena alla donna, per dire agli uomini nervosi che aveva di fronte: "Se quella *è* una bomba, legata al suo corpo con tutto quel nastro, devo riuscire ad arrivarci. Non posso farlo se continua a indietreggiare. Lasciatemi fare per un momento."

L'ufficiale in comando annuì, sapendo esattamente chi era Dude e perché era lì. "Hai due minuti, potrebbe anche essere d'accordo con loro. Terremo comunque le armi pronte. Ti proteggiamo alle spalle."

Dude annuì, pur non essendo d'accordo con l'ufficiale sul fatto che quella donna terrorizzata fosse in combutta con gli altri uomini armati, però sapeva di dover agire in fretta per risolvere la situazione, qualunque essa fosse. Sapeva che la polizia locale era abituata a collaborare con i militari, ma la situazione era al limite, il livello di adrenalina era alle stelle. Lui aveva imparato a controllare la sua adrenalina durante l'addestramento. "Lasciate che le parli," disse bruscamente all'ufficiale, per poi girarsi di nuovo verso la donna.

Lei aveva continuato ad arretrare fino ad arrivare a metà della corsia degli snack, non si era fermata nemmeno per quel breve momento in cui lui si era girato a parlare con i poliziotti. Dude fece un passo verso di lei, lasciandosi dietro tutti gli agenti senza alcuna esitazione. Sapeva che la squadra si sarebbe divisa, alcuni dietro di lui, probabilmente gli altri nelle corsie circostanti, per tagliare alla donna ogni via di fuga. Almeno questa sarebbe stata la tattica, se si fosse trovato con la sua squadra in una situazione simile. Sapeva di dover scoprire cosa stesse succedendo prima che la bomba esplodesse, uccidendoli tutti.

"Perché non ti fermi per parlarmi, va tutto bene, è finita, quegli uomini sono tutti morti, starai bene." Dude tenne un tono di voce basso e morbido, con appena un accenno di decisione, sperando che le sue parole trasmettessero a quella donna una reazione istintiva di risposta al suo sottile comando.

Cheyenne non fece altro che scuotere la testa, ma come, non capivano? La bomba era *lei* ed era disperata. Cosa stava facendo quell'uomo? Perché continuava ad avvicinarsi? Non ascoltò le sue parole, voleva solo allontanarsi da lui, andare a nascondersi da qualche parte, nel retro del supermercato. Immaginava di poter trovare un punto in cui rintanarsi, così l'esplosione della bomba non avrebbe ucciso nessuno... beh, nessun altro al di fuori di lei. Ma per Giove, da quanto poteva vedere coi suoi occhi pieni di lacrime, l'uomo davanti a lei era molto bello. Non voleva assumersi la responsabilità di ucciderlo. Cavolo, probabilmente aveva famiglia, una moglie, dei figli... non poteva farlo morire.

Continuò a indietreggiare. I fiumi di lacrime le consentivano di vedere a malapena. Non voleva piangere, non voleva proprio piangere, doveva assolutamente far uscire tutti da quel negozio. Pur nel panico totale, Cheyenne sentì qualcosa alle sue spalle, si voltò e vide con orrore due poliziotti alla fine della corsia. L'avevano circondata. Merda, dopo tutto quello che aveva cercato di fare, sarebbero comunque morti tutti. Si mise di lato, in modo da dare le spalle agli scaffali, poi strinse gli occhi. Un paio di confezioni di qualcosa caddero dallo scaffale dietro di lei, ma lei non si curò di aprire gli occhi per vedere cosa fossero. In quel momento, creare scompiglio sugli scaffali era l'ultimo dei suoi pensieri.

"Signora," disse Dude di nuovo, vedendo che si era fermata dopo aver intravisto i poliziotti alla fine della corsia. "Mi sente? Mi guardi, mi dica qualcosa, mi dica cosa sta succedendo."

Cheyenne aprì gli occhi e guardo con più attenzione l'uomo che l'aveva seguita nella corsia, era la prima volta che lo inquadrava bene. Non era armato, era in piedi a circa tre metri di distanza da lei. Aveva le mani lungo i fianchi, con i palmi verso l'alto, cercava di farle capire che non era minaccioso. Ma lei sapeva che era vicino, troppo vicino. Se fosse riuscita a farlo allontanare, magari sarebbe riuscito a sopravvivere all'esplosione della bomba.

"Per favore," disse con voce rotta, poi si schiarì la gola e ritentò. "Per favore, te ne devi andare da qui... vattene..."

Dude vide che la donna cercava di mantenere un certo contegno, cominciò a farsi un'idea migliore di lei. "Sai che non possiamo andarcene, questi poliziotti devono assicurarsi che tu stia bene, che tu non sia una complice dei terroristi." Vide gli occhi della donna aprirsi in segno di sorpresa. Aveva cercato volutamente di sorprenderla, per farla smettere di parlare, perché lo ascoltasse. "Sì, lo so, a me sembra impossibile, ma stanno facendo solo il loro lavoro, a prescindere da quanto possiamo dire io o tu. Perché non ci aiuti, così potremmo andarcene fuori di qui tutti insieme a pranzo?" Stava cercando di farla sorridere almeno un po'.

Il suo tentativo umoristico fallì palesemente, lei in tutta risposta gli disse di getto: "No, dovete andarvene, tutti. Io non sono 'complice' di nulla." Cheyenne cercò di indicare col mento il proprio petto. "Questa bomba sta per esplodere, ci ucciderà tutti." Il tono della sua voce cambiò, mentre lei cercava di adottare una tattica diversa. "Per favore, vattene, non voglio uccidere nessuno."

Dude finalmente comprese, il suo stomaco si strinse, pieno di rispetto. Non stava cercando di scappare, stavo cercando di *proteggere* tutti loro. Fino a quel momento, non era stato così sicuro che ci *fosse* una bomba, ma ora che era più vicino a quella donna, Dude poteva vedere una sporgenza nella parte anteriore del suo corpo, poteva essere qualunque cosa, ma dal modo in cui lei si comportava, probabilmente era proprio ciò che quei terroristi avevano detto. Se quella bomba fosse *davvero* esplosa, era molto probabile che tanti di loro *sarebbero* morti, o almeno feriti gravemente.

Dude si voltò di scatto, togliendo lo sguardo da quella donna, ovviamente terrorizzata, per rivolgersi all'ufficiale in comando che l'aveva seguito da vicino lungo la corsia.

"Faccia uscire tutti gli agenti, *subito!*" urlò imperiosamente. "La bomba attaccata al petto di quella donna potrebbe esplodere, dobbiamo evacuare. Ci penso io."

L'ufficiale guardò l'espressione seria sul viso di Dude, poi ordinò ai suoi uomini di ritirarsi.

Dude tornò a rivolgersi alla donna, mentre i poliziotti si allontanavano da quella corsia, per evacuare il locale, uscendo. "Va bene, se ne stanno andando, adesso lascerai che ti aiuti?"

La donna riprese la sua ritirata inarrestabile, allontanandosi dall'uscita del negozio, approfittando del fatto che ora nessuno le bloccava la strada.

"No, te ne devi andare anche tu, non *farmi* questo." Cheyenne guardava quell'uomo inorridita, improvvisamente lo riconobbe, era "Cooper", quel militare che aveva quasi seguito, proprio in quel supermercato. Santo cielo. Adesso era ancora più importante che si allontanasse. *Lui* non poteva morire. Non lui.

Dude ignorò le sue parole e si incamminò deciso verso di lei, dicendole di nuovo, con tono di voce basso ma sicuro, che in passato le donne non erano mai riuscite a disobbedirgli. "Senti, stiamo solo perdendo tempo. Io sono un artificiere esperto, se c'è qualcuno che può impedire a quella bomba di esplodere, uccidendo te, me e tutte le persone qui intorno, quello sono io, quindi fammi la cortesia di fermarti, smetti di indietreggiare e lascia che ti aiuti."

Cheyenne si fermò, sorpresa dalle sue parole e dal tono della sua voce, lasciò che quell'uomo le si avvicinasse. Mentre le si avvicinava, lei sussurrò: "Non voglio che tu muoia."

"Non morirò, se mi lasci dare un'occhiata alla bomba. Altrimenti moriremo entrambi *senz'altro*, perché io non ti lascerò qui da sola." Dude fu leggermente sorpreso dalle parole che aveva appena pronunciato. Non era da lui essere così imprudente, farsi influenzare così da una donna, ma c'era qualcosa, il coraggio, la disposizione al sacrificio di *quella* donna, che l'aveva toccato nel profondo. Lei era stata onesta con lui al cento per cento, si vedeva, avrebbe preferito rinchiudersi in uno stanzino sul retro per farsi saltare in aria, piuttosto che far rischiare altre persone, che forse non avrebbero nemmeno potuto aiutarla davvero. Agli occhi di Dude, quel comportamento era inaccettabile.

Dude le si avvicinò e le prese un braccio, o almeno quello che pensava fosse il suo braccio... era difficile capirlo, perché era coperto da metri e metri di nastro adesivo. La trascinò verso il retro del negozio. "Però hai ragione, dobbiamo allontanarci dalle vetrine della facciata, andiamo."

Cheyenne si lasciò portare via dalla zona vicina all'uscita del negozio, dove si erano radunati tutti i poliziotti e altre persone che si erano fermate a guardare.

Dude guidò quella donna nel piccolo stanzino, dietro il bancone della carne. L'aiutò ad appoggiarsi a uno dei tavoli del macellaio, dove venivano confezionate le carni, poi osservò il nastro che la avvolgeva, cercando di elaborare un piano mentalmente, prima di agire.

"Parlami," disse Dude a quella donna, che ora tremava davanti a lui. "Dimmi cosa ti hanno detto, mentre ti attaccavano l'ordigno, dimmi come è attaccato."

A Cheyenne non piaceva che quest'uomo fosse lì con lei, non voleva che corresse un pericolo così terrificante, ma non sapeva che altro fare. Non aveva proprio altra scelta. Lui sembrava sapere il fatto suo. Lei non poteva certo togliersi da sola il nastro, figuriamoci disinnescare la bomba. Respirò profondamente, poi fece come lui le aveva ordinato. Magari, chissà, forse avrebbe potuto dirgli qualcosa di utile per farsi togliere di dosso quella bomba.

"Non ha detto molto. Mi ha chiesto di tenerla stretta in mano, lo sto ancora facendo, poi hanno cominciato col nastro. Quando ero quasi tutta coperta di nastro, ha azionato un interruttore nella parte bassa, poi ha aggiunto dell'altro nastro. Riesco ancora a sentire il ticchettio sul mio corpo."

Lui non l'aveva guardata negli occhi, da quando erano nella corsia; era completamente concentrato su quel marchingegno e sul suo corpo mummificato, sembrava quasi avere una vista ai raggi X, in grado di far trapelare cosa c'era sotto il nastro.

"Ho paura di farti del male mentre cerco di toglierti di dosso questo nastro," cominciò a dirle Dude, guardandola sorpreso, quando la donna si lasciò sfuggire una risata acuta.

"Penso che il nastro mi farà meno male dell'esplosione di questa dannatissima bomba... fai pure, fai del tuo meglio."

Dude la stava guardando per la prima volta. Era tutta ricoperta di sangue, le sfuggiva una lacrima dall'occhio destro, sembrava avere i primi segni di un occhio nero, eppure era lì, in piedi, davanti a lui, con una bomba attaccata al petto, e faceva dei commenti pungenti. Fantastica.

"Comunque, mi chiamo Dude."

Cheyenne sospirò, che importanza poteva avere? Sì, pensò che *fosse* importante. "Dude?"

Sapendo che avrebbe comunque chiesto, Dude le aveva dato di proposito il suo soprannome. "Già, è un soprannome. Quando i miei amici di addestramento hanno sentito che passavo gran parte del mio tempo alle superiori a fare surf, invece di studiare, mi hanno soprannominato così, e mi è rimasto da allora."

"Qual è il tuo vero nome?"

"Faulkner. Faulkner Cooper. E tu come ti chiami, dolcezza?"

"Cheyenne Cotton," gli rispose a bassa voce.

"Allora, Cheyenne, togliamoti di dosso questa roba." Dude tirò una sedia verso di lei e si sedette, mettendosi al lavoro.

Dopo dieci minuti, mentre Dude cercava di toglierle il nastro senza farle male, o senza innescare prematuramente l'ordigno, Cheyenne disse di botto: "Promettimi una cosa."

Dude non alzò lo sguardo, ma rispose immediatamente e onestamente: "Qualunque cosa."

"Se non riesci a togliermi questa cosa, te ne andrai fuori da questo inferno."

Dude stavolta *alzò* lo sguardo e le disse: "Scusami, Che, non te lo posso promettere, tutto quello che vuoi, tranne questo. Chiedimi di portarti fuori a cena, chiedimi di venire a casa tua per rastrellare le foglie nel giardino in autunno, cavolo, chiedimi di baciarti, e accetterò senza problemi. Ma abbandonarti? Non succederà mai."

Cheyenne fu colpita dal soprannome con cui l'aveva chiamata. Nessuno aveva mai accorciato il suo nome prima di allora. Aveva un che di intimo. Le piaceva, ma quello non era né il luogo né il momento per riconoscerlo. Ignorò le altre parole, immaginando le avesse dette solo per farle capire, nell'agitazione del momento.

"Tu non mi conosci," proseguì Cheyenne, disperata. "Non mi devi nulla, io non sono nessuno. Guardati, tu sei bellissimo, sei un eroe onesto e implacabile, io ti conosco, *non* dovresti assolutamente rischiare la vita per me. Non ne vale la pena."

Cheyenne respirò profondamente e farfugliò ancora, senza lasciare a Faulkner la possibilità di replicare. "Non ho una famiglia, non sono sposata, non ho nessuno vicino a cui mancherò. Io lo *so* che tu hai degli amici, delle persone care, si incazzeranno a morte se rimani ucciso. Guardati, sei già sopravvissuto a un'altra bomba, non lasciare che questa ti uccida, non potrei sopportarlo." La sua voce svanì lentamente.

Dude non smise di armeggiare col nastro e con la bomba, nonostante il suo discorso appassionato, tenne sempre la testa bassa e proseguì ciò che stavo facendo. Cheyenne si mosse nervosamente. Se si era arrabbiato perché aveva fatto riferimento alla sua mano, tanto meglio, magari si sarebbe convinto ad andarsene.

"Come sai che sono già sopravvissuto a una bomba?" le chiese Dude, senza far riferimento ad altro. Tutto il resto di ciò che lei aveva detto non valeva la pena di essere ribadito. Ma lo incuriosiva onestamente la linea di pensiero, la logica che l'aveva portata a capire che lui era già sopravvissuto in passato a un'esplosione. Poi immaginò che così si sarebbe distratta e l'avrebbe lasciato lavorare. Era una donna molto insistente, una dote che in genere ammirava, ma in quel momento voleva che si concentrasse su altro.

"Beh, ehm, la tua mano... L'ho capito perché sei qui che cerchi di togliermi di dosso questa dannata bomba, poi hai detto che eri un, come si dice... insomma... e poi... ho solo pensato che..." Cheyenne abbassò la voce, non sapendo nemmeno lei cosa volesse dire davvero.

"Ebbene, hai ragione. Io *faccio* questo di lavoro. Sono un artificiere esperto, un bonificatore della marina, tra le altre cose. Non posso certo affermare di essere un eroe, ma una squadra intera di altri uomini dipende da me, dalla mia capacità di fare bene il mio lavoro. E poi, dolcezza, io *sono* bravo nel mio lavoro. Bravissimo.

Malgrado una bomba mi abbia strappato tre dita, so quello che faccio. Che mi venga un colpo se quegli idioti avranno la meglio su di me."

Cheyenne rimase in silenzio per un momento, poi non riuscì a trattenersi. Era troppo importante. "Ti prego, Faulkner..."

Dude la interruppe, senza nemmeno lasciarle terminare il suo pensiero. "Shh, mi distrai, non riesco a concentrarmi," le disse senza essere troppo duro, nemmeno sincero. Infatti era concentrato al cento per cento sulla bomba che aveva davanti. Ora stava sudando, finalmente aveva tolto tutto il nastro ed era riuscito a raggiungere la bomba vera e propria nascosta sotto. Ora riusciva anche a vedere le mani di Cheyenne, poteva raggiungere l'interruttore sotto l'ordigno, proprio come aveva detto lei. Dude si sentì fortunato, sembrava un innesco piuttosto semplice, ma non poteva ancora essere certo. Non poteva davvero rischiare la vita di Cheyenne e la propria solo in base a un'intuizione. Doveva scoprire qualcosa in più di quella bomba, prima di esserne sicuro.

Dude era rimasto molto colpito da Cheyenne. Sapeva che era terrorizzata, spaventata a morte, eppure non perdeva il controllo. Non gli venivano in mente tante altre persone, anche tra i militari, che al suo posto si sarebbero comportati nello stesso modo... cioè cercare di mettere al sicuro tutti gli altri. Glielo disse, mentre continuava ad armeggiare.

Cheyenne scosse la testa. "Non è vero," gli rispose lei.

"Dimmi come hanno fatto le altre due a svignarsela, con cinque uomini armati, come hanno fatto a uscire mentre ti mettevano addosso questa bomba?" le chiese Dude, immaginando di conoscere già la risposta; voleva che fosse la stessa Cheyenne a confermare.

Cheyenne rimase in silenzio.

"Proprio come pensavo," disse Dude un attimo dopo. "Ti sei offerta volontaria, non è vero? Poi hai fatto in modo di distrarre tutti..." Si prese un momento per portare una mano al suo occhio più scuro per accarezzarlo delicatamente, prima di tornare a operare sull'ordigno legato al suo ventre, poi terminò la sua frase: "...così hai dato loro modo di scappare dalla porta principale."

Cheyenne sospirò. Faulkner era davvero intelligente, ma lei non poteva certo interpretare l'agnello sacrificale, permettendo che la bomba che aveva addosso facesse una carneficina. Aveva lottato abbastanza per attirare l'attenzione di tutti gli uomini, finché quello più grosso l'aveva colpita; aveva attirato l'attenzione delle altre donne con lo sguardo, indicando con gli occhi l'uscita, sperando che capissero. Così era stato. Erano fuggite mentre gli uomini la immobilizzavano. Per lei, era valsa la pena di farsi venire un occhio nero.

"Te l'ho detto, io non ho nessuno, loro sì, è stato meglio così." Cheyenne guardò Faulkner sulla testa, mentre lui continuava ad armeggiare per disinnescare l'ordigno. Avrebbe tanto voluto liberarsi le mani, per potergli togliere il sudore dagli occhi, anche se era un pensiero un po' pazzo. No, era strano, ma santo cielo, aveva appena incontrato quell'uomo.

Cheyenne non riusciva a crederci, era "Cooper" ... proprio il tipo che aveva sognato a occhi aperti per settimane, quello che aveva quasi inseguito, proprio in quel supermercato. Era davvero bellissimo... anche se di certo non aveva mai sognato che la toccasse in *quel* modo. Il tocco con cui l'aveva sfiorata in viso era stato breve, ma lei aveva sentito comunque i brividi alla schiena.

Per distrarsi, guardò la mano straziata di Faulkner. Era stata sincera, credeva in quanto gli aveva detto. Sapeva che era un eroe, anche se la sua mano non era tanto bella da vedere, ma per lei non faceva alcuna differenza l'aspetto esteriore, a lei interessava com'era una persona dentro. Per lei, quella mano era assolutamente magica. Se fosse riuscito a liberarla, togliendole di dosso quella bomba, l'aspetto esteriore non le importava affatto. Gli mancavano metà delle tre dita centrali della mano sinistra, ma lei notò che quella mutilazione non lo rallentava affatto. Era ancora perfettamente in grado di usare quanto gli era rimasto delle dita per armeggiare sulla bomba. Per un momento, immaginò la sensazione di avere le sue mani su di sé...

Dude lavorò in silenzio per un po' di tempo, prima che Cheyenne gli dicesse all'improvviso: "Io ti conosco, lo sai?"

Dude fu sorpreso da questa uscita e distolse per un secondo la sua attenzione dalla bomba, alzò gli occhi brevemente e incontrò lo sguardo di Cheyenne, prima di abbassare di nuovo la testa per tornare a concentrarsi su quell'ordigno.

"Davvero?" rispose. "Ci siamo incontrati?" Dude non era sicuro, poteva essersela dimenticata. In quel momento non aveva certo il suo aspetto migliore, ma gli piaceva comunque.

Cheyenne annuì e gli disse: "Non che ci siamo davvero *incontrati*, ma ci siamo *visti* in giro."

Dude annuì, stringendo i denti, perché stava per arrivare un momento molto delicato. "Eh, viviamo in una piccola città," le disse quasi senza pensarci.

"In realtà è successo qui, stavamo entrambi facendo la spesa, ci siamo incrociati in una corsia e mi hai aiutata a prendere una lattina dallo scaffale più alto. Io ti ho detto che forse potevo usare lo scaffale più basso come gradino per alzarmi, ma tu hai insistito, hai detto che era per la mia sicurezza, che avevi il dovere di tenermi lontana dal pericolo..." la voce di Cheyenne svanì gradualmente, mentre immaginava di tirarsi un'orecchia per quella confusione. A volte odiava quella sua tendenza a divagare. "So che non te ne ricordi, non c'è problema, credo sia nella tua natura aiutare gli altri." Rimasero entrambi in silenzio, mentre lui armeggiava e annuiva appena in risposta alle parole di lei.

Dude respirò profondamente. Era arrivato il momento decisivo. Credeva di aver scoperto il filo collegato all'esplosivo C4 che le avevano fissato al petto. Poteva vedere che la bomba conteneva anche almeno un chilo di chiodi. Qualora fosse esplosa, *avrebbe* scagliato schegge tutto intorno. Li avrebbe certamente uccisi, proprio come aveva detto quell'uomo. Preferì non pensare a come si sarebbero ridotti i loro corpi, il suo e quello di Cheyenne, se quei chiodi fossero stati scagliati contro di loro.

Dude guardò su, verso Cheyenne. "Sono riuscito a scoprire abbastanza questa dannata bomba, posso disinnescarla. Sei pronta?"

Cheyenne lo guardò negli occhi. Non sembrava nervoso, era tranquillo e molto pratico. Cercò di controllare il suo battito cardiaco. Se lui era così sicuro da non tremare, lo sarebbe stata anche lei. "Sono pronta," gli rispose, con una spavalderia che superava il suo stato d'animo reale. Prima che lui si muovesse, gli chiese velocemente: "Ti dispiace se chiudo gli occhi?"

Dude sorrise, sentendosi divertito per la prima volta da quando era arrivato sul posto e aveva visto quella donna. "Anch'io li chiuderei, se potessi," le disse sottovoce con un sorriso.

Cheyenne strinse gli occhi. Era ancora tutta ricoperta dal nastro adesivo, sembrava una mummia, non poteva muoversi molto, ma si sentiva meglio solo per il fatto che c'era lui.

Dude tagliò l'ultimo cavo e attese.

Gli occhi di Cheyenne si aprirono di scatto, vide che Dude la guardava come in attesa. "Cosa?" si affrettò a chiederle. Lui non *pensava* ci fosse un innesco secondario, però era possibile.

"Non sento più il ticchettio," gli disse Cheyenne. "È finita?"

Dude sorrise e si alzò, spingendo indietro la sedia nel frattempo. Si passò il bicipite sulla fronte per togliersi il sudore che si era creato. "È finita. Andiamocene da qui," le disse, prendendole il braccio per scortarla fuori dal supermercato.

Cheyenne scosse la testa e lo implorò: "Ti prego... per favore toglimi di dosso il resto del nastro, prima che usciamo."

Dude studiò Cheyenne con attenzione. Si era comportata in modo straordinario. In passato, si era trovato in situazioni in cui aveva dovuto mettere al tappeto dei civili, perché diventavano isterici e non lo lasciavano concentrare su quanto faceva. Questa donna non solo era rimasta lì in piedi senza muoversi, ma era riuscita anche a rimanere calma. Non voleva assolutamente farle male, ma sapeva che toglierle il nastro di dosso le *avrebbe* fatto male.

"Cheyenne," cominciò a dire Dude, cercando di rispondere di no, ma lei lo interruppe, lottando freneticamente contro la presa del nastro che era rimasto attaccato al suo corpo. Ora che la bomba era stata tolta di mezzo, non riusciva più a sopportare la sensazione di essere immobilizzata.

"Per favore, Faulkner, non posso muovermi... non riesco a respirare... devo tirarmi fuori da questo... io..."

si fermò e ansimò per un poco, poi guardò per terra. Respirò profondamente e smise di muoversi, stava cercando palesemente di riprendere il controllo. "Non importa, va bene così. Andiamo."

Dude non riuscì a nascondersi una sensazione di naturalezza e spontaneità, che gli nasceva sentendo il suo vero nome pronunciato dalle labbra di quella donna. Oh, Ice e le altre donne usavano continuamente il suo nome, ma chissà perché suonava in modo diverso dalla bocca di Cheyenne. Le impedì di allontanarsi da lui mettendo una mano sul nastro che le avvolgeva un braccio. In fondo non aveva chiesto nulla, in tutto quel casino, immaginò di poterla accontentare almeno in questo. "Stai calma, Che, vediamo cosa posso fare. Appoggiati al tavolo con la schiena."

Cheyenne si appoggiò con la schiena al tavolo, mentre Dude si allungò a prendere un grosso paio di forbici, appoggiate al tavolo. Rimpianse di non avere con sé il suo coltellaccio militare. Dato che era uscito per andare all'*Aces* coi ragazzi, non aveva pensato di metterselo in tasca prima di avviarsi, quel pomeriggio. Decise di farsi un appunto, per ricordare di portarsi quel dannato aggeggio dovunque fosse andato nel futuro.

Cominciò dal basso, dal nastro che le avvolgeva il fianco, per poi tagliare lentamente sempre più in alto. Quando tagliava, il nastro non si muoveva, perché era attaccato alle braccia e anche ai vestiti, oltre che ai resti della bomba. Dude allora si portò sull'altro fianco e ripeté la stessa operazione. Non era ancora libera, ma almeno era un buon inizio. Continuò a tagliare il nastro tutt'intorno a lei, finché non fu quasi tutto tagliato.

Alla fine, Dude guardò Cheyenne e disse: "Non voglio farti male, ma strappare il nastro dalle tue braccia ti *farà* male."

"Non mi interessa," rispose lei di getto. "Fallo e basta."

Sussultò quando lui le strappò il nastro dal braccio sinistro. Cheyenne sapeva che il nastro le aveva strappato probabilmente gran parte dei peli del braccio, ma aveva comunque paura di guardare. Stropicciò gli occhi chiudendoli, sentendo che Dude prendeva un respiro profondo.

"È così brutto?" gli chiese Cheyenne a voce bassa.

Dude prese fiato e cercò di calmarsi. Non sapeva che tipo di adesivo ci fosse sul nastro, ma di certo era molto forte. In alcuni punti del braccio, sembrava quasi che la pelle fosse rimasta in parte attaccata al nastro. Era rossa e chiazzata, a occhio doveva farle molto male. A giudicare dalla reazione di Cheyenne, era difficile a dirsi, perché era rimasta in piedi, stoicamente, in attesa della sua risposta.

"Insomma," cominciò Dude. "Non è poi così male. Ho cercato di fare attenzione, ma per un po' il dolore rimarrà. Per favore, non farmelo fare un'altra volta," le disse, facendo riferimento all'altro braccio.

Cheyenne sospirò. Come poteva dirgli di no, dopo tutto quanto aveva già fatto per lei? La pelle, nei punti in cui il nastro era stato strappato dal braccio, le faceva molto male, ma lei pensò che sarebbe stato molto peggio se fosse saltata in aria, andando in mille pezzi. "Va bene, grazie per averlo almeno allentato."

Si guardarono negli occhi per un attimo, ciascuno perso nei suoi pensieri. Avevano appena superato un'esperienza molto intensa.

Cheyenne guardò Faulkner, le piaceva il suo aspetto. Pensò che doveva essere più vecchio di lei, ma non di molto. Aveva i capelli scuri, gli occhi scuri, occhi che la guardavano come se fosse l'unica persona rimasta sulla faccia della terra. A Cheyenne era sempre piaciuto l'uomo in uniforme, e quest'uomo indossava la sua molto bene. Non conosceva i suoi pensieri, ma le piaceva lo sguardo intenso che la osservava dall'alto.

Dude guardò giù, verso la donna che aveva di fronte, con grande rispetto. Non gli piaceva ammetterlo, ma era abituato a conoscere donne deboli, a parte le compagne dei suoi amici. Almeno le donne con cui era uscito. In parte forse era dovuto ai loro desideri sessuali, più remissivi, ma c'era dell'altro. Dude era abituato a prendere il comando, a controllare le persone intorno a lui, però non aveva dovuto insistere molto per gestire la situazione con Cheyenne. Era una donna forte e aveva fatto tutto ciò che andava fatto, senza ascoltare le proprie sensazioni e senza lasciarsi guidare da ciò che avrebbe preferito.

Dude non avrebbe saputo trattenersi dal portare una mano sui capelli di lei per spostarli dalle sue guance arrossate, nemmeno si fosse trattato di rischiare la vita.

"Sei una donna meravigliosa, Cheyenne Cotton." Dude si soffermò un attimo con la mano mutilata nei suoi capelli, poi sulla spalla, infine disse, con un pizzico di rimpianto: "Andiamocene da qui."

Guidò con attenzione Cheyenne verso l'uscita del negozio. Le appoggiò la mano sulla schiena, in zona lombare, e si incamminarono verso l'esterno. Cheyenne si fermò, vedendo la folla che si era radunata davanti al supermercato. Ovviamente c'erano poliziotti e militari da ogni parte, ma vide anche un sacco di furgoni della televisione e delle telecamere. Avrebbe dovuto immaginare di trovare anche i media, ma si era preoccupata di altro... in particolare di sopravvivere, nell'ultima ora circa.

Cheyenne respirò profondamente e disse con voce pacata all'uomo paziente che le stava di fianco: "So di chiedere molto... ma..." fece una pausa, mordendosi un labbro, cercava di trovare il coraggio per chiedere un favore enorme a quel militare muscoloso che aveva vicino.

"Sì?" Dude la stimolò a proseguire gentilmente.

"Mi terresti per mano mentre usciamo?" Cheyenne lo guardò. "So che non vuol dire niente di speciale, ma non penso di farcela ad affrontare tutto da sola," disse, indicando con la testa l'esterno del supermercato, "in questo momento". Sentì che le sue guance arrossivano. Era così imbarazzata, ma non si era mai sentita così sola come quando aveva visto la folla accalcata all'ingresso del negozio, avrebbe dovuto attraversare tutta quella gente ammassata.

Dude sentì che, nel profondo, qualcosa di lui cambiava. Quella donna era ricoperta di sudiciume e di sangue, aveva ancora del nastro avvolto su gran parte del corpo, il braccio era visibilmente ferito e doloroso, ma lei voleva solo qualcuno che la tenesse per mano. Era una richiesta così innocua, ma per lui era molto importante. Le donne di solito non gli chiedevano dei favori, aspettavano che si decidesse lui, elemosinando. Il rispetto che Dude provava per Cheyenne, alla luce di tutto ciò che provava e che attraversava, aumentò grandiosamente, ed era già piuttosto alto.

Probabilmente, attese un po' troppo a lungo prima di rispondere, perché Cheyenne all'improvviso scosse la testa, abbassò lo sguardo e mormorò: "Non importa, era una stupidaggine, comunque. Andiamo," e si incamminò verso la porta.

Dude prese al volo la mano destra di Cheyenne con la sua mano sinistra, prima che riuscisse a fare il secondo passo, prima ancora di accorgersi che le avrebbe fatto tenere la mano martoriata. In passato, aveva deciso di non tenere mai per mano una donna con la mano ferita. Mai. "Cheyenne," disse a bassa voce, "non è una stupidaggine. Non chiederei di meglio che tenerti per mano mentre ci diamo in pasto ai leoni là fuori, insieme. Andiamo." Le parole che aveva pronunciato erano vere e sincere al cento per cento. La sensazione delle dita di Cheyenne tra le proprie fu qualcosa

che Dude non avrebbe mai dimenticato. Lei non fu
disgustata, non provò repulsione, strinse semplicemente
le dita con quelle di lui, tenendolo forte, per sentirsi più
sicura, come non percependo le ferite e le dita che
mancavano alla sua mano. Esternamente, manteneva un
atteggiamento calmo e composto, ma la presa salda con
la mano dimostrava che era un atteggiamento solo
esteriore.

Cheyenne teneva ben stretta la mano di Faulkner
con la sua, alzò il mento e respirò a fondo. Si incamminò
verso l'uscita, mano nella mano con quell'uomo così
straordinario vicino a lei, sapeva che, con tutto ciò che
le era capitato nelle ultime ore, non avrebbe mai dimenticato quel momento. Tenere la mano di quell'uomo,
lasciare che la sostenesse anche solo con un gesto
piccolo come quello, significava per lei più di qualunque
altro gesto si potesse fare. Aveva bisogno di lui e lui non
aveva esitato a rispondere alla sua richiesta. Non solo
aveva risposto, ma nel frattempo non l'aveva nemmeno
fatta sentire a disagio per la sua esigenza.

Cheyenne si isolò da tutte le domande dei giornalisti, dalle richieste della polizia, dalle luci, dai rumori... si
isolò da tutto, concentrandosi solo sulla mano di Faulkner che stringeva, seguendolo ovunque lui la volesse
portare.

CAPITOLO QUATTRO

CHEYENNE SEDEVA nella sala dell'accettazione del pronto soccorso, in attesa del suo taxi. Il percorso dall'uscita del supermercato all'ambulanza era stato un incubo a cui preferiva non ripensare. L'unico aspetto positivo era la forza di Faulkner, che l'aveva aiutata a farsi strada. A un certo punto era stata sgomitata così forte che sarebbe caduta per terra, non fosse stato per lui. Aveva tolto la mano da quella di lei per abbracciarla all'altezza della vita, avvicinandola a sé e sostenendola. Cheyenne non si era nemmeno vergognata di appoggiarsi a lui, aveva lasciato che l'aiutasse.

Con tutto quello che aveva passato nelle ultime ore, l'aveva fatta stare molto bene sentirsi stretta al sicuro al fianco di Faulkner, lasciare che pensasse lui a portarla al sicuro, superando la folla. L'aveva aiutata a salire sull'ambulanza, si era assicurato che si accomodasse sulla lettiga senza alcun problema. Una volta seduta e stabilizzata, Faulkner l'aveva baciata sulla testa brevemente e le aveva stretto un'ultima volta la mano. Con l'ultimo sguardo che Cheyenne gli aveva rivolto, aveva visto che ormai era uscito dall'ambulanza. Le aveva mandato un sorriso, un mezzo saluto con la mano, prima che le porte gli si chiudessero davanti.

Lei aveva passato le ultime tre ore all'ospedale. Aveva reso la sua deposizione alla polizia, raccontando quanto era successo, almeno come aveva vissuto i fatti *lei*, dal suo punto di vista. Le infermiere avevano tolto tutto il nastro adesivo residuo, le aveva fatto più male di quanto si aspettasse, le avevano riempito le braccia di balsami e antibiotici appiccicosi, e di chissà cos'altro.

La prima volta che Cheyenne si era guardata allo specchio, era rimasta colpita. Era un casino totale. Era tutta macchiata di sangue, i capelli erano completamente in disordine, appiccicati alla testa. Per fortuna, un infermiere le aveva dato un paio di camici per potersi cambiare, poi si era potuta pettinare. Immaginò di essere fortunata, ma ora l'unica cosa a cui poteva pensare era tornarsene a casa per farsi una bella doccia calda.

Il problema era che non avrebbe dovuto bagnarsi le braccia per le prossime ventiquattr'ore, per preservare le bende e gli antibiotici che le avevano spalmato sulla pelle. Le infermiere avevano fatto tutto il possibile per cercare di toglierle il sangue dai capelli, ma Cheyenne sapeva che non si sarebbe sentita pulita prima di essersi fatta una lunga doccia.

Sospirò. Non aveva rivisto Faulkner dopo che lui l'aveva aiutata a salire sull'ambulanza, stringendole la mano. Non si aspettava davvero di rivederlo. Dopo tutto, stava solo facendo il suo lavoro. Probabilmente era tornato a casa e si era vantato con gli amici per la giornata pazzesca che aveva avuto, per poi andare avanti con la sua solita vita, proprio come avrebbe fatto lei... tranne che lei prima doveva *arrivare* a casa.

Dato che la sua automobile era ancora parcheggiata al supermercato, Cheyenne aveva dovuto chiamare un taxi. Era davvero patetico, non aveva nessuno da chiamare, nessuno con cui si sentisse a suo agio nel chiedere di venirla a prendere. Per nulla al mondo avrebbe telefonato a sua madre o sua sorella. L'avevano sempre fatta sentire in imbarazzo per ogni evento sfortunato. Qualunque giornataccia peggiorava nel momento stesso in cui coinvolgeva una di loro. Prima o poi avrebbe telefonato per spiegare quello che era successo, ma avrebbe aspettato di sentirsi meglio, per riuscire ad affrontarle. Quello non era certamente il giorno giusto.

Cheyenne sapeva di essere una persona solitaria. A lei non importava molto, tranne che in momenti come quello. Avrebbe potuto telefonare a un collega, ma odiava dover dipendere da qualcun altro, e poi quelli non erano davvero il tipo di amici con cui si sentiva a suo agio, da chiamare così, all'improvviso, perché venissero a prenderla all'ospedale per portarla a casa. Così, aveva deciso di chiamare semplicemente un taxi, e ora lo aspettava per tornarsene al suo appartamento. A casa, nel suo appartamento solitario. Cheyenne aveva ancora due giorni liberi prima di dover tornare al lavoro, aveva intenzione di buttarsi a letto e dormire per almeno un giorno intero, poi si sarebbe fatta la doccia più lunga nella storia dell'umanità, e solo *allora* si sarebbe ripresa, per tornare alla solita routine della sua vita.

Rise sonoramente, tanto che una signora anziana e minuta che sedeva con lei nella sala dell'accettazione dell'ospedale la guardò disapprovando. Doveva ancora andare a prendere qualcosa da mangiare. Quello era il motivo per cui si era recata al supermercato, quel pomeriggio. A casa, aveva ancora qualche lattina di zuppa vellutata ai funghi e del condimento per verdure, ma nient'altro. *A quel paese. Ordinerò a domicilio finché non potrò tornare a far la spesa.* Cheyenne sapeva che non sarebbe mai più tornata nel negozio in cui era stata tenuta in ostaggio, pur essendo quello il luogo in cui aveva visto per la prima volta Faulkner. Anche se quello era un negozio molto popolare tra gli uomini in uniforme. Non che temesse di venir presa in ostaggio un'altra volta, era solo che... non lo sapeva. Non si sentiva a suo agio, pensando di dover tornare un'altra volta in quel supermercato.

Finalmente il taxi arrivò, fermandosi davanti alle porte automatiche. Cheyenne si incamminò fuori, chiese conferma al tassista che fosse lì per lei, poi entrò e si sedette sul sedile posteriore, che puzzava leggermente di sudore e di fumo di sigaretta. Dopo aver comunicato al tassista l'indirizzo, appoggiò la testa al sedile, rifiutandosi di pensare a quanti germi e altre porcherie proliferassero sul poggiatesta, chiuse solo gli occhi. Si sentiva strana. Gli antidolorifici che le avevano dato i medici ovviamente le facevano effetto, perché non provava alcun dolore, ma la facevano sentire un po' stordita. Probabilmente non avrebbe dovuto guidare, una volta arrivata alla sua auto, ma il suo appartamento non era poi così lontano dal parcheggio del supermercato. Avrebbe fatto molta attenzione. Sarebbe andato tutto bene. Come sempre.

———

Dude non riusciva a smettere di pensare a Cheyenne. Era senz'altro la persona più coraggiosa che avesse incontrato, chissà da quanto tempo. Il modo in cui si era comportata gli ricordava parecchio Ice. Cavolo, somigliava molto a tutte le donne dei suoi commilitoni, sotto quell'aspetto. Cheyenne aveva affrontato le vicissitudini che le erano capitate con grande coraggio, non si era lasciata sopraffare dal panico. Dal primo momento in cui Dude l'aveva vista indietreggiare dai poliziotti, per cercare di non mettere tutti in pericolo, fino all'ultimo sguardo, quel sorriso coraggioso che gli aveva rivolto, mentre la lasciava nell'ambulanza, era sempre stata la grazia in persona.

Non avrebbe voluto lasciarla da sola, ma sapeva di dover fare rapporto alla polizia, per poi andare a riferire al suo comandante. Aveva passato un'ora abbondante a ripercorrere gli avvenimenti all'interno del negozio, spiegando cosa fosse successo a Cheyenne e quanto lui aveva fatto e visto. Dato che Dude non era parente di Cheyenne, non c'era motivo, o nemmeno una scusa plausibile perché potesse andare con lei all'ospedale.

La stampa era stata molto insistente. Dude sapeva che i giornalisti facevano solo il loro lavoro, così come era suo dovere fare un rapporto completo di quanto accaduto, ma stavolta era diverso, per qualche motivo. Ogni volta che il portavoce della polizia riceveva domande inquisitorie su Cheyenne, su dove vivesse, su cosa avesse detto, pensato o fatto, Dude avrebbe voluto rimproverarli, dir loro che era stata capace di destreggiarsi da sola... che non aveva avuto bisogno di lui. C'era qualcosa di lei che gli faceva desiderare di abbracciarla e di proteggerla dal mondo intero.

———

Il taxi accostò davanti al supermercato. *"Era stamattina quando sono venuta qui a fare la spesa?"* pensò Cheyenne mestamente. Davvero, le sembravano passati dei giorni da quando era entrata in quel negozio, per fare acquisti e riempirsi la dispensa, in modo da avere abbastanza da mangiare per un po'.

Cheyenne si voltò sul sedile posteriore del taxi, tutta addolorata, per uscire, dopo aver pagato il tassista. Quando l'auto si rimise in marcia, Cheyenne si incamminò verso la sua macchina. Aveva parcheggiato in una zona appartata del parcheggio, quella mattina, come era sua abitudine fare, per constringersi a fare più movimento. Mentre si avvicinava alla sua auto, sentì il rumore di un altro veicolo che le si avvicinava alle spalle.

Dopo tutto ciò che era successo, si sentiva estremamente cauta, così si voltò rapidamente per guardare chi fosse, e vide un enorme pick-up che si fermava, poi Faulkner saltò fuori. Cheyenne lo guardò, tutta confusa. Cosa mai ci poteva fare, lui, lì? Si guardò intorno per vedere se ci fosse qualcun altro che lo aspettava. Non c'era nessun altro. Il parcheggio era deserto, c'erano solo loro due.

Dude guardò Cheyenne mentre le si avvicinava. Sembrava perplessa nel vederlo. Aveva anche un aspetto molto stanco... era adorabile e carina. Indossava un camice blu preso all'ospedale, senza dubbio, perché i suoi vestiti erano stati rovinati. Il camice le stava largo, sembrava quasi che, al minimo movimento sbagliato, i pantaloni le potessero cadere. Aveva delle enormi borse scure sotto gli occhi, che mettevano in maggior risalto il suo occhio nero, entrambe le braccia erano bendate dal polso al gomito, probabilmente anche oltre, anche se lui non poteva vedere altro, perché il camice che indossava la copriva fin sotto le spalle.

"Ciao, di nuovo," disse Dude a bassa voce, mentre si fermava davanti a Cheyenne.

"Ehm... Ciao." rispose Cheyenne parlando quasi a scatti. "Che cosa ci fai qui?"

Dude rise e la guardò dritta negli occhi. "All'inizio

ho pensato che probabilmente eri venuta al supermercato in macchina, stamattina, e dato che ti hanno portata in ospedale con l'ambulanza ho immaginato che saresti dovuta tornare a riprendere la tua auto. Avrei voluto venirti a trovare in ospedale, per vedere come stavi e per darti un passaggio, ma quando ho telefonato mi hanno detto che eri già stata dimessa. Mi dispiace non aver fatto in tempo."

Cheyenne guardò confusa l'uomo che le stava davanti. "Hai telefonato? E perché mai?" gli chiese, senza pensare un momento a quanto poteva sembrare maleducata quella domanda, se non quando era ormai troppo tardi. "Cioè... io... voglio dire," balbettò poi, cercando di assicurarsi che Faulkner non si fosse offeso.

Dude fece una risatina. "Ho capito cosa vuoi dire, Che, e a dirti la verità non so nemmeno io il perché... Volevo solo essere sicuro che stessi bene e vedere se ti potevo aiutare in qualche modo. Cosa ti hanno detto i medici?" Fece un cenno col mento per indicare le sue braccia.

"Eh, va bene, insomma, sto bene. Mi hanno solo fasciato le braccia per evitare che si creasse un'infezione o altro. Ho le braccia tutte coperte di un unguento limaccioso orribile che mi fa solo venir voglia di grattarmi. Non posso bagnare la pelle, il che è ridicolo, perché l'unguento è fastidioso e mi dà un fastidio che mi fa venire la nausea, specialmente dopo tutto quello che è successo oggi. Nel mio appartamento non c'è niente da mangiare, ma questo è ovvio, perché stamattina ero andata al supermercato per fare la spesa. La mia spesa sarà ancora nel carrello, in una delle tante corsie di alimentari, ho molta fame, e non so se posso mangiare qualcosa, perché mi hanno dato delle pillole che mi fanno sentire molto confusa."

Le sue parole svanirono nell'aria che li circondava, poi lei chiuse subito gli occhi. Santo cielo, davvero aveva appena straparlato così tanto, lasciandosi uscire di bocca tutte quelle cretinate? Era mortificata.

"Su, vieni qui, Che." Dude sentì il cuore sciogliersi sempre di più alle sue parole. Era adorabile. Qualunque farmaco le avessero dato, ovviamente la faceva parlare ancor più del normale. Conosceva dei marinai e anche dei marine che reagivano allo stesso modo agli antidolorifici. Continuavano a parlare senza sosta, sembravano aver perso ogni freno inibitore. Ma su Cheyenne l'effetto era di gran lunga più carino.

Senza aspettare che fosse lei a muoversi, Dude fece un passo verso di lei e se la tirò tra le braccia. Si rilassò, mentre Cheyenne si appoggiava a lui. Aveva avuto una mezza paura che potesse respingere il suo tentativo di tranquillizzarla. La sentì inspirare una volta, poi Cheyenne appoggiò il naso al collo di Dude. Sentiva il calore del suo fiato sulla pelle, inclinò la testa di poco, per arrivare a toccarle i capelli con la guancia.

"Che buon profumo."

Dude sorrise. Non era quello che si aspettava di sentirsi dire. Lo sorprendeva continuamente.

"Grazie." Dude era lì, in piedi, in un parcheggio

buio, con una donna meravigliosa tra le braccia, e capì che non voleva più lasciarla andare. "Posso accompagnarti a casa?"

"Mi serve la macchina."

"Non penso dovresti metterti al volante. Non ti conosco molto bene, ma immagino che se la tua mente fosse stata lucida non mi avresti detto tutte quelle cose. Dico bene?" Sentì che annuiva controvoglia su di lui e sorrise. "Allora va bene, ti accompagno a casa. Ci penso io a farti arrivare la macchina fino a casa." Dude sapeva che avrebbe potuto chiamare uno qualunque dei suoi compagni di squadra perché venisse a prendere quell'auto per portarla a casa di lei.

Cheyenne era troppo stanca per mettersi a discutere, o anche solo a protestare. Le faceva così piacere sentirsi coccolata, non le veniva in mente una sola occasione in cui qualcuno si fosse offerto, o avesse ricevuto la sua approvazione, per prendersi cura di lei. In quel momento, Cheyenne avrebbe accettato qualunque cosa avesse proposto Faulkner.

Trasalì sorpresa sentendolo parlare di nuovo. "Devo sentirti dire che va bene, Che."

Cheyenne si fece forza per alzare lo sguardo verso l'uomo che l'abbracciava. Lo guardò negli occhi e non vide altro che un'espressione sincera. "Va bene, però se sei un serial killer puoi almeno uccidermi alla svelta? Ho passato una giornata davvero brutta." Le sue parole uscirono molto sommesse, ma con un'onestà profonda e totale.

Dude rise più sonoramente e portò la mano alla guancia di Cheyenne. "Gli antidolorifici ti sciolgono davvero la lingua, non è vero?" le chiese retoricamente. "Non preoccuparti, Che, ti prometto che ti porterò a casa tutta intera. Con me sei al sicuro."

"Mi *sento* al sicuro, con te. Non so perché o come, ma è così. Grazie, Faulkner. Sul serio. So che avrai di certo di meglio da fare, che trascinarmi a peso morto. Ma lo apprezzo. Tanto. Davvero."

Dude si fece indietro e tenne una mano intorno alla vita di Cheyenne, poi l'accompagnò verso il suo pick-up. "Lo so che è così, dolcezza. Andiamo, devi andare a casa. Non voglio certo che ti trasformi in una zucca. Hai con te le chiavi?"

"Sì, mi hanno portato la borsetta in ospedale, è stato uno dei poliziotti che è venuto per la mia deposizione. Non ho idea di come abbiano fatto a trovarla, in tutto quel marasma al negozio, io di certo non potevo farmela volare sulla spalla e portarmela fuori dal negozio tutta impettita mentre uscivo con te."

Dude annuì, contento anche perché non avrebbe dovuto forzare la serratura dell'appartamento per farla entrare. L'avrebbe fatto, se necessario, ma non era proprio quella l'impressione giusta che voleva fare a Cheyenne. Aprì la porta sul lato del passeggero e l'aiutò a sedersi, poi le si avvicinò per allacciarle la cintura di sicurezza. Chiuse la porta e si incamminò intorno al veicolo per raggiungere il posto di guida. Si accomodò sul suo sedile e guardò di nuovo Cheyenne.

Aveva la testa appoggiata all'indietro, voltata verso di lui.

"Che c'è, dolcezza?"

"Sei sexy. Immagino che tu lo sappia." La voce di Cheyenne aveva un tono, come se gli stesse rivelando un gran segreto.

"Che..." Lui non smentì, ma non confermò nemmeno. Era così affascinante, in balia dei farmaci. Dude rabbrividì al solo pensiero che potesse davvero mettersi alla guida, in quelle condizioni.

"Dico sul serio, lo *sei*. Però non so che ci fai qui. Hai perso una scommessa o che? I tuoi amici sono qui intorno, da qualche parte, pronti a saltar fuori e mettersi a ridere?"

"Cosa?" Dude si stava alterando. Cheyenne non poteva pensare sul serio quello che sembrava andar dicendo.

"Sì, nessuno con un aspetto come il tuo mi ha mai guardata una seconda volta, prima d'ora. Io sono così. Tu sei... beh... sei proprio un bel maschione."

Dude non sorrise nemmeno alle sue parole. Lo stava senz'altro prendendo in giro. "Tes..."

"No, seriamente. So di non essere un mostro. Sono passabile, anzi, penso di avere dei polpacci molto belli, e mi piacciono le mie braccia... almeno prima di averle completamente depilate. Lascia che te lo dica, non penso proprio che il nastro adesivo diventerà la prossima moda per depilarsi, questo è poco ma sicuro. Ma non sono certo il tipo di donna che frequenti di solito.

Scommetto che tante belle gnocche ti si gettano tra le braccia. Quando esci per una bevuta, scommetto che non torni mai da solo, vero? Oh, cavolo! Scommetto che hai un gruppo di amiche tutte strafiche, è così? Santo cielo, lasci una scia di devastazione ovunque passi, non è vero?"

Dude alzò la mano destra per andare a coprire delicatamente la bocca di Cheyenne. Non sapeva se reagire con irritazione alle sue parole, o se esserne lusingato. Quando lei rimase in silenzio, limitandosi a guardarlo a occhi spalancati, le disse: "Cheyenne, per prima cosa, non c'è nessuna scommessa stupida e mi dà anche fastidio che tu possa accusarmi di qualcosa del genere. Penso che tu sia raffinata. Divertente. Carina. Interessante. E non vorrei essere in altro luogo che qui, adesso, con te. In secondo luogo, sì, ho un gruppo di amici con cui usciamo, ma sono quasi tutti sposati, oppure impegnati seriamente. Non ci lasciamo dietro una scia di alcun tipo, perché abbiamo occhi solo per la nostra donna." Dude non si fermò nemmeno a pensare a cosa stesse dicendo, includendo così, all'improvviso, anche Cheyenne nei suoi pensieri e nelle sue parole.

"Mi auguro di tutto cuore che, quando ti sveglierai domattina e l'effetto delle pillole sarà svanito, ricorderai questa conversazione e vorrai uscire con me e coi miei amici. Somigli loro più di quanto tu immagini."

Dude sorrise, vedendo lo sguardo di Cheyenne. Non aveva sollevato il capo dal poggiatesta, ma lo fissava con occhi attenti.

"Ma tu sei perfetto..." mormorò da dietro la sua mano; avrebbe aggiunto altro, ma Dude la interruppe.

"Non sono perfetto neanche lontanamente. Sono un pigrone. Ho la brutta abitudine di buttare tutte le mie cose sporche per terra fino a che non mi infastidiscono così tanto da costringermi a metterle nel cesto della biancheria. Ho un caratteraccio, ma non farei mai del male a te o a un'altra donna. Mi piace avere il controllo, amo comandare. E..." Dude alzò la sua mano sinistra, per ricordare a Cheyenne la sua mutilazione. "Molte donne mi hanno detto che è disgustosa, o anche solo fastidiosa, è abbastanza per farmi pensare di essere tutt'altro che perfetto."

Cheyenne non ci pensò un secondo. Alzò la mano e la portò verso quella di lui, prendendola e stringendola, poi la avvicinò alla bocca. Baciò ogni singolo moncherino delle dita, mentre parlava. "Quelle stronze ignoranti non sanno quello che dicono. Sei perfetto, Faulkner. Queste piccole ferite non significano un cazzo. Aspetta, in realtà qualcosa sì. Significano molto. Voglion dire che sei un eroe. Che hai sofferto e patito mentre rischiavi per la tua patria, aiutando degli altri a uscire da situazioni di merda. Non so che tipo di situazioni fossero, perché se me lo rivelassi, probabilmente poi dovresti uccidermi, ma comunque non voglio saperlo, perché sono un po' una fifona. Ma se quelle donne ti hanno respinto a causa della tua mano, sono delle cretine patentate. Davvero." Cheyenne chiuse gli occhi, sentendosi ancora confusa, e allo stesso tempo

voleva concentrarsi sulla sensazione della pelle di Faulkner a contatto con la propria; portò la sua mano sulla
guancia, perdendosi lo sguardo tenero sul volto di Dude.

"Hai la pelle così morbida, tranne qui." Cheyenne
strofinò il viso sulle sue ferite. "Qui è più ruvida, e dove
c'erano le tue dita, la pelle è cresciuta ed è nodosa. Mi
piace sentirla sulla pelle. È come un massaggio. Posso
solo immaginare come sarebbe sentire..."

Cheyenne si fermò all'improvviso, Dude si accorse
che stava arrossendo. Stava davvero per dire quello che
pensava lui? "Su, Che, vai avanti, questa la voglio
proprio sentire."

Cheyenne gli lasciò andare la mano, ma Dude
continuò ad accarezzarle la guancia.

"Eh, insomma, quelle donne erano delle sceme."

"Signore, sei dolce da morire."

Cheyenne aprì gli occhi e vide lo sguardo intenso di
Faulkner. Avrebbe voluto richiudere gli occhi, nell'abitacolo del veicolo aleggiava una strana vibrazione, ma non
poté.

Si fissarono reciprocamente per un momento, prima
che Dude spostasse la mano sinistra dalla sua guancia
alla sua nuca. La tirò a sé e le baciò la fronte, rimanendo
per un momento appoggiato con le labbra, prima di
tirarsi indietro.

"Ora ti porto a casa, Cenerentola, prima che scocchi
la mezzanotte."

"Adoro quella favola," sospirò Cheyenne trasognata.

"Non mi sorprende affatto." rispose assente Dude,

avviando il motore e facendo manovra per uscire dal parcheggio.

Cheyenne ridacchiò alle sue parole e rimase in silenzio.

"Dove devo andare, Che?"

"Al mio appartamento."

"Sì, questo l'aveva capito, ma dove si trova?"

"Oh. Cavolo. Che farmaci potenti."

"Già." Dude aspettò un attimo, poi le ripeté la stessa domanda.

"Scusa. Vivo agli Oak Tree Apartments sulla Copper all'incrocio con la Quinta strada."

"So dove si trovano. Grazie, ti ci porto subito. Che appartamento?"

Cheyenne si voltò di nuovo verso di lui per provocarlo. "Ma sei *sicuro* di non essere un serial killer?"

Dude rise di nuovo. "Sono sicuro."

"Va bene, sono al 513 del quarto edificio."

"Chiudi gli occhi, Che, ti ci porto in un attimo. Tu riposati e ti sveglio appena arriviamo."

Cheyenne fece come aveva detto Faulkner. Chiuse gli occhi di nuovo, si rilassò sul sedile. "Grazie per il passaggio, Faulkner. Non sapevo chi altro chiamare." Non riusciva a smettere di parlare.

"Il piacere è tutto mio. Ora riposa."

Cheyenne sorrise, ma non riaprì gli occhi. La testa le girava troppo per addormentarsi, ma potersi rilassare senza doversi preoccupare di nulla, almeno per un po', era una sensazione paradisiaca.

CAPITOLO CINQUE

CHEYENNE APRÌ gli occhi e gemette. Sapeva esattamente dov'era e si ricordava tutto ciò che aveva detto e fatto la sera prima. Sarebbe stata più felice se avesse potuto dimenticare tutto in blocco, ma non aveva quella fortuna.

La notte prima, Faulkner era arrivato all'edificio del suo appartamento, aveva parcheggiato e l'aveva aiutata a uscire dal veicolo. L'aveva mezza accompagnata e mezza sostenuta su, fino al suo piano, le aveva preso le chiavi di mano, dato che sembrava incapace di infilarle lei nella toppa.

Il fatto che Faulkner vedesse il suo appartamento imbarazzava Cheyenne. Anche lei era molto disordinata, come si era descritto lui. Lei lo sapeva, ma era il suo piccolo segreto. Almeno fino a quel momento. Non si era esposta, dandogli ragione, quando lui aveva detto che non gli piaceva raccogliere i vestiti sporchi dal pavimento. Se lo faceva un uomo, era in qualche modo macho, virile, ma se era una donna ad avere la casa in disordine, era solo un quadro patetico. Faulkner le aveva aperto la porta e si era fatto una bella risata, vedendo quel disordine. Cheyenne aveva cercato di spiegargli che quando non doveva andare a lavorare non aveva proprio voglia di fare le pulizie o di mettere in ordine il suo appartamento, ma lui rise di nuovo, a quelle spiegazioni.

"Noi due insieme faremmo un tale disordine... ma almeno adesso so che neanche tu sei perfetta, Che."

Cheyenne guardò Faulkner come se questi avesse tre teste. "Ma è *ovvio* che non sono perfetta, Faulkner. Sei *tu* quello perfetto."

"Penso che ne abbiamo già parlato. Andiamo, ti accompagno a letto."

L'aveva portata in camera da letto e aveva scostato le coperte. Poi l'aveva aiutata ad accomodarsi, con tanto di camice indosso, l'aveva di nuovo baciata sulla fronte e le aveva sussurrato:"Dormi bene, Che. Ci vediamo domani."

Cheyenne in quel momento non ci aveva pensato molto, era troppo stanca e intontita dai farmaci che aveva in circolo nel corpo, ma ora, con la luce del giorno, si stava agitando parecchio. Avrebbe visto Faulkner anche oggi? Si erano messi d'accordo e lei non se lo ricordava? Non era sicura di essere pronta a passare del tempo con Faulkner... cioè, del tempo normale. Senza bombe, senza malviventi, farmaci e senza dover interpretare il ruolo della donzella da salvare. Si era immaginata che lui se ne sarebbe andato il più lontano possibile, specialmente dopo il fiume di parole con cui l'aveva travolto la sera prima. Cheyenne affondò la testa sotto al cuscino e gemette di nuovo, ricordando come gli aveva detto anche che probabilmente lui usciva con un gruppo di strafiche. Che modo era di esprimersi? Dannati farmaci.

Cheyenne si mise a sedere, pronta a uscire dal letto per attaccarsi alla doccia, quando la porta della sua camera da letto si aprì e Faulkner entrò.

Ma che diamine?

Cheyenne tirò su le coperte di nuovo su tutto il corpo, fino a fermarle col mento.

"Buon giorno, Che. Spero tu ti senta meglio questa mattina?"

Cheyenne non riuscì a far altro che fissare Faulkner stupefatta e annuire.

"A parole?"

Cheyenne si era dimenticata quell'aspetto di lui. A Faulkner piaceva ricevere una conferma verbale alle sue domande. "Sì, sto meglio."

"Bene. Ti ho preparato la colazione, possiamo mangiare dopo che ti sarai fatta la doccia."

"Colazione?" Cheyenne riprese a fissare Faulkner disorientata. "Non avevo nulla da mangiare nel mio appartamento. Sono piuttosto certa che questa fosse una delle quattrocentocinquantaquattro cose che ti ho detto ieri sera, che ora preferirei non aver detto."

"Adesso hai la scorta. Ho telefonato a Fiona, la

moglie di uno dei miei commilitoni. È andata lei a fare la spesa questa mattina e ha portato un quintale di cose da mangiare. Ti dovrebbero bastare, almeno per un po'."

"Fiona?" Cheyenne cercò di risvegliarsi da quella strana dimensione in cui le sembrava di aver viaggiato.

"Sì, Fiona. Adesso andiamo. Alzati. Vediamo di toglierti le bende. Diamo un'occhiata alle braccia e se si sono riprese abbastanza potrai farti una doccia. La potrai fare una volta tolte le bende."

Cheyenne inclinò la testa verso Faulkner, poi fece come lui aveva detto. Roteò le gambe sul lato del letto e si sedette sul bordo.

Dude le mise una mano sotto a un gomito e l'aiutò ad alzarsi. Quando Cheyenne fu in piedi e riuscì a reggersi da sola, si fece indietro e attese che lei andasse al bagno, che era collegato alla sua stanzetta.

Cheyenne passò davanti a Faulkner per andare in bagno.

"Aspetto un minuto che fai i tuoi bisogni, poi ti raggiungo e ti aiuto con le bende."

Cheyenne aveva creduto che il suo peggiore imbarazzo fosse stato blaterare così tanto la sera prima a quell'uomo affascinante che l'attendeva in camera da letto, ma si era sbagliata. Si affrettò a usare il bagno e a lavarsi i denti, era ancora in piedi davanti al lavandino, con la testa abbassata e le mani appoggiate a un mobiletto, quando Faulkner tornò da lei.

Si mise in piedi dietro di lei e appoggiò le mani sulle sue, sul mobiletto del bagno. Cheyenne poteva sentire il calore del suo corpo dalla schiena. Aveva un corpo molto muscoloso, la sensazione di sentirlo così vicino le piaceva molto. Si sentiva al sicuro, al centro delle sue cure. Era un pensiero un po' pazzo, una sensazione a cui sapeva di non potersi abituare. Avrebbe dovuto essere più guardinga, con quell'uomo, quello sconosciuto, che aveva passato a quanto pare la notte a casa sua, ed era ancora lì, ma non si sentiva affatto in preda alla rabbia. Non aveva fatto altro che prendersi cura di lei. Cheyenne sapeva di potersi fidare di lui, ma non capiva bene il motivo per cui avesse passato la notte lì.

"Perché sei qui?" gli chiese Cheyenne, con tono serio, alzando la testa per guardare Faulkner allo specchio.

"Perché hai bisogno di me."

"Ma non ci conosciamo."

"Ci conosciamo già meglio di quanto non si conoscano tante persone anche dopo un secondo appuntamento."

"Sì, ma non abbiamo mai *avuto* alcun appuntamento."

"A questo intendo porre presto rimedio."

"Hai la risposta pronta a tutto ciò che dico?" Cheyenne si sentiva disarmata dalle risposte calme e logiche di Faulkner a tutto ciò che gli diceva.

"Sì. Allora, sei pronta a togliere le bende?"

Cheyenne annuì, poi roteò gli occhi vedendo che Faulkner non si muoveva, ma si limitava ad alzare un sopracciglio in tutta risposta. "Sì, sono pronta a togliere le bende."

Dude accennò appena un sorriso. Fece un passo indietro e lasciò che lei si girasse tra le sue braccia. Poi si allungò per prendere un coltello dall'aspetto truce che aveva appoggiato su un mobiletto alle sue spalle.

"Santo cielo, Faulkner. Ma *quello* è davvero necessario?"

Lui abbassò gli occhi al coltellaccio militare che aveva in mano. "Sì, Che, è necessario. Mi dispiace solo non averlo avuto con me ieri, quando cercavo di toglierti di dosso quel dannato nastro adesivo dalle braccia. L'avevo lasciato nell'auto, è stata una stronzata galattica non portarlo con me."

Dude non aveva intenzione di aggiungere altro, ma quel coltello gli aveva salvato la vita parecchie volte. Lo alzò all'altezza delle braccia di lei, poi disse: "Stai ferma." Non voleva rischiare di farle del male. Avrebbe affrontato dieci terroristi a mani vuote, piuttosto che far del male a lei, ma se fosse rimasta ferma l'avrebbe aiutato a non farle male di *sicuro*.

Dude sentì che Cheyenne si irrigidiva e cercò di contenere il sorriso che gli stava affiorando spontaneo. Si sentiva fortunatissimo, per la fiducia che lei aveva avuto in lui fino a quel momento. Se lei gli avesse raccontato di essersi svegliata un giorno e di aver scoperto un uomo che conosceva appena lì, a casa sua, dopo una giornata infernale, e di non averlo cacciato a calci immediatamente, lui probabilmente l'avrebbe sculacciata. Ma dato che si trattava di lui, che non avrebbe mai potuto torcerle un solo capello, non commentò minimamente il suo atteggiamento arrendevole.

Fece scorrere il coltello sulle bende del braccio destro, tagliandole con facilità. Poi appoggiò il coltello al mobiletto e con entrambe le mani staccò la garza bianca lentamente e senza alcuna difficoltà. Fremette, alla vista delle chiazze di pelle arrossata, irritata dalla rimozione del nastro adesivo.

"Sembra vada tutto bene," disse Cheyenne soddisfatta, guardando il braccio, ora scoperto.

"Bene?"

"Sì, avresti dovuto vedere ieri. Quella roba che mi hanno messa sul braccio dev'essere proprio un unguento miracoloso!"

Risero entrambi, poi Dude riprese il coltello e liberò rapidamente dalle bende l'altro braccio di Cheyenne. Tolte anche quelle, Dude arretrò. "Va bene, Che, penso che ti possa fare la doccia tranquillamente. Salta su e datti una bella ripulita. Io vado in cucina ad aspettarti. Fai con calma."

Cheyenne annuì e guardò Faulkner arretrare e uscire dal bagnetto, chiudendosi la porta alle spalle. Poi scosse la testa perplessa. Il suo piano era passare la giornata a bighellonare e oziare. Adesso non aveva la minima idea di cosa le riservasse la giornata. Non sapeva perché aveva così fiducia in Faulkner. Forse il motivo era che lo aveva visto nel supermercato, in passato. O forse perché era un militare. Poteva anche essere la gravità della situazione in cui si erano trovati il giorno prima; lui era stato gentile, poi le aveva salvato la vita. Qualunque fosse la ragione, Cheyenne sapeva che forse era un'inezia, ma davvero non sentiva nascere alcun segnale di allarme, per la sua presenza in casa, a quanto pare per tutta la notte. Scacciò quei pensieri, si diresse alla doccia e aprì l'acqua, aspettando che si scaldasse mentre si toglieva di dosso il camice in cui aveva dormito.

Cheyenne rimase nella doccia molto più del dovuto, si sentiva al settimo cielo. Si pulì la pelle strofinandola più forte che poteva, quasi fino a farsi male. L'acqua calda sembrava toglierle di dosso anche ogni preoccupazione, oltre allo sporco e al sudiciume che le era rimasto addosso dalla disavventura del giorno prima.

Infine, chiuse il miscelatore d'acqua e uscì dal box doccia. Appoggiato a un mobiletto c'era un cambio di vestiti che senza dubbio non era lì quando aveva cominciato a farsi la doccia. Cheyenne arrossì violentemente, scoprendo che Faulkner era entrato nel bagno mentre lei era completamente svestita, a pochi passi di distanza. Aveva visto qualcosa? Chissà se gli era piaciuto quanto aveva visto.

Cheyenne era stata sincera, quando gli aveva detto di non credere di essere poi così brutta. Le piacevano alcune parti del suo corpo, ma per il resto si prendeva così com'era, prendere o lasciare. Non era grossa, non era magra. Non aveva i capelli lunghi, non aveva nemmeno i capelli corti. Non aveva gli occhi azzurri o color lavanda, i suoi erano normalissimi occhi marroni. Non era bassa, ma nemmeno particolarmente alta. Era nel mezzo, una media di tutto. Nient'altro che normale. Sua mamma e sua sorella le avevano detto abbastanza spesso che non era niente di speciale, pur sapendo di non dover ascoltare tutto ciò che le dicevano, in questo caso avevano ragione anziché no.

Cheyenne si vestì rapidamente, indossando gli abiti che le aveva lasciato sul mobiletto, arrossendo di nuovo, alla scelta di Faulkner per l'intimo. Ovviamente aveva dovuto rovistare parecchio nel suo cassetto delle mutandine, per trovare il perizoma in pizzo nero. Non era un indumento che indossasse normalmente, sapeva che era rimasto sepolto da intimo vario di cotone e da costumi in due pezzi di nylon, molto più pratici. Non era quello che voleva mettersi, ma non poté resistere. Le vennero i brividi di piacere, si sentiva più bella, pensando che Faulkner aveva scelto quel perizoma e che ora lo indossava.

Le aveva preparato anche un paio di pantaloni della tuta color grigio e una maglietta con collo a V, una scollatura fin troppo profonda per i gusti di Cheyenne. Il reggiseno, anch'esso rispolverato da uno dei suoi cassetti, era l'unico push-up che possedeva. L'aveva comprato in preda a un capriccio, pensando avrebbe potuto farla sentire più sexy, ma non aveva funzionato, l'aveva solo messa a disagio, come se stesse mettendo in mostra qualcosa che in realtà non aveva. Invece, adesso, indossarlo dopo che Faulkner l'aveva scelto per lei... funzionava. Si sentiva sexy.

Cheyenne si guardò allo specchio appena finito di vestirsi. Il reggiseno le metteva in risalto il décolleté quanto mai in passato, teneva davvero fede al suo nome. Le spingeva in alto le tette, rigonfiandole bene al centro, proprio dove c'era lo scollo basso della maglietta. Cheyenne sapeva che probabilmente avrebbe dovuto mettersi una maglietta normale, magari anche uno dei suoi soliti reggiseni, ma si convinse a uscire dalla porta del bagno per tornare nella sua stanza.

Un'occasione così forse non le si sarebbe ripresentata mai più. Non aveva la minima idea di come sarebbe andata a finire, di qualunque cosa si trattasse, magari nel nulla, ma decise che avrebbe cavalcato l'onda finché poteva. Sarebbe stato stupido non farlo. Non sapeva minimamente perché Faulkner fosse ancora lì. Lei era stata onesta, fin troppo onesta, colpa degli antidolorifici, la sera prima, quando aveva discusso con Faulkner chiedendogli cosa ci facesse con lei, ma ora, il mattino dopo, non le era minimamente chiaro, pur avendo la mente sgombra da ogni farmaco, che l'aveva confusa il giorno prima.

Cheyenne entrò nella zona giorno del suo appartamento, si fermò di colpo con lo sguardo fisso. Faulkner era in piedi, nella sua cucina, ai fornelli, con una spatola da cuoco in mano, armeggiava su una padella fumante che conteneva quella che sembrava una frittata. Lui alzò lo sguardo quando lei entrò in camera, come sentendo la sua presenza.

"Ciao, adesso mi sembra molto meglio."

Era un commento innocuo, ma lo sguardo che le rivolgeva era tutt'altro. Cheyenne lo guardò negli occhi, le guardava i piedi, poi le gambe, si soffermò sul petto per qualche attimo, poi risalì fino a incontrare i suoi occhi.

"Grazie."

Si fissarono un po' più a lungo, fino al limite dell'imbarazzo, o dell'educazione, prima che Dude riabbassasse lo sguardo per occuparsi della frittata che stava preparando. Prese fiato profondamente, cercando di non immaginare come l'intimo che aveva scelto per lei le stesse, sotto quei pantaloni della tuta e quella maglietta.

Le aveva aperto i cassetti alla ricerca di qualcosa da farle indossare dopo la doccia, si era ritrovato davanti agli occhi la sua biancheria intima. Era tutta ammucchiata alla carlona, senza alcun ordine, non c'era nulla di piegato. Dude era rimasto per un momento colpito, poi, come vedendosi da lontano, si era messo a rovistare tra tutti i capi di cotone, fino in fondo, dove aveva trovato quel piccolo perizoma nero, sotto tutta la pila delle altre mutandine. Lo aveva tirato fuori senza nemmeno pensarci, lo aveva carezzato col pollice.

La stessa cosa era accaduta quando aveva trovato i suoi reggiseni. Erano tutti comodi e pratici, tranne quello con il merletto nero e l'imbottitura strategica.

Dude non era un esperto, ma sapeva a cosa serviva quel materiale in più, ai lati delle coppe.

Guardando di sfuggita ancora una volta Cheyenne, Dude capì che quanto meno aveva indossato il reggiseno che aveva scelto lui. Poteva vedere più che un accenno della sua scollatura, mentre lei si sedeva sullo sgabello alto che si trovava in cucina. Il leggero rossore che le invadeva il viso lo fece sorridere di sottecchi. Si era accorta che la guardava.

Dude si voltò e prese uno dei piatti che aveva preparato vicino ai fornelli, poi estrasse con gesto esperto la frittata dalla padella e la fece scivolare nel piatto. Prese una forchetta, la mise sul piatto e portò il tutto a Cheyenne.

"Non dovevi cucinare," cercò di protestare Cheyenne.

"Lo so. Mangia."

"Nel mio frigo non c'era altro che condimenti per verdure... Hai detto che una di nome Fiona ha portato tutto questo?"

"Mangia, Che."

Dude sorrise, mentre Cheyenne raccoglieva diligentemente la forchetta e cominciava a tagliarsi la frittata. Non si mosse dal suo fianco, se non dopo il primo morso, dopo aver visto che chiudeva gli occhi dal piacere. Poi tornò ai fornelli e ruppe altre uova nella padella, ancora bollente. Dude divideva la sua attenzione tra Cheyenne, che mangiava, e la frittata che stava preparando per sé.

Quando finì di prepararsi la colazione, Cheyenne era già agli ultimi bocconi. Lo guardò all'improvviso, imbarazzata. "Scusami, avrei dovuto aspettarti. Che scema, sono davvero maleducata."

"Va bene così, Che. Se avessi aspettato, ti si sarebbe raffreddato tutto."

"Ma..."

"Ho detto che va bene così." Dude si accorse di aver usato un tono un po' troppo severo rispetto al contesto, ma non poteva farci nulla. Era fatto così. Era abituato a farsi obbedire. Faceva parte del suo lavoro di SEAL, si trovava spesso in situazioni in cui obbedire era questione di vita o di morte, senza discutere. Non era un maniaco del controllo, non amava le stronzate come lo stile di vita sadomasochista, ma di sicuro voleva avere il controllo quando andava a letto con una donna.

Dude non aveva mai pensato davvero a cosa ciò implicasse in una relazione impegnata, perché non aveva mai *avuto* una relazione vera e propria. Come tutti i suoi amici, almeno prima che si trovassero una compagna, gli piaceva rimorchiare. Portava la sua conquista a casa e si divertiva al massimo per quella notte. Ma dopo quella nottata di piacere, era tutto finito. Tutte le donne che rimorchiava conoscevano le regole, nessuna si era mai lamentata, almeno nessuna gli aveva mai detto nulla. Avevano tutte accettato di concedergli il controllo, per poi andarsene il mattino dopo, ma Dude non aveva mai pensato sul serio a come potesse andare, una relazione che durasse più di una sola notte.

Scosse la testa. Dude voleva Cheyenne, ma non come aveva voluto altre donne, in passato. Lei gli *piaceva*. Come le aveva detto la sera prima, era divertente e interessante. Non erano aggettivi che avrebbe usato in passato per descrivere una donna che gli piaceva. Diamine, non si era mai nemmeno sforzato di conoscere una delle donne che aveva portato a letto, prima. Forse si era comportato da stronzo, ma ormai il passato non si poteva cambiare.

Una donna che gli piaceva, e che voleva conoscere prima di farci l'amore, era una novità per Dude. In passato non aveva mai condiviso coi suoi amici una delle sue relazioni, qualunque fosse il tipo di relazione che aveva con Cheyenne. Non aveva *mai* fatto eccezioni, portando una delle sue scappatelle a conoscere i suoi amici. Ora invece eccolo là, un giorno solo, conosceva Cheyenne solo da un giorno, e aveva spontaneamente chiamato i suoi amici per farsi aiutare. Fiona era stata felicissima di poterlo aiutare, andando a comprare qualcosa da mangiare. Dude non aveva voluto lasciare da sola Cheyenne, quando era in preda al dolore e stordita dai farmaci che le avevano somministrato all'ospedale, qualunque fossero. Così aveva telefonato a Cookie, anche se poi aveva risposto Fiona. Aveva comprato così tanto cibo che sarebbe bastato almeno per un mese.

Dude aveva passato la nottata sul divano di Cheyenne, si era svegliato almeno una volta ogni ora, per poter fare capolino nella camera da letto e vedere come stava. L'aveva sempre trovata che dormiva come un sasso. Non si era mossa nemmeno quando lui si era messo in piedi di fianco al letto. E quell'unica volta in cui Dude aveva davvero toccato Cheyenne, lei aveva mormorato qualcosa e si era *avvicinata* a lui, invece di allontanarsi. Dopo quel momento, era stato più difficile di quanto credesse, uscire da quella camera.

Ora era lì, che dava ordini a Cheyenne, facendosi avanti con determinazione nei suoi confronti. Dude sapeva di doversi allontanare per lasciarle un po' di spazio, ma in tutta verità non gli andava.

"Che programmi hai per oggi, Che?"

Cheyenne guardò Faulkner che mangiava. Spinse il suo piatto più lontano e si appoggiò sui gomiti. "Non ci avevo pensato granché. Di solito vado in giro nei miei giorni liberi."

"Cavolo, non ti ho neanche chiesto che lavoro fai. Scusami."

Cheyenne scrollò le spalle. "Nessun problema. Non abbiamo avuto occasione di parlare delle nostre vite. E poi, non è così interessante, credimi. Rispondo alle chiamate d'emergenza."

Dude abbassò la forchetta, con il boccone di frittata che stava per mettersi in bocca, per guardare incredulo Cheyenne. "Cosa?"

Sentendosi nervosa, senza sapere il motivo della reazione strana di Faulkner, Cheyenne ripeté: "Sono un'operatrice telefonica per le emergenze."

"Quindi aiuti a salvare la vita degli altri quando si trovano in situazioni disperate e ne hanno più bisogno."

Non suonava come una domanda, ma Cheyenne la considerò tale. "Beh, immagino di sì, ma la verità è che per gran parte del tempo è un impiego noioso e riceviamo molte telefonate che non sono delle vere emergenze e le dobbiamo comunque gestire."

"Non lo sminuire, Che," la riprese Dude. "Sei di aiuto alla gente proprio nei momenti più difficili della vita. Rispondi alle richieste di aiuto proprio quando serve. È meraviglioso."

Non sentendosi a suo agio per quegli elogi, Cheyenne scrollò le spalle.

Dude piegò la testa e la guardò più da vicino. Il lavoro che faceva lo aveva meravigliato. Non che non potesse immaginarsela in una professione come quella. Il giorno prima, era rimasta calma di fronte al rischio della vita, ora aveva capito il perché. Era molto preparata e abituata a gestire le emozioni scatenate da situazioni estreme. "Come tieni sotto controllo lo stress del tuo lavoro?"

"Come?" Cheyenne fu sorpresa dalla domanda di Faulkner.

"Ho detto, come tieni sotto controllo lo stress del tuo lavoro?"

"Eh, leggo? Passo il tempo qui a casa?"

Faulkner la scrutò a fondo. Cheyenne non aveva risposto alla sua domanda, in pratica gli aveva rivolto delle altre domande. "Non fai nulla per tenerlo sotto controllo, vero?"

"Non è un dramma."

"Invece *è* drammatico, Che. Diamine, anch'io e i miei amici sappiamo di doverci scaricare, dopo una missione. In qualche modo ti devi pur sfogare."

"So che lavori con gli esplosivi, ma *che* lavoro fai, Faulkner?" chiese Cheyenne timorosa. Voleva spostare l'attenzione da sé e dato che lui aveva toccato l'argomento, ne avrebbe approfittato.

"Sono un SEAL."

Cheyenne lo guardò inorridita. Porca vacca.

"No, ma no, non va bene."

Dude allontanò il suo piatto e si abbassò verso Cheyenne. Non gli piaceva il suo tono di voce. "Cosa intendi con 'non va bene'? Quello che provo per te va bene, molto meglio di quanto abbia provato in chissà quanto tempo, Che."

"Intendo dire, che sei *davvero* un eroe. Che *diavolo* ci fai qui?"

Dude si alzò e si portò addosso a Cheyenne finché lei non arretrò contro il mobile della cucina. Lui appoggiò le mani alla superficie del mobile, dietro di lei, in modo da incombere su di lei, così non lo poteva ignorare, evitando di ascoltare ciò che le voleva dire.

"Per come la penso io, la vera eroina *sei tu*, Che." Dude ignorò il fatto che Cheyenne scuoteva la testa per negare, e proseguì. "Tu aiuti gli altri tutti i giorni. Ogni santo giorno. Sei la loro voce di salvezza quando ne hanno bisogno. Loro chiamano e tu rispondi."

"Ma non li salvo io. Tante volte sono già morti o

stanno morendo, o qualcun altro che conoscono è morto."

"Che, santo cielo." Dude vide che Cheyenne cominciava a tremare.

"No, davvero, spesso non ho idea di cosa succeda, non so come va a finire, al massimo lo vedo al telegiornale. Qualche volta. Io devo solo chiamare la polizia e l'ambulanza, Faulkner. Chiamo persone come *te* perché vadano ad effettuare il salvataggio vero e proprio."

Dude sentiva una morsa allo stomaco. Non gli piaceva affatto sentire il modo in cui Cheyenne si descriveva, come parlava del suo lavoro. "Che, devo proprio raccontarti una storia. Puoi ascoltarmi senza pregiudizi, puoi sentire quello che ho intenzione di dirti?"

Vedendo il cenno di assenso di Cheyenne, si limitò a inarcare un sopracciglio.

"Scusa, sì, ti ascolto."

"Io per i miei genitori sono una delusione totale." Dude vide che Cheyenne voleva già interromperlo per argomentare, ma non glielo consentì. "Non ti sto raccontando tutto questo per farti provare compassione per me. Ascoltami e aspetta."

Cheyenne annuì e vide nella mandibola di Faulkner un muscolo che palpitava. Qualunque cosa intendesse dirle, doveva essere davvero importante.

"Un giorno quando avevo tredici anni ho saltato la scuola. Sono tornato a casa dopo essere stato fuori a fare surf, mi aspettavo che i miei mi saltassero addosso arrabbiati perché non ero andato a scuola, ma ho trovato la cucina piena di sangue. I miei genitori non c'erano. Non ho trovato un biglietto, niente. Non avevo idea di dove fossero o di cosa fosse successo. Sapevo solo che la casa era vuota e che c'era una fontana di sangue in cucina, sui mobili, nel lavandino, anche sul pavimento. Sono andato fuori di testa. Ho telefonato al numero di emergenza, avevo perso il controllo. La signora che ha risposto al telefono è stata un angelo. Mi ha fatto calmare e mi ha chiesto di rispondere ad alcune semplici domande. Ha usato una tecnica che poi ho scoperto serve ad attivare la parte destra del cervello per distogliere i pensieri dalle emozioni, per sfruttare di più il lato razionale della mente. Mi ha chiesto come mi chiamavo, quanti anni avevo, poi mi ha chiesto il mio indirizzo. Di certo userai anche tu queste tecniche, man mano che passava alla domanda successiva riuscivo a ragionare più lucidamente.

"Mi sono guardato intorno e ho visto un coltellaccio da carne appoggiato vicino al tagliere, con un mucchio di verdure. Mentre descrivevo la situazione, quello che vedevo, la signora al centralino di emergenza faceva delle ricerche. Mi ha detto che mia madre era stata ricevuta al pronto soccorso, accompagnata da mio padre. Si era tagliata in modo grave mentre preparava la cena e aveva lasciato tracce di sangue dappertutto, mentre aspettava che mio padre l'aiutasse a fasciarsi la ferita stringendola il più possibile."

Dude sorrise, mentre Cheyenne si metteva una

mano sul bicipite, sfregandolo. Lo stava guardando ancora con attenzione, la fronte corrugata, mordendosi un labbro. Senza saperlo, stava cercando di consolarlo. A Dude, questo piaceva.

Proseguì rapidamente verso la conclusione della storia per arrivare al punto. "Ero così imbarazzato, per essere saltato subito a delle conclusioni assurde, pensando che i miei genitori fossero stati accoltellati e rapiti. Non ho mai dimenticato la sensazione di sollievo quando quella donna mi ha risposto. Era la mia ancora di salvezza, non so cosa avrei fatto se non fosse stata lì, per me. *Tu* sei quell'ancora di salvezza per gli altri, Che. Sei la persona che risponde a chi si trova in crisi e telefona, sei quella che risponde alla chiamata. Io non conosco il nome di quella donna, non l'ho mai incontrata, non ho mai potuto ringraziarla come meritava. Di questo mi pento a tutt'oggi. Vorrei tanto che potessi incontrare ogni singola persona che aiuti, Che. Vorrei che potessi vedere coi tuoi occhi quanto aiuti gli altri."

Dude fece una pausa e portò la sua mano martoriata sulla nuca di Cheyenne. La tirò verso di sé, costringendola a guardarlo negli occhi. "Quello che fai è importante, Che. Hai un effetto sulla vita degli altri, molto più di quanto pensi. Le persone con cui parli non ti dimenticheranno mai, ricorderanno sempre il tuo aiuto, anche se uno dei loro cari non dovesse farcela. Riconoscilo a te stessa, dolcezza. Sii fiera di te stessa."

Cheyenne chiuse gli occhi per un attimo, le piaceva molto la sensazione del pollice di Faulkner sulla sua pelle, con il suo mignolo che le sfiorava la nuca. Era una sensazione meravigliosa. "Proverò," sussurrò in risposta.

"Provaci." Dude si avvicinò, entrando nello spazio personale di Cheyenne e spostando l'altra mano dal mobile della cucina al fianco di lei. Le strofinò il pollice all'altezza della vita. "Adesso ti bacio con tutta la passione di questo mondo, Che. Poi ti toccherò in un modo probabilmente troppo intimo, per esserci incontrati appena ieri. Non posso fare a meno di pensare a te, con indosso quel perizoma che ti ho preparato, a contatto con la tua pelle, proprio adesso, mentre siamo seduti qui. Quando poi riuscirò a staccarmi da te, spero che succeda prima di spingermi troppo oltre, dovrò togliermi dalle scatole per qualche ora. Ci sono delle questioni di cui mi devo occupare, ma tornerò più tardi. Voglio portarti a far conoscere le persone più importanti della mia vita... la mia squadra di SEAL e le loro compagne. Poi ti porto a casa mia, voglio che tu dorma nel mio letto, mentre io dormirò sul divano. Quando arriverà il momento che ti farò mia, voglio essere sicuro che siamo pronti entrambi. Questo piano ti crea qualche problema?"

Cheyenne cercò di non entrare in iperventilazione. C'erano così tanti punti che trovava sbagliati, in quanto aveva detto Faulkner, ma voleva ogni singola cosa, provava un desiderio che sfiorava la disperazione. "Domani devo lavorare," riuscì a dire, senza prender fiato.

Vide che Faulkner sorrideva, con un'espressione da

birichino. "Va bene, ti riporterò qui prima che cominci il tuo turno, così potrai cambiarti e fare tutto ciò che devi, per prepararti. Va bene così? Hai altre obiezioni?"

Cheyenne rispose negando col capo, se ne accorse e disse: "No, Faulkner, nessuna obiezione."

Lui aveva uno sguardo magnetico. "Ieri sera hai espresso un desiderio, e dovresti sapere che non vedo l'ora di farti sentire com'è la mia mano sulla tua... pelle, Che." Dude abbassò la testa, senza darle modo di rispondere a quanto le aveva appena detto, poi si apprestò a baciarla, con una passione travolgente, come le aveva promesso.

Non chiese, non si avvicinò alle sue labbra lentamente, si tuffò e prese il controllo. Dude non le dette modo di prendere l'iniziativa. Affondò la lingua nella bocca di Cheyenne e la prese con determinazione. Usò i denti, la lingua, perfino le labbra. La provocò, l'assaggiò, la morse, l'accarezzò. Nel giro di pochi attimi, Cheyenne si ritrovò preda del suo abbraccio, persa nella passione che stavano condividendo.

Dude le afferrò i polsi con la mano destra e glieli portò dietro la schiena. Glieli tenne fermi, nella parte bassa della schiena, incoraggiandola ad appoggiarsi a lui. Con le nocche della mano sinistra le sfiorò i seni, ora ancor più evidenti nello scollo basso della sua maglietta, grazie al reggiseno push-up.

Dude si allontanò lentamente dalla bocca di Cheyenne, ignorando il suo lamento dispiaciuto, per guardare in basso la sua mano, che le accarezzava il petto. Poteva vedere i suoi capezzoli che sporgevano, nonostante il reggiseno di pizzo e il cotone della maglietta.

"Normale? Santo cielo, Che, ma guardati. Tu sei *tutto* tranne che dannatamente *normale*."

Senza lasciarle il tempo di dire o fare altro, Dude abbassò il capo e leccò lo spazio tra i suoi seni. La tenne ferma con la mano che le stringeva i polsi dietro la schiena, mentre l'altra era appoggiata appena sotto i suoi seni. Poteva sentire il suo cuore che martellava contro al petto, come se avesse appena corso una maratona.

"Bella. Così bella," mormorò Dude, allontanandosi di nuovo. Guardò di nuovo Cheyenne negli occhi. "Non hai la minima idea di quanto ti voglia, tanto da impazzire, vorrei strapparti di dosso i vestiti, passare il resto del giorno ad assaggiarti, a scoprire quanto è bella la sensazione di averti sotto di me. Non ne hai la più pallida idea. Questa *non è* una botta e via, Che. Dillo."

"Non è una botta e via."

"Bene. Sì, una botta non basterebbe proprio." Dude scacciò ogni pensiero. Cheyenne era così bella, inerme, tra le sue braccia, in attesa di scoprire cosa volesse fare di lei, con lei, in quel momento. Sapeva di camminare su un terreno delicato. Stava mettendo alla prova le sue capacità di controllarsi, fin quasi a raggiungere il limite, ma doveva sentire il suo sapore.

"Aspetta, Che. Devo sentire il tuo capezzolo con la lingua ancora una volta, prima di lasciarti andare." Dude

si fece un po' più indietro, poi prese con la mano martoriata lo scollo della maglietta per tirarlo da parte. Probabilmente l'avrebbe rovinata, ma non gliene fregava nulla.
La spostò abbastanza da poter vedere il bordo del pizzo,
sulla coppa del reggiseno. Sempre tenendo stretta la
maglietta, usò uno dei moncherini delle dita per
spostarla e toglierla di mezzo. Bastarono un paio di
centimetri, il suo capezzolo fece capolino dalla coppa
del reggiseno, Dude lo vide, mentre si induriva ancor di
più, per l'aria fresca della stanza.

Cheyenne aveva areole grandi, il suo capezzolo era
appena più scuro della pelle che lo circondava. Dude
passò sul capezzolo l'unghia del pollice. Vide che
Cheyenne gemeva e inarcava la schiena al suo tocco,
portandosi più vicina a lui. "Cazzo, che bella." Dude si
abbassò e risucchiò in bocca Cheyenne con forza.
Proprio come aveva fatto col bacio, non partì lentamente. Succhiò con forza e usò i denti per tirarle il
capezzolo, allungandolo. Sentì che lei agitava le braccia
contro la sua presa, mente gli si contorceva addosso.

Le lasciò andare il capezzolo all'improvviso e guardò
in basso. Se non avessero avuto dei vestiti addosso,
Dude sapeva che sarebbe già stato dentro di lei. Le loro
parti intime si spingevano vicino, era certo di sentire il
calore di Cheyenne trapelare dai vestiti.

Mentre continuava a carezzarle il capezzolo col
pollice, Dude le si avvicinò e le sussurrò in un orecchio:"Eh, sì, adesso il perizoma è tutto bagnato, non è
vero, Che?" Vorrei tanto sfregarlo contro la mia guancia,

adesso che l'hai indossato. Mi ero immaginato questa sensazione, l'odore che avrebbe avuto, quando l'ho tirato fuori dal tuo cassetto, ma darei qualunque cosa per metterci le mani sopra, adesso." Dude sentì che Cheyenne ansimava, la vide inclinare il collo su un lato, invitandolo a giocare.

Lui le succhiò il lobo dell'orecchio, mordendolo con passione. Poi Dude passò al suo collo. Senza pensarci, cominciò a lasciare il segno dove tutti avrebbero potuto notarlo. Scelse apposta un punto in cui non fosse possibile nascondere il livido e succhiò la pelle di Cheyenne prendendola in bocca.

"Ma... mi... mi stai facendo un succhiotto?" balbettò Cheyenne, senza però tirarsi indietro, anzi, inclinando ulteriormente la testa per lasciare più spazio a Dude. "Cosa siamo, dei ragazzini?"

Dude continuò a segnarle il collo con la bocca fino a essere soddisfatto, poi rialzò la testa per ammirare il suo capolavoro. "Esatto, ti sto lasciando il segno. Voglio che continui a pensare alla mia bocca su di te, alle mie dita sul tuo capezzolo, alle tue gambe che mi stringono, ogni volta che ti guardi allo specchio, Che."

Guardando le sue dita che le pizzicavano il capezzolo irrigidito, Dude ripeté, scandendo chiaramente ogni parola: "Questa non è una botta e via. Penso che non mi stancherò mai di te."

Finalmente, controvoglia, Dude capì di doversi fermare, altrimenti non sarebbe più *riuscito* a fermarsi. Si abbassò per dare al suo capezzolo un'ultima, lunga leccata, gli piaceva un sacco come si era irrigidito, al suo tocco. Leccò fino alla scollatura, assaggiò il sapore che aveva tra i seni, un'ultima volta. Non volendo smettere, giocò di nuovo col capezzolo tra le dita, poi lasciò che la coppa del reggiseno risalisse per tornare a coprirlo. Si avvicinò e prese ancora la bocca di lei con la sua. Spostò la mano sinistra fino alla sua nuca.

Poi Dude si allontanò, ora la toccava solo con le mani, una che teneva i polsi di lei, appoggiati dietro la schiena, l'altra dietro la nuca. Attese con pazienza, un grande sorriso sul volto, finché Cheyenne non riaprì gli occhi.

Quando lei finalmente rialzò le palpebre, lui era lì, la vide arrossire di un colore acceso. "Sei deliziosa, Che. Mi dispiace che ti sia trovata intrappola, ieri, ma non mi dispiace che ci siamo incontrati. Se era quello l'unico modo in cui potevi entrare nella mia vita, sono contento che sia andata così. so di essere uno stronzo egoista, ma è così che mi sento."

Dude attese, ma Cheyenne non disse nulla, così continuò a guardarla con calma, poi proseguì: "Mi piaci, Cheyenne. Penso che tu sia meravigliosa. A letto sono un farabutto, sono pieno di pretese, ma se questo preludio è stato un valido indizio, vedrai che ci troveremo alla perfezione."

Cheyenne si agitò per la prima volta, capendo quanto Faulkner l'aveva comandata a bacchetta. Sentendo che non la lasciava andare, lo squadrò in ritardo. La sua occhiata ovviamente non sortì alcun effetto, lui si mise a ridere e continuò a tenere stretti i suoi polsi.

"Mi è piaciuto molto sentirti vicina. Mi è piaciuto sentirti muovere e appoggiarti a me. Se in qualunque momento, in tutta onestà, c'è qualcosa che facciamo che non ti piace, basta che tu me lo dica. Ti giuro che saprò sempre ascoltarti, Che. Va bene"

"Va bene," concordò Cheyenne immediatamente. Faulkner finora non aveva fatto nulla che a lei dispiacesse. Magari non rispettava il suo lato più femminista, ma le piaceva molto non avere alcun pensiero, potersi godere le sensazioni che Faulkner stimolava nel suo corpo. Amava il fatto che lui avesse preso l'iniziativa nel loro rapporto fisico.

Dude finalmente lasciò andare le sue mani e si allontanò da lei di un passo. La guardò tutto soddisfatto, mentre lei si muoveva, cercando di riprendere l'equilibrio. Fece passare il suo indice nella scollatura abbassata della sua maglietta, affondandolo tra i suoi seni. Infine, chiuse gli occhi e sospirò.

"Va bene, adesso penserai che sono un maniaco del sesso, ora me ne devo andare. Devo occuparmi di alcune questioni legate a quanto successo ieri. Devo riferire al mio comandante, farmi sentire di nuovo dalla polizia. Penso di tornare verso le tre a prenderti. Poi andremo a casa di Wolf e Ice. Hanno organizzato per oggi un picnic estemporaneo.

"Estemporaneo?"

Dude sorrise. "Sì, appena Fiona ha portato qua la

spesa, ieri sera, ha telefonato al suo gruppo di amiche, hanno organizzato questo ritrovo per oggi, per poterti conoscere." Vedendo la reazione stupita negli occhi di Cheyenne, Dude le si avvicinò e appoggiò la fronte alla sua. "Vedrai che ti vorranno bene, Che. Fidati. Ti ricordi quando hai detto che questa non era una botta e via? Dicevo sul serio. Non porterei mai una scappatella a casa di un mio amico, non le farei mai incontrare il resto della mia squadra e le loro compagne."

"Sei stato tu a farmelo dire."

"Io non ti ho costretta a dire nulla. L'hai detto di tua spontanea volontà."

"Ma..."

"No, niente ma," tagliò corto Dude. "Questa... non è... una botta... e via." Scandì ogni parola con decisione, ma con tono tranquillo.

Cheyenne sorrise. "Va bene, Faulkner, come dici tu."

Dude le rispose scuotendo la testa. Era così terribilmente dolce. Poi il suo sorriso svanì, guardò Cheyenne con più serietà. "Tu sei d'accordo? Noi due?"

"Ci siamo appena conosciuti. È tutto molto veloce."

"Vero. Ma è una bella sensazione. Sì?"

"Sì."

"Già."

"Allora va bene così, vengo a prenderti verso le tre."

"Va bene, Faulkner. Sarò pronta."

Dude si allontanò del tutto da Cheyenne. Nell'allontanarsi, non le tolse mai gli occhi di dosso, prima di aver raggiunto l'entrata. "Riposati, oggi, Che. Fai con calma, non esagerare. Ci vediamo più tardi." Poi si girò e aprì la porta. Proprio mentre se ne stava uscendo, si rivolse a Cheyenne. "Chiuditi a chiave." Attese che gli rispondesse annuendo, poi scomparve all'esterno.

Cheyenne si trascinò verso la porta. Come promesso, chiuse a chiave e mise anche la catenella di sicurezza, poi si accasciò contro lo stipite.

Santo cielo, fu l'unico pensiero che le affiorò alla mente, poi chiuse gli occhi e sorrise.

CAPITOLO SEI

CHEYENNE MUOVEVA NERVOSAMENTE LE DITA, seduta nel veicolo vicina a Faulkner. Era tornato al suo appartamento più tardi, nel pomeriggio, proprio come le aveva promesso. Cheyenne aveva passato quelle ore a chiedersi freneticamente cosa avrebbe dovuto indossare in quel "ritrovo" con i suoi amici, come l'avrebbe presentata, come aveva fatto ad accettare che tornasse a prenderla... e una miriade di altri pensieri che le venivano.

Non era da lei. In primo luogo, non era il tipo di donna che andava così di fretta con un uomo. Diamine, l'ultimo uomo con cui era uscita l'aveva portata fuori per un mese, prima che lei accettasse di andare oltre. In secondo luogo, non era certo una donna di cui gli uomini si innamorassero facilmente, ma per Giove, le piaceva. Sognava Faulkner a occhi aperti. Fin da quando l'aveva visto la prima volta, nel supermercato, che faceva la spesa come se niente fosse, aveva sperato che la guardasse almeno una volta, sognando che le dichiarasse amore eterno. Che stupidaggine, ma la sua famiglia glielo diceva sempre, che aveva la testa fra le nuvole.

Cheyenne aveva passato il tempo, tra un pensiero e l'altro, facendo le pulizie nel suo appartamento da cima a fondo. Certo, aveva ammesso di essere pigra, ma sapere che Faulkner era stato a casa sua tutta notte, in quell'appartamento così trascurato, messo davanti alla sua svogliatezza, era troppo.

Così aveva fatto le pulizie. Cheyenne aveva lavato tutti i piatti sporchi che giacevano nel lavandino della cucina, aveva passato l'aspirapolvere, riordinato e aperto tutta la posta che di solito gettava a casaccio sul tavolino del salotto. Aveva compilato un paio di assegni per pagare delle bollette in scadenza e aveva fatto andare un paio di carichi di lavatrice.

Guardandosi intorno, Cheyenne immaginò che avrebbe dovuto anche spolverare, ma quello era davvero un po' troppo. Spolverare non le era mai andato a genio, non lo capiva. A che serviva? Quando si spolvera, non è che poi la polvere che si toglie dal mobile sparisca. Appena finisci di passare lo straccio dalla libreria, o dal tavolo, o da qualunque altra parte, la polvere che hai smosso poi torna giù... quindi è davvero solo una perdita di tempo. Immaginò che Faulkner non avrebbe nemmeno visto quel po' di polvere, che non gli sarebbe interessata.

Infine, nelle prime ore del pomeriggio, Cheyenne capì che era ora di pensare e decidere cosa indossare. Tenne indosso il perizoma, sorridendo maliziosamente. Nel corso della giornata ci si era abituata, in tutta onestà, voleva continuare a indossarlo anche per far piacere a Faulkner.

Dopo aver provato e scartato quasi metà del suo guardaroba, Cheyenne optò per un paio di jeans a vita bassa, ma non troppo bassa, anche perché non aveva più diciott'anni, un maglioncino nero a scollo tondo, che lasciava intravedere appena la scollatura, ma non abbastanza da essere volgare. Cheyenne ragionò per poco più di quattro secondi se indossare di nuovo il reggiseno push-up che aveva prima, ma decise di no. Vero, Faulkner l'aveva scelto per farglielo indossare, ma sarebbe stato diverso, fuori luogo, indossarlo per andare a incontrare i suoi amici.

Non c'era niente che potesse fare sul segno che Faulkner le aveva lasciato, sul lato del collo, ma pensandoci bene, onestamente ogni volta che lo vedeva la faceva sorridere. Aveva ricevuto un succhiotto solo una volta nella vita, in passato, ai primi anni delle superiori. Il ragazzo che gliel'aveva fatto aveva succhiato fin troppo, così le era venuto un livido orribile. Aveva indossato un collo alto per almeno una settimana, finché non era svanito abbastanza da non avere un aspetto raccapricciante. Ma il segno di Faulkner era appena visibile. Aveva succhiato con la forza appena sufficiente per lasciarle il segno, senza che questo desse l'impressione di essere il risultato di un esperimento sessuale di una ragazzina di tredici anni.

La sua maglietta aveva le maniche lunghe, che avrebbero coperto le sue braccia, ancora convalescenti, uno dei pensieri più importanti per lei, quella sera. Non voleva farsi notare troppo, incontrando gli amici di Faulkner, e se avesse indossato una camicetta a maniche corte certamente l'avrebbero notata troppo. Indossò un paio di infradito ricoperte di strass, e completò il suo abbigliamento con un paio di orecchini con dei pendenti di bigiotteria.

Cheyenne però non poteva far nulla per il suo occhio nero. Non aveva mai imparato bene a truccarsi, pensò che se avesse provato in quel momento, si sarebbe conciata come una ragazzina che giocava con i cosmetici della mamma per la prima volta. Si passò un po' di mascara sulle ciglia e si spalmò sulla bocca un lucidalabbra alla menta piperita. Si mise il tubetto in tasca, per applicarlo di nuovo più tardi. Non indossava mai il rossetto, ma aveva la mania dei lucidalabbra aromatizzati.

Cheyenne aveva un aspetto accettabile. Non avrebbe mai vinto un concorso di bellezza, ma pensò di essere comunque abbastanza bella. La maglietta era una delle sue preferite, quei jeans le stavano bene. Cheyenne passò gli ultimi trenta minuti, prima che Faulkner arrivasse al suo appartamento, camminando avanti e indietro per il salotto mordendosi un pollice. Era un vizio che aveva quasi perso, in parte anche grazie alla sorella, che l'aveva sempre tormentata senza pietà a quel proposito, ma sembrava non riuscire a smettere, quando le saliva lo stress.

Aveva preparato anche una borsa col necessario per la notte. Faulkner l'aveva informata, non che le avesse chiesto, che avrebbe passato la notte a casa sua. Non era sicura che dicesse sul serio, ma, nel caso, voleva essere pronta. Cheyenne sapeva che era un po' strano, ma santa pazienza, aveva deciso di viverla momento per momento. Faulkner aveva detto, facendola confermare, che qualunque fosse il rapporto che stava nascendo tra loro non era una scappatella da una notte, ma chissà se era il caso di credergli. Però ci avrebbe provato. Se poi alla fine *fosse* risultata una sola notte e null'altro, non aveva intenzione di lamentarsi. Cheyenne si era così tanto ossessionata sul quel militare che aveva incontrato nel supermercato, che mai e poi mai avrebbe potuto, né voluto, deludersi allontanandolo adesso. Insomma, capitava a tutti di avere delle storie da una notte. Aveva deciso di viverla un po', caso mai si sarebbe preoccupata in seguito.

Cheyenne si portò per dormire una maglietta e un paio di pantaloncini corti, per il giorno dopo scelse dei vestiti casual come ricambio, un altro paio di jeans e una maglietta, stavolta col collo a V. Faulkner aveva detto che l'avrebbe riportata a casa prima del suo turno, l'indomani, in modo che si potesse cambiare per il lavoro. Cheyenne mise nella borsa il necessario per il suo shampoo del mattino, dentifricio, cose così, e poi fu pronta.

Infine, proprio quando Cheyenne pensava le stesse per venire un colpo, Faulkner arrivò. Lei gli aprì la porta e vide che la squadrava da capo a piedi. Quando finalmente la guardò negli occhi, era evidente che gli piaceva ciò che vedeva.

"Magari possiamo stare a casa, invece."

"Eh?

"Cosa?"

Dude scosse la testa come per schiarirsi le idee. "Cazzo. No, dobbiamo andare, ci stanno aspettando tutti."

"Non vuoi più andare?" Cheyenne si portò involontariamente il pollice alla bocca. Se Faulkner le aveva dato un'occhiata e aveva deciso che non voleva più portarla a incontrare i suoi amici, le sarebbe venuto un colpo.

Dude vide lo sguardo incerto di Cheyenne e si prese mentalmente a calci. Fece un passo avanti fino ad entrare nel suo spazio personale. Fu molto soddisfatto nel vedere che lei non si allontanava da lui.

Portò la mano destra sul suo braccio e la mano sinistra martoriata verso la sua faccia. In passato non avrebbe mai nemmeno pensato di poter toccare una donna con quella mano maciullata. Ma a Cheyenne non era sembrato importare, in passato. Anzi, a giudicare dalle sue parole e dai suoi comportamenti, in auto, la sera prima, piuttosto sembrava piacerle.

"Che, voglio che incontri i miei amici più di qualunque altra cosa. Ti piaceranno, e tu piacerai loro. Solo che, nel momento in cui ti ho vista, l'unico pensiero che mi è venuto è stato immaginarti sdraiata nel letto, che mi guardavi nello stesso modo in cui mi hai guardato mentre aprivo la porta. Sto cercando di non correre, per provare a te e a me che questa non è una scappatella passeggera. Non ho mai dovuto trattenermi in passato, quindi sto imparando man mano. Le parole che ho detto mi sono uscite di bocca senza neanche pensarci e non ho potuto fermarle."

Cheyenne lo guardava con gli occhi spalancati. Faulkner poteva vedere i suoi capezzoli spuntare dalla maglietta che aveva indosso. Chiuse gli occhi per un attimo e li riaprì, sperando che lei capisse.

"Quando dico qualcosa è sul serio, Che. Se non volessi farti incontrare i miei amici, non li incontreresti. Se volessi essere tuo amico, solo tuo amico, lo sapresti. Sono un uomo semplice. Se sono stanco, dormo, e se ho fame, mangio. Ma sappi questo... ti voglio. Vorrei solo portarti nella tua camera da letto e guardarti, mentre ti togli i vestiti per me. Voglio che mi guardi, proprio come stai facendo adesso, mentre mi spoglio per te. Voglio prenderti con foga e passione, poi ti voglio lentamente e dolcemente. Ti voglio sotto la doccia, e su ogni mobile di casa mia. Voglio prenderti da dietro, mentre hai le mani legate dietro la schiena, voglio guardare mentre lo prendi in bocca finché non mi sfogo nella tua gola. Tutti questi pensieri mi sono passati per la testa nell'istante preciso in cui hai aperto la porta, quando ti ho vista. Per questo ho detto quel che ho detto, non perché non volessi farti incontrare i miei amici. Capito? Non dubitare di me, Che."

Cheyenne non poté fare altro che continuare a osservare Faulkner. Aveva il cervello completamente in pappa. Le sue parole l'avevano fatta bagnare, lo sentiva, sapeva che se avesse guardato in basso si sarebbe imbarazzata, tanto i suoi capezzoli si erano eccitati ascoltandolo.

"Ho capito. Di sicuro hai spazzato via ogni timore che avevo, ogni dubbio che volessi o meno farmi conoscere i tuoi amici."

"Bene. Un'altra cosa."

"Sì?"

"Non hai indossato il reggiseno che ti ho preparato stamane. Perché?"

Cheyenne arrossì, non era sicura che Faulkner l'avrebbe notato. "Si vede?"

Dude adorava quel colorito pesca che aveva invaso il viso e il collo di Cheyenne. Avrebbe voluto tirarla tra le sue braccia e trascinarla di peso in camera da letto, più di quanto sentiva il bisogno di respirare, ma tenne il controllo.... a malapena. "Sì, si vede. Hai delle belle tette, Che. Non sono flosce, rimangono ben alte sul petto. Ma quando indossavi quel reggiseno, prima, te le spingeva ancora più in alto, così la scollatura che si creava mi faceva venir voglia di affondare la mia faccia tra le tue tette e passare delle ore a godermele. Quindi, sì, l'ho notato."

Dude alzò la mano destra portandola al petto di lei, accarezzò la parte alta dei seni, che si intravedevano sul collo stondato della sua maglietta.

"E... cioè... Sto bene con questo maglioncino anche senza?"

A Dude non piaceva il tono incerto delle parole di Cheyenne. Diamine. Si prese a calci mentalmente un'altra volta. Quella sera sembravano uscirgli solo le parole sbagliate. Sapeva che Cheyenne non era molto sicura di sé, del suo aspetto. Avrebbe dovuto fare qualcosa al proposito.

"Penso di averti già spiegato quanto stai 'bene' con quella maglietta, Che. E ripensandoci, i miei commilitoni saranno pure sposati, ma non voglio che passino tutta la sera a fissarti, e di certo ti fisserebbero se indossassi quel reggiseno. Penso che sarà meglio che indossi la tua lingerie sexy solo quando siamo da soli." Dude vide che Cheyenne accennò un sorrisetto timido.

La tirò a sé, le mise la mano destra sotto al mento e le alzò la testa per potersi avvicinare con l'angolo giusto, poi la baciò a lungo e profondamente. Il bacio dové finire fin troppo presto, ma Dude sapeva che se ne dovevano andare. Ciascuna delle sue parole era la pura verità, se ne dovevano andare, altrimenti non se ne sarebbero andati affatto.

Dude si allontanò. "Menta piperita. Ogni volta che ti bacio hai un sapore diverso."

"Sono i miei lucidalabbra," gli rispose sottovoce Cheyenne.

"Mi piace." Dude tenne la mano destra sotto al suo mento, costringendola a guardarlo, poi con la mano sinistra, stringendo i resti delle sue dita, li passò sul lato del suo collo, sulla clavicola, poi giù, sui suoi seni gonfi. Senza mai interrompere il contatto visivo, Dude portò la mano più in basso, accarezzandole il capezzolo del suo seno destro. Sentendo che sporgeva ancor più di prima, finalmente abbassò lo sguardo.

"Cavolo, Che. Il tuo corpo risponde così bene."

"Non è mai successo prima," disse Cheyenne, senza stare a pensarci, poi si sentì morire dall'imbarazzo. Merda.

Senza agitarsi per l'accenno agli altri uomini che aveva avuto, Dude commentò: "Mamma mia, ci divertiremo un sacco, non è vero?" Dopo un respiro profondo, Dude spostò la mano per prendere il braccio di lei con delicatezza. "Hai preparato una borsa? Stasera stai da me."

Cheyenne rispose annuendo timidamente, poi indicò la sua borsa, appoggiata proprio vicino alla porta.

Dude tirò un sospiro di sollievo alla vista della sua borsa pronta, aveva fatto quanto le aveva chiesto senza esitare, e questo gli faceva effetto. Sì, le aveva detto di farlo, ma in fin dei conti la decisione era stata sua. Era l'aspetto che gli piaceva di più in una relazione con una donna docile, che aveva comunque il potere. Lui avrebbe potuto ordinare a Cheyenne tutto ciò che desiderava, ma in ultima analisi era lei che lo rendeva possibile, o meno. Dude si abbassò per prendere la borsa di Cheyenne, per un istante desiderò contenesse molto di più, poi disse: "Andiamo, dobbiamo muoverci. Adesso."

Cheyenne gli sorrise. A Faulkner piaceva darle ordini, ovviamente gli piaceva prendere il controllo della situazione a letto, ma lei sapeva comunque come prenderlo. E questo le piaceva.

Ora erano nel suo pick-up e stavano andando a casa di Ice e Wolf.

"Raccontami bene dei tuoi amici," disse Cheyenne, lungo il percorso.

"Wolf è il leader della squadra. Ice è la sua compagna, lavora come chimica. Gli ha salvato la vita quando erano in aereo e sono stati dirottati."

"Me lo ricordo! Santo cielo! Quella era la *tua* squadra di SEAL?" Affascinata dal leggero rossore sul volto di Faulkner, Cheyenne attese che proseguisse.

"Sì, eravamo noi. Hanno dovuto superare un bel po' peripezie, ma alla fine Caroline si è trasferita con lui. Si sono sposati di recente. Poi ci sono Abe e Alabama. Le cose tra loro andavano bene, poi Abe ha detto delle stronzate dopo che Alabama era stata arrestata e ha dovuto lottare con tutte le forze per riconquistarla. Penso di non aver mai visto una coppia così innamorata e unita fino al midollo come quei due. Come SEAL, il nostro dovere principale è proteggere gli altri, ma Abe certamente ha fatto una stupidaggine non proteggendo le emozioni di Alabama. Grazie al cielo l'ha perdonato.

"Cookie e Fiona si sono messi insieme subito dopo. Fiona era stata rapita da una organizzazione di trafficanti di schiave a fini sessuali, l'avevano portata all'estero. Cookie è stato quello che l'ha trovata e l'ha portata in salvo. Mozart e Summer sono stati gli ultimi a trovarsi. Mozart dava la caccia a un uomo che gli aveva ucciso la sorellina, quando erano ragazzi, chissà come quel tipo ha scoperto che aveva conosciuto Summer e ha voluto torturare Mozart rapendogli la donna. Benny e io siamo rimasti gli ultimi della squadra senza una compagna."

Il silenzio calò nell'abitacolo del veicolo, quando Dude finì di parlare. Si voltò per guardare Cheyenne. Lo fissava, incredula.

Dude accennò una risata spontanea. "Sì, sembra una follia, ma ti giuro che sono tutte persone normali e ti apprezzeranno un sacco."

"Forse dovremmo davvero tornare indietro." Cheyenne si stava innervosendo. Una chimica? Organizzazione del traffico sessuale? Arresto? Rapimento? Era molto più di quanto si aspettasse.

"No. Non ci hai pensato, vero?"

"Pensato a cosa?"

"Pensato a come anche *noi* ci siamo incontrati, Che."

"Mamma santa."

"Esatto. Adesso quando la gente parla di noi dirà che ti ho salvato la vita quando avevi una bomba attaccata al petto. La storia è drammatica proprio come quella dell'incontro dei miei amici con le loro compagne.

Rilassati, Cheyenne." Dude si voltò verso di lei, fermandosi a un semaforo rosso, le mise una mano sul ginocchio. "Non ti metterei mai in una situazione in cui potresti sentirti a disagio e non la benvenuta. All'inizio magari sarai un po' in imbarazzo, incontrare persone nuove è sempre un po' difficile, ma so che per la fine della serata avrai quattro nuove amiche e il rispetto di tutti i ragazzi della mia squadra. Ora rilassati."

Mordendosi l'unghia, Cheyenne disse: "Va bene, ci proverò."

Dude le tirò il pollice fuori dalla bocca e se lo avvicinò alle labbra, lo succhiò un momento prima di lasciarlo andare. Rise, vedendo lo sguardo a occhi spalancati che Cheyenne gli rivolgeva.

"Non ti mangiare le unghie. Ogni volta che ti vedrò farlo, farò la stessa cosa. Non mi importa dove saremo. Ricordatelo."

"Eh..."

Dude rise di nuovo e le dette un colpetto sul ginocchio, per poi riportare la sua attenzione al traffico.

Cheyenne preferì sentirsi divertita che irritata, così gli rise di rimando. "Non sono sicura sia un deterrente efficace, Faulkner."

Lui sghignazzò. "Oh, penso che lo sarà, a meno che non ti voglia ritrovare davanti ad altre persone, con i capezzoli duri come la roccia e la sedia bagnata. Scommetto che potrei farti avere entrambe le reazioni, solo succhiandoti quel pollice." Dude rise, vedendo che Cheyenne si muoveva sul sedile.

Le parole gli uscivano dalla bocca senza filtri, diceva tutto ciò che gli passava per la testa. "Santo cielo, Che, se bastano le mie parole a farti questo effetto, chissà come reagirai alla mia bocca."

"Basta, Faulkner. Davvero. Io non... Non posso..."

Dude si mise subito tranquillo, vedendola a disagio. "Scusa, Che. Mi dò una calmata. Continuo a dimenticarmi che per te è tutto nuovo e che non ci sei abituata."

"Ma è solo che... Cazzo. Perchè non riesco a parlare vicino a te?"

"Ieri sera ci riuscivi," le ricordò Dude.

"Sì, ma perché quei medici perfidi mi hanno imbottita di farmaci. Non sapevo che assumere medicinali pesanti mi avrebbe sciolto la lingua così tanto."

Il veicolo si fermò davanti a una casetta in un bel quartierino. C'era una piccola veranda, con alcune macchine parcheggiate davanti al garage e sulla strada. Cheyenne pensava di non essere affatto pronta a tutto ciò.

"Ehi, guardami un attimo, Cheyenne."

Lei voltò la testa e strofinò le mani sulle cosce. Cheyenne era più agitata di dover incontrare gli amici di Faulkner, di quanto non lo fosse stata quando aspettava di rispondere alla sua prima chiamata di emergenza, al lavoro.

"Se vuoi andar via, va bene. Non siamo obbligati a farlo adesso."

Non era quello che Cheyenne si aspettava di sentirsi

dire da Faulkner. "Ma volevi farmi incontrare i tuoi amici."

"E lo voglio ancora, ma non voglio che tu ci stia male. Ho fatto le cose di fretta, lo so, mi dispiace. Ma mi piaci. E volevo che incontrassi le persone più importanti della mia vita. Abbiamo tutto il tempo di farlo più avanti. Forse è stata un'idea stupida."

Cheyenne vide che Faulkner stava allungando la mano verso le chiavi, ancora nel blocco di accensione. Allungò la mano e l'appoggiò al suo avambraccio, impedendogli di riavviare il suo pick-up.

"Sono nervosa, non lo nego, ma voglio incontrarli. *Davvero*. Non esco molto, Faulkner. Non cambierebbe nulla se invece di incontrarli adesso li incontrassi fra tre mesi, un po' perché sono persone nuove, ma anche perché sono così importanti per *te*. A me tu piaci." Cheyenne abbassò gli occhi e giocherellò con una cordicella che pendeva dal suo sedile. "E se a loro non piacessi? E se poi non abbiamo nulla in comune? Io... Voglio conoscerti meglio, e sapere quanto sono importanti per te, so che non potrebbe mai durare tra noi se a loro non piacessi."

Dude sentiva che quello era un momento importante e faceva fatica a trovare le parole giuste, per farsi capire da Cheyenne. "Fidati di me, ti dico che a loro piacerai, Che. Alabama faceva le pulizie quando ha incontrato Abe. Passava le serate a pulire interi palazzi di uffici. Caroline è una chimica, ma aveva appena perso i suoi genitori quando ha incontrato Wolf. Stava attraversando il paese per un nuovo lavoro, non aveva legami in California. Nessuno aveva denunciato la scomparsa di Fiona, quando è stata rapita. Non aveva amici o parenti che si preoccupassero per lei. Summer era divorziata ed era sul lastrico quando ha incontrato Mozart, faceva le pulizie in un motel scalcinato. Queste donne non avranno pregiudizi nei tuoi confronti. Te lo prometto. E qualora non fosse già evidente, anche a me tu piaci. E nella remota probabilità che non andassi d'accordo con le altre, vorrò comunque conoscerti meglio." Dude si fermò per un attimo, poi disse: "La scelta sta a te, Che. Io non potrei mai costringerti a fare qualcosa che non vuoi fare. *Mai.*"

Cheyenne sapeva che c'era molto altro, oltre a quanto le aveva detto, non si trattava solo di conoscere i suoi amici, ma per il momento decise di soprassedere.

"Va bene, andiamo. Merda. Ho avuto una dannatissima bomba attaccata al petto, questo non sarà mai altrettanto difficile."

Dude rise e si avvicinò a Cheyenne. La tirò a sé per un breve bacio appassionato, poi la lasciò andare. "Aspetta qui, vengo ad aprirti la portiera."

Cheyenne roteò gli occhi, ma attese che Faulkner facesse il giro del veicolo per aprirle la portiera.

La prese sottobraccio e si incamminarono pian piano sul vialetto di ingresso della casa. Cheyenne respirò profondamente e si fece forza, pronta a qualunque evenienza. Decise in quel momento che avrebbe fatto di tutto pur di godersi la loro compagnia.

Erano persone importanti per Faulkner, voleva piacere loro, lo voleva al limite del normale. Avrebbe fatto attenzione a non sembrare imbranata, una stupida, una stralunata. Sarebbe stata se stessa. Sperava che questo bastasse.

CAPITOLO SETTE

"Faulkner!"

Cheyenne fece un passo indietro mentre la porta d'ingresso si apriva di botto, e una brunetta tutta agitata si gettava tra le braccia di Faulkner. Lui fece un passo indietro e rise, mentre accoglieva tra le braccia quella donna e la sollevava da terra.

"Ehi, Alabama. Come stai?"

"È passato fin troppo tempo da quando ci siamo visti!" Alabama indietreggiò e baciò Faulkner sulla guancia. Poi si voltò improvvisamente, puntò gli occhi verso Cheyenne e disse: "Oh cavolo, mi dispiace, solo che è davvero passato così tanto tempo da quando ci siamo visti. Non volevo essere così maleducata. Mamma mia."

Cheyenne si rilassò un poco. Quella donna le piacque da subito. "Non c'è problema, davvero."

Dude si abbassò, baciò Alabama sulla guancia e poi

si voltò verso Cheyenne. "Andiamo, Che, entriamo così ti presento tutti quanti."

Cheyenne annuì e sorrise ad Alabama, mentre si portavano all'interno. Arrivarono in salotto e Cheyenne si bloccò. Merda. Sapeva che avrebbe trovato molte persone, in quella casa, ma vederle tutte insieme, nello stesso posto, allo stesso tempo era davvero sconfortante. Guardandosi intorno, vide molti uomini muscolosi e sospirò. Lo sapeva. Si avvicinò a Faulkner e si mise in punta di piedi. Lui le si avvicinò, per poterle porgere l'orecchio, mentre lei gli confessava onestamente: "Lo sapevo, tu *esci* con una banda di fighi!"

Dude tirò indietro la testa e rise. Per Giove, la sua Che era davvero spassosa.

Cheyenne guardò Faulkner con un sorriso complice stampato in volto. Le piaceva un sacco farlo sorridere. Si ricordava la sua espressione seria, al supermercato, quando armeggiava con la bomba. Riuscire a mettere un po' di leggerezza nella sua vita le sembrava il talento migliore che potesse avere.

"Ragazza mia, adesso sei ufficialmente una di noi. Non ho mai visto Faulkner così, prima d'ora. Mai."

Ricordandosi dov'erano e con chi erano, Cheyenne arrossì e guardò la donna che aveva parlato.

"Piacere, mi chiamo Caroline. Sono così lieta di conoscerti. Quando Fiona mi ha telefonato per dirmi che Faulkner le aveva chiesto il piacere di fare la spesa per portarti da mangiare nel tuo appartamento, c'è mancato poco che ci presentassimo tutte a trovarti.

Siamo contentissime che tu sia qui, oggi. Di certo sarai nervosa, lo siamo state tutte, quando ci siamo incontrate la prima volta. Sappi solo che non sei l'unica."

Cheyenne sorrise, quella donna le piacque immediatamente. A quanto pare, tra quelle persone erano molto abituati a "dirsi le cose come stanno".

"Il piacere è tutto mio, Caroline. Grazie per avermi invitata, oggi."

Un uomo molto alto si avvicinò in piedi a Caroline. Sembrava più vecchio degli altri uomini, ma era assolutamente affascinante. Era molto muscoloso, tanto che Cheyenne poteva intravedere le nervature dei muscoli sotto la sua camicia.

"Lascia che faccia le presentazioni per tutti, prima che ti debba scervellare per capire chi è chi."

Prima che potesse proseguire, Caroline lo sgomitò tra le costole, alzò gli occhi e gli disse: "Mi raccomando, usa i nomi veri. Non dire solo i soprannomi."

Wolf sorrise benevolmente a Caroline. "Va bene, tesoro."

Caroline alzò gli occhi al cielo.

Cheyenne sorrise di nuovo, rilassandosi ancora un po'. Sembravano tutti così... normali. Faulkner le mise un braccio intorno alla vita e lei si voltò verso di lui per un attimo. Lui le sorrise e le si avvicinò. "Te l'avevo detto che saresti piaciuta a tutti," le sussurrò.

Cheyenne scosse solo la testa. Era arrivata solo da due minuti e mezzo, si sentiva ancora sotto esame, ma sembrava andar bene... fino a quel momento.

"Io mi chiamo Wolf, o Matthew se preferisci, questa è Caroline, mia moglie. A volte ci sentirai chiamarla Ice, è il suo soprannome."

Cheyenne vide che Matthew guardava Caroline con immenso amore e con tanto desiderio da farla arrossire. Cercò di ignorare l'uomo enorme che era in piedi vicino a lei e si concentrò sulle presentazioni.

"Laggiù c'è Mozart, o Sam, con la sua compagna, Summer. Vicino a loro ci sono Cookie, o Hunter, con Fiona. Poi c'è Abe, il suo nome vero è Christopher, con Alabama. Mentre quel tipo tutto solo laggiù è Benny, o Kason. Lui è l'ultimo di noi a doversi ancora trovare una compagna."

"Ehi!" protestò Benny: "Io di donne ne ho molte!"

Risero tutti.

Cheyenne rise con tutti gli altri, ma dentro stava tremando. Come cavolo avrebbe fatto a ricordarsi chi era chi? Lei faceva troppa fatica coi nomi. La prima cosa che faceva ogni volta che le squillava il telefono, al lavoro, era chiedere alla persona che chiamava il nome, poi se lo scriveva su un bigliettino adesivo vicino alla tastiera. Merda, si era già dimenticata molti dei nomi dei presenti, e glieli avevano *appena* detti.

"Attenzione tutti quanti, lei è Cheyenne Cotton. Per favore, non spaventatela, stasera. Tenetevi in tasca tutte le storie strane e terrificanti. Non voglio che scappi impaurita urlando dalla casa."

Cheyenne fece un cenno di saluto al gruppo. Santo cielo, era tutto così strano.

"Va bene," disse Caroline, assumendo la guida del gruppo. "Matthew, tu e Christopher andate a grigliare le bistecche. Qualcuno che mi aiuti col resto della sbobba?"

Cheyenne si offrì di getto. L'ultima cosa che voleva era starsene lì con le mani in mano mentre tutti gli altri preparavano da mangiare. "Ti aiuto io."

Caroline le sorrise. "Ottimo. Grazie. Un po' di aiuto mi farà comodo."

Cheyenne si incamminò dietro a Caroline in cucina, ma Faulkner non le lasciava andare la presa sulla vita. Lo guardò perplessa.

Continuò solo a fissarla intensamente, per un momento.

"Cosa?" sussurrò Cheyenne, chiedendosi d'un tratto se avesse fatto bene a offrire il suo aiuto, in fin dei conti.

"Grazie."

"Di che?"

"Perché sei qui. Per l'aiuto. Perché ci provi, per me."

"Sembrano molto gentili, Faulkner. Sono contenta che mi hai portata qui."

Cheyenne poteva intuire che Faulkner aveva molto di più da dirle, invece si abbassò su di lei e le baciò la fronte. Lasciò le labbra sulla sua pelle un po' più a lungo di quanto forse non fosse appropriato, davanti ai suoi amici, ma poi indietreggiò.

"Donna, vai a preparare da mangiare."

Cheyenne rise e gli dette uno schiaffetto sul braccio. "Come vuoi, *Dude*."

Dude strinse con affetto la vita di Cheyenne e la lasciò andare. Lei andò in cucina tutta sorridente.

———

Cheyenne si guardò intorno, in quella stanza affollata, molto soddisfatta. Era stata una sera meravigliosa. Si era rilassata molto prima di quanto avesse immaginato. Le altre donne erano divertenti e allegre, a loro non importava dire qualcosa di stupido o di ridicolo davanti a lei o agli uomini.

E gli uomini. Numi del paradiso. Cheyenne a un certo punto si era quasi data un pizzicotto, per essere sicura che non fosse un sogno, che era davvero seduta in una casa con sei uomini incredibilmente *macho* a chiacchierare. Era surreale.

Non riusciva a ricordare i nomi di tutti, di certo non sapeva quale soprannome corrispondesse a quale uomo, ma in fin dei conti non importava. Si lasciò trasportare, nessuno sembrò notarlo.

"Sono piena. Santo cielo, Caroline, dovevi proprio cucinare tutta questa roba?" si lamentò Fiona. Era seduta sulle ginocchia di Hunter, che sedeva su una poltroncina. Cheyenne vedeva che Hunter l'accarezzava distrattamente sul fianco.

"Forse ho un po' esagerato, ma era tutto molto buono, vero?"

"Penso che se mando giù anche solo un boccone in

più, potrei anche esplodere, come quel tipo nel film Monty Python," brontolò Alabama ridendo

"Adoro quel film," intervenne Cheyenne. Scimmiottando una battuta del film, disse con accento britannico: "Non potrei mangiare un altro boccone."

Risero tutti, e Cheyenne rispose a tutti con un sorriso.

"Come va la scuola?" chiese Dude ad Alabama, sapendo che si stava preparando per il diploma.

"Va bene. Il problema sono le mamme chioccia, una vera follia. Una volta una madre è venuta in classe a prendere appunti al posto del figlio. Una cosa ridicola. A volte è difficile andare a scuola con dei ragazzini, che non hanno la minima idea di quanto sia duro il mondo. Se sapessero quanto è preziosa l'educazione, si impegnerebbero di più, invece di dare tutto per scontato.."

"Non è sempre così," replicò Summer. "Io mi sono fatta in quattro per diplomarmi e mi piaceva ogni aspetto del mio lavoro alle Risorse Umane."

"Mi ricordo quando lavoravo all'Università in Texas, avevo a che fare tutti i giorni con genitori di quel tipo. Una volta mi ha perfino chiamata una mamma, per il figlio di *trentuno* anni, che non riusciva a capire come fare per avere la trascrizione di un corso. Roba da matti!" aggiunse Fiona, scuotendo la testa.

Cheyenne avrebbe tanto voluto fare altre domande, ma tenne la bocca chiusa e lasciò che parlassero gli altri, intorno a lei. Sperava di poter conoscere meglio quelle donne, in futuro, per capire bene cosa le muovesse e poter così contribuire alla conversazione senza sentirsi strana nel farlo.

"Ice, sei poi riuscita a scoprire quel nuovo composto a cui lavoravi?"

Caroline rise alla domanda di Benny. "Vuoi una risposta tecnica, o la versione breve?"

Sapendo che poteva andare avanti anche tutta la notte a parlare di chimica e di tutto il suo lavoro, Benny sorrise e rispose: "La versione breve va bene."

"Sì."

Risero tutti, alla risposta stringata di Caroline.

"Ottimo lavoro, allora. Congratulazioni."

"Grazie, Benny. In futuro spero che in tanti non dovranno sottoporsi a cure così disumane per delle malattie così terribili, se questo composto avrà gli effetti che si immaginano."

Nella stanza ci fu un momento di silenzio, poi Summer chiese: "Allora, tu cosa fai, Cheyenne?"

Cheyenne si spostò sul divano, sentendosi a disagio. Faulkner le era seduto di fianco e ovviamente se ne accorse. "Summer," avvertì l'amica, sapendo che Cheyenne stava ancora elaborando le proprie emozioni sul suo lavoro, provava un pizzico di risentimento verso Summer, che aveva inavvertitamente messo al centro dell'attenzione Cheyenne.

Cheyenne si inserì rapidamente nel discorso, mettendo una mano sulla guancia di Faulkner per tran- quillizzarlo. "No, va tutto bene. Non è un problema. Di lavoro, rispondo al telefono."

"Ah, allora lavori in un centralino di assistenza ai clienti, o qualcosa del genere?"

"Non proprio. Sono una operatrice del centralino per le emergenze.."

Per un momento tacquero tutti, poi Fiona chiese, con tono dubbioso. "Esattamente cosa significa? Scusa, magari dovrei saperlo, solo che non lo so."

"Oh, no, non devi preoccuparti, dovevo spiegarmi meglio io. Rispondo al telefono quando le persone in difficoltà chiamano per un'emergenza. Se c'è un incendio, se a qualcuno viene un infarto, cose di questo genere."

"Rispondi al centralino del numero di soccorso?" chiese Caroline con voce stranita.

Cheyenne guardò Caroline, che stava seduta dall'altra parte della stanza, in un'altra poltrona ben imbottita. Anche lei era seduta sulle ginocchia del suo uomo, Cheyenne vide gli occhi di Matthew che si rivolgevano immediatamente a sua moglie. Non sembrava entusiasta del tono di voce che aveva usato. Sembrava piuttosto preoccupato.

Cheyenne cominciò a innervosirsi. Oh cavolo. Caroline si era offesa? Aveva avuto una brutta esperienza in passato col numero di emergenza?

"Va tutto bene, Che," mormorò Dude vicino a lei, sentendo il suo disagio. Le portò un braccio sulla spalla e la avvicinò al suo fianco.

"Sì, rispondo alle telefonate del numero di emergenza," disse Cheyenne a Caroline con la massima attenzione.

Cheyenne vide che Caroline si mosse sulle ginocchia di Matthew per alzarsi in piedi. Cheyenne guardò di sfuggita gli altri presenti. Gli sguardi delle donne erano molto tranquilli, quelli degli uomini non erano proprio accigliati, ma nemmeno troppo rilassati. Stava succedendo qualcosa, di sicuro, ma Cheyenne non aveva idea di cosa.

Caroline attraversò la camera fino a trovarsi di fronte a Cheyenne. Poi le si inginocchiò di fronte e le mise le mani sulle ginocchia.

Cheyenne non sapeva come reagire. Arrischiò uno sguardo rapido a Faulkner, ma lui fissava Caroline. Cheyenne tornò a rivolgersi alla donna che le si era inginocchiata davanti, era nervosa, non sapeva cosa aspettarsi.

"Grazie. Ovviamente non hai idea dell'importanza del tuo lavoro."

Cheyenne non sapeva che dire, quindi non disse nulla.

"Avrei sempre desiderato incontrare l'operatore della linea di emergenza che mi ha aiutata."

Oh cavolo, Cheyenne non era sicura di essere pronta ad ascoltare quella storia. Si irrigidì, ma Faulkner la strinse con maggior forza, con la mano martoriata. Cheyenne gli prese la mano, come se fosse l'ultima speranza prima del plotone di esecuzione.

Cheyenne sentì che Faulkner diceva a Caroline: "Le

ho già raccontato la storia, Ice, ma non sono sicuro che abbia compreso a fondo. Raccontagliela. Magari tutti insieme riusciremo a farle capire quanto sia importante il suo ruolo, quanto influenzi la vita degli altri."

"Faulkner..."

"Shh, Che. Ascolta."

Cheyenne tornò a osservare Caroline, poi rivolse lo sguardo su Matthew. Stava guardando Caroline con grande affetto, dalla poltrona dall'altra parte della stanza. Era seduto, con gli avambracci appoggiati alle ginocchia. Sembrava rilassato, ma Cheyenne sapeva che avrebbe potuto attraversare la stanza in un batter d'occhio, in caso di necessità.

"Quando vivevo in Virginia, un giorno mi hanno seguita dal lavoro a casa. Matthew e gli altri della squadra erano via, in missione. Avevo appena cominciato il lavoro nuovo, non conoscevo proprio nessuno. Un uomo ha fatto irruzione nel mio appartamento, mi sono dovuta nascondere nella doccia. Ero davvero spaventata, così ho chiamato il numero di emergenza quasi senza pensarci. Ci insegnano fin da piccoli che dobbiamo chiamare, per chiedere aiuto, proprio quello che ho fatto. Non ho parlato a lungo con la signora che mi ha risposto, ma è stata meravigliosa. Non si è fatta prendere dal panico, ha fatto arrivare la polizia nel giro di pochi secondi, dopo aver sentito qual era il mio problema.

"Non ho idea di chi fosse o di come si chiamasse, ma mi ha salvato la vita. Non la dimenticherò mai. Quindi, ti ringrazio, per quella signora e per tutti quelli che lavorano alla linea di emergenza. Grazie per il tuo servizio. Grazie per l'impegno e l'attenzione, per l'aiuto. Grazie mille."

Cheyenne vide gli occhi di Caroline pieni di lacrime, aveva appoggiato la testa sulle sue ginocchia. Alzò una mano e la mise dietro la testa di Caroline. "Io... ci mancherebbe." Cheyenne non sapeva che altro dire, si sentiva a disagio e commossa allo stesso tempo.

Infine, Caroline rialzò la testa e rivolse a Cheyenne un sorriso pieno di lacrime. "Tu, amica mia, avrai un destino ricco di karma positivo per tutta la vita, per quello che fai."

Cheyenne era imbarazzata, sperava che la conversazione cambiasse alla svelta e non fosse più così concentrata su di lei. Non era ancora pronta a fare i salti di gioia per il suo lavoro, ma Caroline e Faulkner avevano cominciato a farle intravedere la possibilità che forse aveva un ruolo davvero importante, nel mondo. Almeno per qualcuno.

"Allora... avete visto la partita di hockey?" disse Benny, con l'intento di stemperare un po' il clima nella stanza, riuscendoci.

Risero tutti, Caroline si rialzò in piedi e si asciugò le lacrime agli occhi. Poi tornò da Matthew, che se la tirò in braccio, baciandola con grande passione.

Cheyenne vide che Matthew le metteva una mano dietro la testa e la girava, finché lei non si trovò di fianco, sulle sue ginocchia. Aveva le gambe a penzoloni su un bracciolo della poltrona, mentre la parte alta del suo corpo era sostenuta dal braccio di Matthew. Wow.

Cheyenne si mosse sul posto e tremò, sentendo Faulkner che le sussurrava in un orecchio: "Te l'avevo detto che eri meravigliosa."

Lei si limitò a sorridere.

Dopo un po' più di tempo, Hunter accese la televisione. Erano tutti più che sazi, dopo quella mangiata abbondante, con tanto di scambio di emozioni forti, una bella serata tra buoni amici.

Dopo aver guardato una sit-com senza troppe pretese, arrivò il telegiornale della sera. Cheyenne rimase immobile e sbalordita, sentendo il giornalista che pronunciava il suo nome. Guardarono tutti affascinati la reporter, mentre andava in onda un filmato del giorno prima.

"Cronaca. Cheyenne Cotton è stata congedata dall'ospedale ieri sera, dopo aver subito solo ferite superficiali nell'attentato di ieri pomeriggio a Kroger. Cinque uomini sono stati uccisi, dopo che avevano attaccato col nastro adesivo una bomba alla signora Cotton e avevano cercato di trattare per poter fuggire dal supermercato. Un artificiere esperto della marina è stato chiamato per disinnescare l'ordigno. Eccoli, mentre escono dal negozio, una volta neutralizzata la bomba."

Cheyenne guardò il video tramortita, in cui si vedevano lei e Faulkner uscire dal supermercato. Era pallida, gli teneva la mano, mentre lui l'accompagnava tra i vetri in frantumi, per raggiungere l'ambulanza, davanti al negozio. Vide che erano circondati dai giornalisti, che

Faulkner le aveva messo un braccio intorno alla vita per sostenerla. La clip terminò e la telecamera tornò in diretta sulla giornalista seduta nello studio televisivo, che concluse la notizia.

"*I cinque uomini uccisi, a quanto pare, hanno agito da soli. Al momento, la polizia non può né confermare né smentire che facessero parte di una banda. Le autorità non hanno rivelato i loro nomi, le indagini sono in corso. La signora Cotton non ha risposto alle domande, la marina non ha rivelato il nome dell'artificiere che ha disinnescato la bomba, salvando la vita a molte persone. Continueremo a seguire la storia e a riferire qualunque altro dettaglio. Passiamo ora la linea a Tina, con le previsioni del tempo per questa settimana...*"

Per un momento, nessuno parlò, poi Mozart sospirò: "Santo cielo, Cheyenne, non avevamo idea che fossi *tu*. Ma stai bene? Non dovresti essere a casa a riposarti?"

Cheyenne non poté trattenere una risatina. Cavoli, questi tipi erano tutti uguali, protettivi fino al midollo. "Sto bene. Faulkner è arrivato in tempo."

Dude prese la parola. "Quei bastardi hanno usato così tanto nastro adesivo che mi sono serviti dieci minuti per arrivare a quella dannatissima bomba. Il nastro ha strappato in alcuni punti la pelle dalle sue braccia, si vede ancora l'occhio nero che quei bastardi le hanno fatto."

Cheyenne lanciò un'occhiataccia a Faulkner. "So parlare, lo sai?"

"Lo so, ma probabilmente ti limiteresti a dire 'sto

bene, grazie per aver chiesto'," rispose Dude, cambiando il tono della voce per imitarla.

Cheyenne sentì che le altre donne ridacchiavano. Cercò di mordersi le labbra per trattenersi, ma non ci riuscì. In fondo era divertente, capperi.

"Beh, ma io *sto* bene, Faulkner, e sono stati gentili a chiedermelo."

Così tutti i presenti nella stanza si fecero una grassa risata.

"Ragazzi siete così divertenti," disse loro Fiona. "Siamo così contenti che Faulkner sia arrivato, ieri. Davvero, con le bombe è il migliore."

"Con le bombe?" grugnì Dude, schernendola.

"Sì, con tutte le bombe."

Cheyenne vide che tutti si prendevano in giro e si stuzzicavano a vicenda. Non aveva mai avuto amici come quelli. Diamine, nemmeno la sua famiglia scherzava in questo modo. Quando Karen la prendeva in giro, era sempre con cattiveria, non certo per divertimento condiviso. Loro erano gentili. Le piacevano davvero gli amici di Faulkner.

Cheyenne non si era accorta di quanto fosse stanca, se non sentendo Faulkner che diceva: "Adesso è ora che ce ne andiamo. Che non riesce a tenere gli occhi aperti."

Così Cheyenne si costrinse ad aprire bene gli occhi e vide che Faulkner si era alzato ed era andato a stringere la mano ai suoi amici.

"Sì, è ora che ce ne andiamo tutti. Le esercitazioni di domattina saranno pesanti," disse Mozart, sbadigliando.

"Vuoi usare il bagno prima di andare, Cheyenne?" le chiese Caroline educatamente.

"Grazie."

Cheyenne seguì Caroline nel corridoio fino al bagnetto degli ospiti, che era un po' appartato. Caroline le si rivolse, prima che entrasse.

"Quello che ti ho raccontato è tutto vero, Cheyenne."

Cheyenne annuì appena. Non voleva proprio tornare sull'argomento. Le piaceva Caroline, ma le stavano arrivando fin troppi "grazie" e non ne poteva gestire così tanti in una sera sola.

"Sono così contenta che tu e Faulkner stiate insieme. Si merita una persona come te, nella vita. Io probabilmente sarei morta se non fosse per lui e per gli altri ragazzi."

"Non so bene se stiamo insieme, Caroline," le disse Cheyenne, spontaneamente. "Cioè, ci siamo conosciuti appena ieri, in circostanze piuttosto estreme."

"So che la pensi così, ma ancora non puoi capire a fondo questi uomini. Le uniche volte che abbiamo incontrato una donna che stava con Faulkner era sempre all'*Aces Bar and Grill* o in un ristorante. Non ha mai fatto sul serio con le altre. Mai. Era trincerato dietro a un muro. Per lui le cose sono o bianche o nere. O ci si butta al cento per cento, oppure niente. E credimi, amica mia, con te c'è tutto, al cento per cento. Per quanto tu mi piaccia, devo dirti una cosa. Faulkner è mio amico. Non farlo soffrire. Se non ti interessa, lascialo adesso. Posso chiamarti un taxi. Si arrabbierà, ma gli passerà. Se non ti interessa avere una storia seria con lui, non lasciarglielo credere."

"Ma..."

"Lasciami finire. Ti prego."

Cheyenne annuì, così Caroline andò avanti. "Questi ragazzi si innamorano alla svelta. Sono come degli orsacchiotti giganti, con tutta la loro goffaggine. Faulkner ti vuole. Si vede. Ce ne siamo accorti tutti, ma non sono certa che te ne sia accorta anche *tu*. Se vuoi solo portarti a letto un SEAL, per favore, trovane un altro, non Faulkner."

"Ma stai scherzando?" Cheyenne non voleva far arrabbiare Caroline, ma non poteva davvero credere alle parole che le uscivano di bocca.

"No."

"Cioè, davvero, pensi che *volessi* venire qui, stasera? Sul serio? Quando l'uomo affascinante che quasi ho seguito al supermercato mi salva la vita e sembra essere, per qualche strano, miracoloso motivo, interessato a me, vuole che venga a incontrare i suoi compagni e le sue amiche, pensi che io *volessi* venire qui con lui? Lo sapevo che sareste stati prevenuti. Lo *sapevo*. Io non faccio amicizia facilmente. Non sapevo come mi avreste accolta. Volevo piacervi, volevo che mi piaceste, ma pensavo fosse troppo presto. Però sono venuta. Perché voglio stare con Faulkner. Mi interessa. Mi interessa così tanto che se anche volesse legarmi al suo letto e prendermi nel modo più strano, stanotte, e ogni santa notte, io ci starei, senza alcun ripensamento. Mi fido ciecamente di lui."

Senza accorgersi di aver alzato la voce e di aver attirato l'attenzione degli altri, che ora erano in piedi dietro di lei, all'inizio del corridoio, che la guardavano a bocca aperta, Cheyenne proseguì.

"Apprezzo il fatto che tu voglia proteggere un amico, dico davvero, ma non la tua insinuazione che voglia solo farmi un SEAL. Santo cielo, Caroline, vivo a Riverton da quando sono nata. Pensi che un SEAL mi abbia mai *desiderata*, prima? Non è che posso fermarne uno per la strada, come se stessi ordinando una pizza. Non ho la più pallida idea di cosa Faulkner veda in me, e spero ancora che faccia sul serio e che non mi prenda in giro, ma posso garantirti per la miseria che, fintanto che sarà interessato, sarò sua."

Cheyenne respirava con difficoltà quando finì. Notò che Caroline stava sorridendo. Cosa cavolo aveva da ridere? Lo capì quando sentì un braccio intorno alla vita e un altro intorno al petto, e si sentì tirata all'indietro, verso un corpo muscoloso. Faulkner.

"Mi interessi, Che."

Senza guardarsi indietro e senza muoversi, Cheyenne guardò Caroline, che ormai non cercava più di nascondere la sua contentezza, e sussurrò: "Ti prego, dimmi che non ha sentito tutto."

"Purtroppo, Cheyenne, penso che abbiano sentito *tutti*."

Cheyenne chiuse gli occhi, sentendo il fruscio dei

vestiti e i passi felpati degli altri, che li raggiungevano nel corridoio stretto.

"Gesù." Non riuscì a dire altro. Tutti gli amici di Faulkner l'avevano sentita che si sfogava con Caroline, che sembrava essere un po' la matriarca del gruppo? Cazzo.

"Va bene, ora ce ne andiamo. Grazie per la cena, Ice. Wolf. Ci vediamo tutti domattina." Dude non perse tempo. Si spostò fino ad avere Cheyenne sul fianco, le mise un braccio intorno alla vita, assicurandosi che ci rimanesse, poi l'accompagnò mentre andavano verso l'uscita, superando il gruppo degli altri, ora tutti sorridenti.

"Ciao, Cheyenne, è stato un piacere conoscerti."

"Ci sentiamo presto!"

Cheyenne sentì la voce di Caroline dire mezza imbarazzata: "Presto usciamo con le ragazze a fare shopping, ti chiamo!"

Anche gli altri uomini la salutarono, mentre Faulkner l'accompagnava fuori dalla porta, verso il suo pickup. Le aprì la porta del passeggero e l'aiutò a sedersi e a mettersi comoda. Poi Cheyenne vide che girava intorno al veicolo per andare a sedersi di fianco a lei. Senza dire una parola, avviò il motore, fece inversione al centro della strada e partì, probabilmente verso casa sua.

CAPITOLO OTTO

Cheyenne non disse una parola mentre andavano a casa si Faulkner. Era imbarazzata oltre l'inverosimile perché Faulkner e tutti i suoi amici avevano sentito quanto aveva detto. Non era dispiaciuta per *quanto* aveva detto a Caroline, però, era tutta la verità, nient'altro che la verità. Apprezzava il fatto che Caroline cercasse di proteggere un suo amico, ma cribbio, avrebbe dovuto capire anche solo guardando Cheyenne che lei non era quel tipo.

Ma sapere che tutti gli amici, Faulkner compreso, avevano sentito quanto aveva dichiarato la imbarazzava da morire. Inoltre, lui durante il tragitto non le aveva detto nulla. Era stato tranquillo per tutto il tempo, fino ad arrivare a casa sua. Cheyenne quasi quasi temeva che la riportasse al suo appartamento e che la lasciasse là, senza nemmeno proferire parola, ma non era andata così.

Accostarono davanti a una casetta in mattoni, ben tenuta, con una piccola tettoia a proteggere l'ingresso. C'era un lungo vialetto che portava a un garage singolo di fianco alla casa, verso il retro. Il cortile era tenuto bene, non c'erano cespugli incolti ai lati della casa, l'erba sembrava tagliata di recente.

Faulkner svoltò nel vialetto e lo percorse fin quasi in fondo, poi spense il motore del suo pick-up. Non aprì il garage, uscì solo dal veicolo e si portò sul lato di Cheyenne. L'aiutò a uscire, poi aprì la portiera posteriore e prese dal sedile posteriore la borsa con le sue cose per la notte. Sempre senza parlare, le mise una mano intorno alla vita e l'accompagnò alla porta sul retro. Mise la chiave nella toppa e le fece strada all'interno.

Entrarono in una piccola lavanderia, in cui c'era una lavasciuga. Senza darle il tempo di guardarsi attorno, Faulkner non fece altro che spingerla per farle attraversare prima un cucinotto piccolo, ma funzionale, poi il salotto. Faulkner aveva un televisore enorme montato a parete, non certo una sorpresa, poi c'erano un divano e un divanetto combinati, disposti a L, intorno a un tavolino basso.

Le pareti erano in grigio chiaro, che contrastava con i marroni chiari dei divani. Era senz'altro un ambiente dall'aspetto maschile, calzava a pennello a Faulkner.

Sempre senza fermarsi, Dude invitò Cheyenne a proseguire. La guidò a una camera da letto, verso il retro della casa. Una volta entrati, Dude mise a terra la borsa e fece girare Cheyenne su se stessa, fino a tenerle le braccia, in modo che lo guardasse negli occhi.

"Mi dispiace..."

Dude interruppe Cheyenne prima che potesse proferire altro. "Non ti dispiacere di nulla, cazzo. Non hai idea quanto siano importanti le tue parole. Non so nemmeno da dove cominciare. In primo luogo, sono irritato che Caroline abbia avuto il coraggio di metterti in guardia."

"Ti vuole bene, stava cercando di proteggerti."

"Non me ne frega nulla. Ha esagerato. Però, detto questo, se non ti avesse affrontata così, non avresti detto quello che hai detto e io non sarei stato lì a sentirlo. Penso che mi ricorderò per sempre le tue parole. Sapevo che non eri entusiasta di andare là, stasera, ma dopo aver parlato, pensavo che fosse tutto a posto. Invece non era così, vero? L'hai fatto perché pensavi che fosse importante per me. L'hai fatto per me."

La guardò, come in attesa di un suo cenno di assenso; Cheyenne annuì appena.

"Già, l'hai fatto perché volevi farmi un piacere."

Di nuovo, vedendo che Faulkner non proseguiva, Cheyenne fece un altro cenno di assenso, per dargli la rassicurazione di cui aveva bisogno. Per una volta, non le chiese di esprimersi a parole.

"A te interesso. L'hai detto. Ti ho sentita. Ti hanno sentita tutti i miei amici. Non lascerò che ti rimangi quanto hai detto."

"Ma io non me lo voglio rimangiare. Non sono una scema, Faulkner. Per quanto tu mi spinga e mi dia ordini, se non avessi voluto stare con te, non ci starei. Se non volessi essere qui, in piedi nella tua camera da letto, in questo momento, non ci sarei. Non sono una invertebrata totale."

Cheyenne fu affascinata dall'effetto che le sue parole avevano su Faulkner. Poté vedere le sue pupille dilatarsi. Le strinse un po' più forte il bicipite con la mano, vide che serrava i denti prima di proseguire.

"Non hai idea di come ti vedo io."

Cheyenne si limitò a scuotere la testa, concordando. Non aveva *idea* di cosa ci trovasse, in lei.

"Gesù santo, Che, è tutto. Hai la testa sulle spalle, sei una persona leale e indipendente, sei umile e timida, ma poi ti accendi e ti infiammi quando devi. Sei una contraddizione continua, in un modo che mi eccita così tanto che non posso quasi sostenerlo. Ma sentirti dire che ti fidi di me? Che mi lasceresti legarti al letto? Non sai quanto mi hai trasmesso. Non credo tu possa capire in questo momento le mie esigenze, forse nemmeno le tue, ma intendo esserci per aiutarti a capire. Hai detto che sarai mia finché sarò interessato a te. Ebbene, Che, tu mi interessi e sei mia, cazzo."

Un po' in imbarazzo, Cheyenne sussurrò: "Stai parlando di bondage?"

"Siediti sul letto, Che," le ordinò Dude, senza rispondere alla domanda e lasciando cadere le mani dal suo braccio, per poi fare un passo indietro.

"Come?"

"Dai, siediti sul letto. Fallo."

Non capendo, Cheyenne fece un passo indietro. Faulkner ne fece uno in avanti. Ogni volta che lei indietreggiava, lui avanzava. Lo fece ancora, e ancora. Cheyenne teneva gli occhi fissi in quelli di Faulkner, mentre indietreggiava lentamente nella stanza, finché non si trovò con le gambe addosso al materasso. Si sedette, sempre guardando in su, verso di lui. Senza pensarci, si portò il pollice in bocca e cominciò a mordicchiarlo. Era nervosa da morire. Cosa stava succedendo?

"Niente sadomasochismo, Che. Non sia mai. Non mi piacciono le etichette. Chi siamo, insieme, dipende tutto da noi. Niente di più, niente di meno. Ma pensa a come sono andate le cose. Io ti ho chiesto di fare qualcosa e tu l'hai fatto. Perché?"

Cheyenne pensò alle sue parole. "Non lo so."

"Invece sì."

"Perché me lo hai chiesto e volevo accontentarti."

"Esatto. Ecco di cosa parliamo. Io voglio accontentare te e tu vuoi accontentare me. Nel farlo, manterrò io il controllo. Ne ho bisogno, e tu sei così bella quando segui le mie indicazioni." Dude si inginocchiò davanti a lei. Le prese il pollice che si stava mordendo e se lo portò in bocca. "Cosa ti avevo detto che avrei fatto, se ti beccavo ancora a mangiarti le unghie?" Attese che Cheyenne rispondesse.

"Che avresti fatto la stessa cosa."

"Azzeccato." Senza mai distogliere lo sguardo dagli occhi di Cheyenne, le prese in bocca il pollice. Le morse il polpastrello, poi lo leccò tutto intorno. Lo succhiò, lo accarezzò, lo morse.

Quando finalmente lo lasciò andare, Cheyenne era sciolta fino al midollo. "Sul serio, Faulkner, pensi che questo sia un deterrente? Lascia che te lo dica, non è così per niente."

Dude rise alle sue parole e mise la sua mano mutilata su quelle di lei. "Mia, Che. L'hai detto. Ti ho sentita. Anche i miei amici ti hanno sentita. Grazie al cielo non ero in missione e sono potuto arrivare, ieri. Certo, la bomba poteva essere disinnescata da qualcun altro, ma non c'era qualcun altro. C'ero io. Abbiamo questo feeling incendiario che non ho mai provato prima d'ora. Vedremo insieme come va. Però ti avverto, non credo che perderò interesse per te, almeno per un bel po' di tempo."

"Va bene." Fu tutto ciò che Cheyenne riuscì a pensare e dire. Su quello non aveva certo intenzione di mettersi a discutere con lui.

"Allora, ecco come ci organizziamo per la notte. Tu cambiati e indossa quello che ti sei portata per dormire. So di averti detto che avrei dormito sul divano, stanotte, ma penso di non farcela. Dormirò qui con te, nel mio letto. Non succederà nulla. Te l'avevo promesso. Ti puoi fidare. Voglio che ti rilassi, voglio che ti abitui alla mia presenza, che tu sia a tuo agio con me, prima che esploriamo anche quel lato del nostro rapporto. Domattina ci alziamo, ti preparo la colazione e poi ti porto a casa, così ti puoi preparare per il lavoro. Il resto lo vedremo man mano."

Cheyenne notò subito che non le stava chiedendo, le stava dicendo. Ci pensò per un momento. Concludendo di essere d'accordo con tutto quanto le aveva detto, si limitò ad annuire, come se Faulkner avesse chiesto la sua approvazione.

Lui sorrise e le si avvicinò, portando la bocca a pochi centimetri da quella di lei. "Mi piaci, Che. Cazzo se mi piaci. Adesso vai a cambiarti."

Dude si rimise in piedi e aiutò Cheyenne ad alzarsi. La guardò incamminarsi verso la sua borsa, raccoglierla e dirigersi al bagnetto annesso alla camera da letto. Sì chiuse la porta alle spalle, Dude si accasciò sul letto. Santo cielo, era proprio perso. Conosceva Cheyenne appena da un giorno ed era andato tutto così alla svelta, tanto da non crederci. Aveva sempre pensato che l'amore a prima vista forse un'invenzione, qualcosa di circoscritto ai romanzi rosa, per fare vendere agli autori più copie.

Invece adesso c'era dentro fino al collo. Era quasi spaventato, soprattutto perché era abituato a controllare ogni aspetto della sua vita, ma Dude era anche molto aperto e accogliente. Dormire vicino a Cheyenne, senza entrare in lei, sarebbe stata una delle sfide più difficili da superare, ma non poteva negare che pensare di tenerla tra le braccia lo faceva sentire proprio al settimo cielo. Non aveva mai, mai una sola volta passato tutta la notte con una donna. Certo, si era appisolato e aveva dormito dopo aver fatto sesso, ma si era sempre svegliato e se n'era andato prima che finisse la notte. Ripensandoci, sapeva di essersi comportato da stronzo. Ma era andata così, perché doveva andare così. Invece adesso, stava bene solo al pensiero di tenere tra le braccia tutta la notte Cheyenne. Invece della solita sensazione di panico, che lo assaliva al solo pensiero di dover avere a che fare con una donna "il mattino dopo", Dude non vedeva l'ora di scoprire come sarebbe stata Che, di primo mattino.

Se ne andò fuori dalla camera da letto, non voleva che lei si sentisse strana, uscendo dal bagno. Passò un po' il tempo in cucina, controllando di avere tutto il necessario per la colazione del giorno dopo. Quando ritenne di averle lasciato abbastanza tempo, tornò nella camera da letto.

Vedere Cheyenne nel suo letto lo faceva sentire strano, diverso. Deglutì a fatica. Senza dire una sola parola, si incamminò nel bagno. Sapendo che Cheyenne non poteva vedere direttamente all'interno, non si curò di chiudere la porta. Sentì distintamente il suo profumo. Era un misto di dentifricio e di un qualche tipo di lozione. Dude guardò più da vicino la bottiglietta sul mobiletto, Pan di Zenzero[1]. Porca vacca. Non sarebbe più stato in grado di pensare al Natale senza pensare anche a lei e alla sua lozione da notte. Dude immaginava che vedere le sue cose appoggiate lì, sul suo mobiletto, avrebbe dovuto irritarlo, invece era un'emozione intrigante.

Sì lavò i denti e si tolse i vestiti, rimanendo con solo i boxer indosso. Di solito dormiva nudo, ma sapeva che quella notte non era il caso. Magari avrebbe dovuto indossare una maglietta, ma Dude non seppe resistere al pensiero di avere Cheyenne così vicina alla sua pelle. Stava mettendo alla prova la sua capacità di controllarsi, ma non sapeva come altro fare.

Tornò nella camera da letto e vide Cheyenne sdraiata nel letto, con le coperte tirate su fino al mento. Ovviamente era nervosa, insicura.

Non volendo tenerla troppo in ansia, Dude si portò dall'altra parte della stanza, spense la luce e tornò a letto, spostando le coperte per mettersi vicino a lei. Entrò nel letto e subito si girò per tirare a sé Cheyenne.

La mosse in modo che fosse appoggiata al suo fianco, con la testa che riposava sulla sua spalla. Dude le passò un braccio intorno al corpo, appoggiando l'altra mano alla sua vita.

Si rilassò, sentendo che Cheyenne gli appoggiava una mano al petto. Si rilassò ancora di più quando sentì che anche lei distendeva i muscoli, finalmente lasciandosi andare, addosso a lui.

"Comoda?"

"Stranamente, direi di sì."

"Perché stranamente?"

"Non ho mai passato la notte con un uomo, prima."

Sentendo il respiro netto e rapido di Faulkner,

Cheyenne si affrettò a spiegare. "No, santo cielo, Faulkner, non sono vergine. Cavolo. Rilassati. Volevo dire solo che non ho mai dormito nello stesso letto per tutta la notte con un uomo."

"Non voglio sentirti parlare di un altro uomo quando sei tra le mie braccia, nel mio letto, mai più, Che. Ti dico solo che erano degli idioti. Averti qui con me, tra le mie braccia, sapendo che sarai qui anche domattina, proprio come adesso, mi dà molta più soddisfazione di quanta ne abbia mai provata scopandomi una donna in passato."

Cheyenne si tirò su alla svelta e cercò di mandare un'occhiataccia a Faulkner al buio. "Se io non posso parlare degli altri uomini che ho avuto, anche tu non puoi parlare di altre donne, capperi," scattò, irritata.

Sorridendo, Dude alzò la mano e le accarezzò la schiena, sfiorando il cotone soffice della maglietta che indossava per dormire. "Hai ragione, mi dispiace, Che, non lo farò più."

"Cioè, so che hai dormito con miriadi di altre donne, ma non voglio sentirne parlare."

"Non sono state miriadi."

"Non mi importa."

Dude rise di nuovo. "Volevo solo dire che non sono mai stato così soddisfatto come adesso, anche solo abbracciandoti."

"Ti sei salvato in corner," disse Cheyenne, sorridendo. Come poteva arrabbiarsi con Faulkner, quando lui le diceva qualcosa del genere?

"Ora dormi, Che. Sei con me."

"Lo so." Dopo un momento, Cheyenne sussurrò:
"Non mi hai dato il bacio della buonanotte."

"Non posso. Se la mia bocca ti tocca, non so come
va. Sentirei il sapore del lucidalabbra profumato che ti
sei messa, il gusto mi andrebbe diretto al cervello. Già
faccio fatica a starmene qui a sentire la lozione al pan di
zenzero che ti sei messa stanotte. Mi immagino come
sarà, avere la tua pelle sotto la mia, il buon profumo che
avrai, quando finalmente faremo l'amore. Se appena mi
arriva un pizzico di pan di zenzero mescolato con
l'umido della tua eccitazione, sono fritto. Quindi magari
a te sembrerebbe un semplice bacio della buonanotte,
ma è un terreno scivoloso a cui mi sto aggrappando con
le unghie. Quindi stai buona e chiudi gli occhi. Avrai i
tuoi baci, te lo prometto, Che. Solo, non stanotte, non
adesso."

Con una risatina dolce, Cheyenne disse solo: "Va
bene."

"Dormi, Che. Per amor di Dio, chiudi gli occhi e
dormi."

Dude giaceva nel letto, al buio, aspettava che
Cheyenne si addormentasse. Non passò molto tempo.
Le emozioni forti degli ultimi due giorni, il nervosismo
di quella sera si stavano ovviamente facendo sentire.

Dude non le aveva mentito. Tenerla tra le braccia
era per lui la soddisfazione più grande di sempre. Sapere
che Cheyenne era proprio la donna di cui aveva bisogno
e che lei voleva accontentarlo, era super eccitante. Non

era solo il fatto di avere una donna nel suo letto e di sapere che sarebbe stata aperta a qualunque cosa lui desiderasse. Era avere *Cheyenne* nel suo letto, sapere che lei avrebbe accettato qualunque cosa lui le proponesse. Era *quello* che gli faceva quasi perdere il controllo. Non si sarebbe mai aspettato, quando era stato chiamato ad affrontare quella minaccia, quella bomba, di poter incontrare la sua anima gemella, ma Dude sapeva già che avrebbe passato il resto della vita a ringraziare il cielo per quel miracolo.

Quando Cheyenne sussurrava nel sonno, Dude la stringeva più forte a sé, sorridendo quando si metteva più tranquilla. Sapeva che si erano mossi molto alla svelta, sapeva di dover fare un passo indietro per non spaventarla, ma non avrebbe lasciato passare un sol giorno senza assicurarsi che sapesse che la pensava.

CAPITOLO NOVE

CHEYENNE SORRISE LEGGENDO il messaggino che Faulkner le aveva mandato.

Ti penso.

Non usava mai abbreviazioni quando le inviava un SMS. Scriveva ogni parola fino all'ultima lettera, senza usare mai emoticon nei suoi messaggi. Non era passato un solo giorno senza che le scrivesse almeno una volta.

Cheyenne ripensò a quel primo mattino passato insieme. Si era svegliata, aveva aperto gli occhi e aveva trovato Faulkner che la fissava. Lei era sdraiata supina nel letto, lui le stava sopra, appoggiato a un gomito. Le aveva preso i capelli, spostandoli dietro un orecchio.

"Buongiorno, Che."

"Buongiorno."

Erano rimasti lì a fissarsi, ma quando lui aveva abbassato la testa come per baciarla, Cheyenne si era data una mossa. Mai e poi mai l'avrebbe lasciato avvicinare, con l'alito del mattino. Aveva la bocca così secca, lo sentiva. Bleah. Quando glielo aveva detto, lui aveva reagito ridendo, poi l'aveva lasciata andare in bagno.

Come promesso, le aveva preparato la colazione. Avevano passato insieme una mattinata pigra, conoscendosi meglio. Cheyenne aveva scoperto che Faulkner amava molto leggere e non aveva problemi a leggere romanzi rosa. Lui le aveva strizzato l'occhio dicendole che era tutta "ricerca".

Quando l'aveva accompagnata all'appartamento, l'aveva baciata a lungo e con passione. Cheyenne quel mattino aveva optato per un lucidalabbra alla mela verde, che chiaramente era molto apprezzato, dato che lui faceva molta fatica a lasciarla andare. Sorrise a quel ricordo.

Poi, in tipico stile Faulkner, aveva semplicemente alzato una mano, chiedendole il suo cellulare. Lei aveva sbloccato lo schermo, gli aveva dato il cellulare e l'aveva visto inserire il suo numero. Aveva telefonato al proprio cellulare lasciandolo squillare, per poter salvare il suo numero.

Poi glielo aveva restituito, con una mano dietro la nuca l'aveva portata più vicina, per baciarla di nuovo profondamente, prima di lasciarla andare.

"Ci sentiamo dopo," ed era partito.

Faulkner aveva mantenuto la parola. Le aveva inviato vari messaggi durante il turno di lavoro. Le aveva chiesto di fargli sapere quando sarebbe stata a casa. Non gli era piaciuta l'idea che tornasse a casa alle undici di sera.

Cheyenne reagiva roteando gli occhi ai suoi messaggini pretenziosi. Lavorava al turno di sera da tanto tempo, le ore notturne non le davano più alcun fastidio. Lo aveva detto a Faulkner, ma lui le aveva semplicemente risposto che, anche se a lei non interessava che i criminali tendessero a essere più attivi e a cercare le proprie vittime quando il sole era tramontato, a *lui* importava.

Per quanto potesse fingere fastidio, nel profondo Cheyenne sapeva che non era così. Le piaceva che Faulkner si preoccupasse per lei. Era una bella sensazione.

Nelle due settimane passate, i loro orari non combaciavano, quindi non erano riusciti a passare di nuovo la notte insieme. Così Cheyenne si era un po' preoccupata, ma Faulkner l'aveva subito rassicurata.

"Non mi interessa se passa anche un anno prima che riusciamo a stare insieme, Che, sei mia. Abbiamo tutto il tempo di questo mondo. Smettila di preoccuparti."

Ripensare alle sue parole le faceva ancora venire i brividi, la faceva star meglio, a prescindere da cosa potesse succedere nella sua vita di tutti giorni.

Cheyenne aveva bisogno del suo messaggio oggi più del solito. Quella mattina, aveva parlato con sua madre, scoprendo che Karen aveva lavorato a un caso molto importante, che aveva vinto in tribunale. Sua madre si era vantata di Karen per venti minuti, prima ancora di chiederle come stesse e come le andassero le cose.

Quando Cheyenne le aveva detto di aver aiutato un uomo a far partorire una donna, solo rimanendo in linea al telefono, sua madre aveva chiesto: "Cheyenne, quando pensi di trovarti un lavoro vero?"

Cheyenne aveva sospirato appena, ascoltando senza troppa attenzione la madre, finché questa non le aveva detto di doversene andare. Doveva incontrare Karen a pranzo. Sapere che sua madre e Karen si incontravano regolarmente, senza nemmeno curarsi di invitare anche lei, faceva sempre male a Cheyenne.

Così vedere le due parole che Faulkner aveva inviato al suo cellulare la faceva star bene.

Mi manchi :)

Cheyenne mise da parte il cellulare, quando il telefono di servizio davanti a lei squillò.

"Emergenza, come posso aiutarla?"

La voce all'altro capo del telefono sembrava del tutto tranquilla, il che era particolarmente strano. "Sì, cercavo Cheyenne, lavora come operatrice al centralino di emergenza."

Cheyenne si accigliò. Ma che diamine? Non riusciva a capire se la persona che aveva telefonato era un uomo o una donna, aveva una voce camuffata e molto bassa.

"Ha chiamato per un'emergenza? Questo è un numero riservato alle emergenze."

Cheyenne sentì il rumore dei tasti di un telefono premuti. Tremò. Era davvero insolito. Non che tenesse segreto il suo lavoro, ma nessuno aveva mai chiesto di lei così precisamente, chiamando. Cercò di scoprire il numero che stava telefonando, ma la persona che aveva chiamato non rimase abbastanza tempo in linea, scoprì solo che usava un cellulare. Ma il numero non era rintracciabile.

Il suo cellulare mandò la notifica di un messaggino.

Vengo a prenderti dopo il lavoro.

Dimenticando quella strana chiamata, Cheyenne afferrò al volo il suo telefono, tutta emozionata.

Non hai le esercitazioni domattina?

Non mi interessa.

Ma sarai stanco.

Ho detto che non mi interessa. È passato troppo tempo. Devo vederti.

Cheyenne sorrise tutta felice. Anche lei aveva bisogno di vedere Faulkner. Nelle ultime due settimane avevano cominciato a conoscersi molto bene. La chiamava anche sul lavoro, chiacchieravano finché lei non doveva rispondere al telefono delle emergenze. A Faulkner non interessava che lei dovesse interrompere bruscamente la conversazione per rispondere al telefono di servizio. Le aveva solo detto di inviargli un messaggino quando finiva, così potevano riprendere a parlare.

Funzionava tutto molto bene. Cheyenne aveva scoperto un sacco di cose su Faulkner e sui suoi amici. Le piaceva sapere quanto lui fosse leale, quanto i suoi amici sembrassero ricambiare la stessa lealtà. Aveva scoperto che a lui piaceva cucinare, ma odiava fare il bucato. Lui aveva ammesso di aver letto il suo primo romanzo rosa perché Caroline l'aveva sfidato a farlo, e poi gli era piaciuto davvero.

Cheyenne gli aveva raccontato di sua mamma e di sua sorella, di come si sentisse sempre messa in secondo piano da loro, per poi sentirsi dare una lezione da Faulkner su quanto sbagliassero, su come lui e i suoi amici la considerassero un essere umano meraviglioso.

Parlare con Faulkner la faceva sorridere ogni volta.

Cheyenne ricordava sempre la conversazione di quella sera, quando era smontata dal suo turno di servizio. Diversamente dal solito, gli aveva mandato un messaggio solo per sapere se era sveglio. In genere, non le piaceva svegliarlo a tarda sera, perché sapeva che doveva svegliarsi presto, ma aveva ricevuto una telefonata terribile e aveva un bisogno disperato di parlare con lui.

Lui le aveva risposto immediatamente, dicendole di chiamarlo.

"Che succede, Che?"

"Solo... ho avuto una serata difficile."

"Cos'è successo?"

"Solo una telefonata."

"Non è mai *solo* una telefonata, non se ti indispettisce. Raccontami."

"Probabilmente dovrei lasciarti riposare, ti devi svegliare tra, diciamo tre ore."

"Cheyenne..."

Non riuscendo a resistergli, quando usava *quel* tono

di voce, sapendo che davvero aveva bisogno di parlarne a Faulkner, glielo disse.

"Ha chiamato una donna, isterica. È entrata nella camera di suo figlio dodicenne per vedere come stava, l'ha trovato impiccato nell'armadio. Si era legato al collo una cintura e si è ucciso."

"Oh, Che..."

Il tono compassionevole di Faulkner l'aveva fatta quasi crollare, ma era riuscita a proseguire rapidamente. "Mi ha detto che ultimamente era molto chiuso. Sapeva che faceva fatica a scuola. Alle medie tanti ragazzi fanno fatica, penso. Io personalmente le odiavo, odiavo me stessa, quasi sempre. Quella donna mi ha detto di essere una mamma single, non aveva avuto molto tempo per stargli vicino, ultimamente, almeno non quanto avrebbe dovuto. Lui era gay e aveva detto a sua mamma che alcuni altri ragazzi lo prendevano in giro. Si incolpava, Faulkner. Ha detto che era tutta colpa sua. Ho continuato a parlarle finché non sono arrivati i soccorritori, che hanno cercato di rianimare il figlio. In base a quello che mi diceva, avevo capito che probabilmente era troppo tardi, ma ho provato a tenerla impegnata fino all'arrivo di qualcuno che l'aiutasse. Non voleva smettere di parlare con me. Voleva raccontarmi tutte le cose belle che aveva da raccontare sul figlio. Mi ha confidato che era un artista e che voleva lavorare nel mondo dello spettacolo, da grande. Solo quando la polizia le ha detto che doveva chiudere la conversazione, finalmente mi ha lasciata andare."

Cheyenne aveva tirato su col naso un paio di volte. "È stata dura."

"Non dimenticherà mai il tuo aiuto, però."

"Non capirò mai le persone in tutta la mia vita, Faulkner," disse Cheyenne, lamentandosi tristemente di se stessa. "Questo ragazzo era un bravo bambino, pieno di possibilità, gli altri l'hanno fatto sentire uno zero, solo per il suo orientamento sessuale. Indegno. Non è giusto. Proprio non è giusto."

"Ma ascoltati, Che. *Ascolta* cosa hai appena detto."

Cheyenne si era bloccata.

Dude aveva proseguito, sperando che l'ascoltasse davvero. "Tua sorella si è comportata così con te per tutta la vita. E adesso fa così anche tua mamma, inconsciamente o meno. Ti avviliscono, continuano a dirti che il tuo lavoro non è importante come quello di Karen."

"Perdiana, Faulkner, hai ragione."

"Ma certo che ho ragione."

Cheyenne si era lasciata sfuggire una risatina, nonostante la serietà della conversazione. "Grazie, ne avevo bisogno."

"Lo so, piccola. Mi dispiace che ti sia capitata questa situazione difficile, ma non pensare mai che preferirei dormire piuttosto che ascoltarti e aiutarti a superare una telefonata emotivamente coinvolgente. Mi arrabbierei se lo facessi, dopo questa notte. Capito?"

"Capito." Aveva chiuso la conversazione e aveva dormito pacifica, quella notte. Di solito, dopo una tele-

fonata drammatica, si rigirava nel letto tutta notte, rivi-
vendola momento per momento.

Cheyenne trasalì sentendo vibrare il suo cellulare
nella mano. Si era così persa nei suoi ricordi del passato,
che non aveva risposto al messaggio di Faulkner.

Alla tua macchina pensiamo più tardi. Arrivo alle 11:10.
Avrai abbastanza tempo?

Cheyenne scrisse rapidamente la risposta.

Sì, non vedo l'ora

Cheyenne non vedeva l'ora che arrivasse la fine del
turno. Le era piaciuto conoscere meglio Faulkner nelle
ultime settimane, tra messaggi e telefonate, ma era
prontissima a rivederlo di persona. Non sapeva se le
stesse solo lasciando del tempo per abituarsi alla sua
presenza, o se fosse stato davvero così impegnato, ma a
questo punto non le importava molto.

Sperava solo che la chimica che si era creata tra loro
non fosse svanita. Non lo credeva possibile, ma che ne
sapeva lei degli uomini come Faulkner?

Cheyenne si sedette tamburellando con le dita sulla
scrivania. Mancavano solo due ore al termine del suo
turno di lavoro.

CAPITOLO DIECI

CHEYENNE MANDÒ un cenno di saluto a David, l'operatore che la sostituiva, poi si diresse fuori dall'ufficio. Faulkner le aveva mandato un SMS dieci minuti prima, per farle sapere che era fuori ad aspettarla e che facesse con comodo.

Lei aveva chiuso la sua postazione di lavoro e aveva fatto rapporto a David su quanto era accaduto quella sera. Per fortuna, tutto considerato, era stata una serata molto tranquilla. Si mise la borsetta sottobraccio e si incamminò nel parcheggio, al buio.

Faulkner aveva parcheggiato sotto uno dei lampioni del parcheggio, era in piedi fuori dal veicolo, appoggiato alla portiera del passeggero. Cheyenne si avviò verso di lui con un ampio sorriso in volto.

Si sentì improvvisamente intimidita, senza sapere davvero il perché, in fondo si parlavano al telefono quasi tutti i giorni; ma era diverso, essere ancora faccia a faccia con Faulkner. È molto più facile mettere a nudo l'anima a qualcuno, senza doversi guardare negli occhi.

"Ehi."

"Ehi. Serata tranquilla?"

Cheyenne amava sentirsi sempre domandare da Faulkner com'era andato il suo turno. "Tutto bene, anzi, un po' noioso."

"Noioso va bene."

Cheyenne annuì d'accordo.

"Vieni qui."

Cheyenne si sentì tremare, al tono di voce di Faulkner, e gli si avvicinò.

Dude abbracciò Cheyenne e inspirò il suo profumo. Quella sera, profumava di vaniglia. Rise per quella sua propensione a mettersi lozioni dal sapore dolce.

"Mi chiedo che sapore abbiano le tue labbra, stasera." Senza nemmeno lasciare a Cheyenne il tempo di rispondere, Dude si abbassò e le rubò il bacio che aveva atteso strenuamente dall'ultima volta che si erano baciati. Le passò la lingua sulle labbra, al sapore di ciliegia, prima di affondarla nella sua bocca. Lei aprì le labbra spontaneamente, a Dude piaceva molto sentire le mani di lei sulla schiena, sulla sua camicia, mentre continuava il suo approccio sensuale.

Prima che potesse spingersi troppo oltre, si tirò indietro. "Ciliegia. Gnam." Dude vide le labbra di Cheyenne aprirsi in un bel sorriso mentre girava la testa di lato, era così adorabile. "Andiamo, non sarebbe il massimo farci beccare che ci sbaciucchiamo al buio, nel parcheggio di un edificio pubblico."

Cheyenne riguardò Faulkner e annuì semplicemente. Lui si avvicinò e le aprì la portiera per farla entrare, sempre attendendo che si accomodasse sul sedile prima di chiuderla e girare intorno al veicolo per andare al posto di guida.

"Dove andiamo?"

"Da te."

Cheyenne non se lo aspettava. "Da me?"

"Sì. Da te. Non hai con te le tue cose, quindi torniamo a casa tua, così puoi mettere tutto in una borsa e poi andiamo a dormire a casa mia."

"Perché non rimaniamo nel mio appartamento, stanotte? Visto che ci siamo..." Le sue parole si affievolirono, per il modo in cui Faulkner la guardava, così gli chiese: "Cosa c'è?"

"Perché la prima volta che facciamo l'amore sarà nel mio letto, a casa mia. Continuo a sognarti, bella distesa sulle mie lenzuola, che mi aspetti. Mi sono perfino masturbato, al solo pensiero di averti vicina, in tutto questo tempo che non ci siamo visti. Sono stufo di aspettare. Sei mia, e stanotte sarai mia in tutti i modi possibili."

Cheyenne si limitò a fissarlo. Wow. Che dichiarazione intensa. L'adorava. Sorrise. "Va bene, Faulkner, come dici tu."

Lui le sorrise. "Abituati a dire queste parole, Che. Mi

piace da impazzire sentirle pronunciate dalle tue labbra."

Cheyenne non fu sorpresa, quando Faulkner le si avvicinò per catturare di nuovo le sue labbra, per un altro bacio appassionato, prima di tornare al suo posto e avviare il motore. Fece manovra, uscì dal parcheggio e si diresse all'appartamento di lei, lasciando in quel parcheggio solo altre tre macchine, di cui una non era vuota.

———

Faulkner l'aveva accompagnata al suo appartamento ed era rimasto in piedi nel salotto, mentre lei preparava la borsa per la notte. Non le servì tanto tempo, ma Cheyenne fece attenzione a portarsi un paio di completini. Nei giorni successivi non doveva lavorare e non conosceva i piani di Faulkner. Immaginò fosse meglio avere più del necessario, che rimanere a mani vuote.

Uscì dalla camera da letto e disse: "Scusa, ci ho messo un po' troppo, ma sono pronta."

Faulkner non le si avvicinò, rimase in piedi vicino alla finestra, guardando fuori. Si voltò sentendola parlare, ma si limitò a osservarla. Infine, disse: "Voglio che tu sia sicura, Che. Che tu sia sicura di volerlo, non farlo solo perché lo voglio io."

"Non sono mai stata così sicura in tutta la vita, Faulkner."

"Allora vieni qui, andiamo."

Il percorso verso la casa di Faulkner fu tranquillo, ma carico di tensione.

Quando arrivarono a un isolato di distanza da casa sua, Dude interruppe quel silenzio sereno ma intenso. "Quando arriviamo a casa, tu entra. Io ti lascio cinque minuti prima di seguirti. Fai tutto quello che devi in bagno. Quando arrivo, voglio vederti nel mio letto, nuda, con le coperte da parte, devi essere scoperta. Mettiti supina con le braccia sopra la testa. Tieni la testa girata verso la porta, così potrai vedermi nel momento stesso in cui entro. Non parlare. Hai delle domande, qualche pensiero prima di andare?"

Cheyenne sentì i capezzoli indurirsi alle sue parole. Santo cielo, Faulkner faceva davvero sul serio, al cento per cento. Sarebbe successo veramente, e sarebbe andata come diceva lui. Cheyenne cercò di non andare in iperventilazione. "Ci mettiamo d'accordo su una parola d'ordine?"

"Cazzo, no," le rispose immediatamente. "Non ti serve una parola d'ordine. Se c'è qualcosa che non ti va, basta dirmelo. Ti ho detto che non faccio stranezze. Anzi, Che, ti prometto che ti piacerà tutto ciò che facciamo. Non mi piace il dolore, né il mio né il tuo. Se avrai bisogno di fermarmi, significa che sto sbagliando qualcosa." Fece una breve pausa. "Qualcos'altro?"

Cheyenne scosse la testa.

"A parole?"

"No, Faulkner. Va bene. Va molto bene, sono quasi pronta a partire senza che mi tocchi nemmeno."

Cheyenne vide che Faulkner sorrise un attimo, un sorriso piccolo ma soddisfatto, poi si voltò e le ordinò: "Non farlo. Non venire finché non ti dico di farlo."

"Mamma cara," mormorò Cheyenne sottovoce.

L'abitacolo del pick-up fu di nuovo in silenzio, finché Faulkner non accostò nel suo vialetto, fermandosi.

"Vai pure, Che. Cinque minuti. Ricorda cosa ti ho detto."

Dude vide Cheyenne che si dirigeva nella casa, con la borsa sulla spalla. Le aveva dato la sua chiave, lei non aveva esitato un solo attimo a prenderla ed era entrata rapidamente. Dude appoggiò la testa al volante.

Le due settimane precedenti erano state un inferno. Si era inventato un sacco di scuse per cui non potevano incontrarsi. Aveva fatto tutto ciò che poteva per andarci piano, per conoscere davvero bene Cheyenne e per darle modo di conoscerlo bene. Non che due settimane fossero un periodo lungo, in tanti rapporti normali, ma a lui questa separazione non era affatto sembrata "normale". Sentiva nel profondo dell'animo che Cheyenne era la sua anima gemella. Si erano trovati entrambi nel posto giusto al momento giusto. Dude non aveva mai creduto particolarmente nel fato, prima di allora, anche dopo aver visto i suoi amici e commilitoni trovare ognuno la donna dei suoi sogni, in modi molto insoliti. In due settimane di separazione, Dude aveva capito bene cosa aveva reso Cheyenne la persona che era, così si era innamorato di lei ancora di più.

Quando aveva scoperto come la trattavano sua

mamma e sua sorella, avrebbe voluto andare dritta a casa loro per far sapere loro cosa pensasse. L'unico motivo per cui aveva evitato, era sapere che Cheyenne sarebbe stata ancor più imbarazzata, se si fosse comportato così.

Dude aveva confidato a Cheyenne ciò che gli piaceva e ciò che non gli piaceva, gli sembrava davvero che condividere li avesse avvicinati molto. La sua libido aveva fatto fatica, ma a Dude piaceva *sul serio* la sensazione che questo rapporto fosse diverso da tutti gli altri che aveva avuto. Negli anni precedenti, non aveva mai voluto conoscere bene una donna prima di portarsela a letto. L'unica cosa di cui si era curato era far venire lei, per poi venire lui. Con Cheyenne, non aveva voluto portarsela a letto se non dopo aver imparato a conoscerla, dopo aver scoperto cosa la motivava.

Era una persona sensibile e timida. Appassionata e repressa. Emotiva e chiusa in se stessa. Era un ammasso di contraddizioni e lo affascinava completamente.

Dude guardò il suo orologio. Mancavano due minuti. Aprì la portiera, se la chiuse alle spalle e premette il pulsante di chiusura sulla chiave elettronica. Si appoggiò alla portiera, incrociando le gambe all'altezza delle caviglie. Quella notte sarebbe stata rivelatrice. Sperava di tutto cuore che a Cheyenne sarebbe piaciuta.

Altrimenti, non avrebbero avuto futuro. Era tutto molto semplice. Dude era fatto così. Era stato onesto con lei. Non gli piacevano i giochetti, il sadismo, o le altre stronzate che la gente faceva quando provava il bondage. Aveva letto alcuni dei romanzi rosa che Caroline gli aveva suggerito. Alcuni gli piacevano, ma non facevano per lui. Non aveva bisogno di far inginocchiare, di farsi servire o di frustare, ma *aveva* bisogno di controllo. Sapere che una donna si fidava di lui al punto da lasciare che prendesse l'iniziativa quando facevano l'amore lo eccitava e lo inebriava.

A quanto Dude aveva visto, anche Cheyenne aveva bisogno di lasciargli il controllo. Aveva troppo a cui pensare. Tra il lavoro, la famiglia, il suo stile di vita indipendente, quelle poche volte che aveva preso lui il controllo, lei si era lasciata andare completamente tra le sue braccia.

Guardò di nuovo il suo orologio. Un minuto. Si spinse via dal pick-up e si diresse verso casa sua. Non era mai stato così emozionato, così eccitato in vita sua. Era pronto a prendere ciò che gli spettava.

CAPITOLO UNDICI

CHEYENNE ERA SDRAIATA sul letto di Faulkner e aspettava. Sentiva il cuore batterle rapidamente. Sentiva il fiato corto e respirava con maggiore frequenza. Impugnava le assi della testiera del letto di Faulkner così forte, che immaginava di avere le nocche sbiancate dallo sforzo. Lui non le aveva detto di aggrapparsi al letto, ma quando Cheyenne aveva rivisto il letto, non era riuscita a togliersi di testa l'idea di farsi trovare legata così.

Era preoccupata per il suo corpo, chissà se a Faulkner sarebbe piaciuto. Di solito, in passato, quando faceva l'amore teneva la stanza al buio, i suoi uomini non si erano preoccupati di osservarla con tanto scrupolo, prima di andar dritto a godersi quel che volevano.

Cheyenne aveva acceso la luce in camera da letto e aveva deciso di lasciarla accesa. Aveva usato il bagno, si era messa in ghingheri con la sua lozione al pan di zenzero, ricordando le parole che le aveva detto due settimane prima. Si mise il lucidalabbra dal sapore che preferiva, pastella di torta, e si tolse i vestiti di dosso. Non si curò nemmeno di guardarsi allo specchio, corse nella camera da letto di Faulkner per essere sicura di essere al posto giusto allo scadere dei suoi cinque minuti.

Faulkner aveva ragione. Cheyenne voleva accontentarlo. Le aveva chiesto di fare qualcosa e lei non voleva far altro che seguire le sue istruzioni alla lettera. Sapeva che, accontentando Faulkner, anche lei avrebbe goduto soddisfatta.

Non sapendo quanto tempo era passato, Cheyenne teneva gli occhi sulla porta della camera da letto. L'ultima cosa che voleva era essere beccata che non guardava, all'arrivo di Faulkner. Poi, voleva riuscire a vedere la sua prima reazione istintiva nel vederla.

Così, aveva afferrato le doghe della testiera del letto, sopra la sua testa. Chissà quanto tempo era passato. L'attesa era snervante.

Poi Faulkner arrivò. I suoi occhi incontrarono quelli di lei appena entrò nella camera. Cheyenne rimase in silenzio, lui le aveva ordinato di non parlare. Sapeva di respirare troppo rapidamente, ma era nervosa da morire. Cheyenne si morse un labbro, cercando di trattenersi e non parlare. Faulkner era spavaldo, intensamente bello, ed era suo.

Lo guardò affrettarsi, sì, affrettarsi ad attraversare la camera fino ad esserle sopra.

"Bell'idea le doghe, Che. Non lasciarle andare finché non te lo dirò io."

Cheyenne sorrise e annuì, grata che avesse notato la sua iniziativa.

"Mi chiedo che sapori indossi, stasera?"

Era una domanda retorica, dato che Cheyenne sapeva che lui non si aspettava che lei rispondesse. Attese che le prendesse le labbra, le sporse in avanti imbronciata vedendo che non lo faceva.

Lui invece si abbassò per mettere il naso nel suo ombelico. Non la toccò in altri punti, ma Cheyenne reagì inspirando completamente.

Anche lui inspirò e poi si rialzò. "Cazzo. Pan di zenzero. Lo indossi per me?"

Cheyenne annuì, senza mai distogliere gli occhi da Faulkner.

"Santo cielo. Perfetto di pacca."

Cheyenne vide che Faulkner si sbottonava lentamente i pantaloncini. Un bottone alla volta. Lei continuava a dimenarsi sul letto.

"Stai ferma, Che."

Lei si fermò subito. Cacchio. Era più difficile del previsto. Aveva sempre deriso le donne dei libri che leggeva, che frignavano e gemevano quando i loro uomini dicevano loro di star ferme. Ora comprendeva quanto fosse difficile, più del previsto, star ferma. Quei romanzieri ovviamente sapevano ciò di cui scrivevano.

Cheyenne inspirò di nuovo rapidamente, quando Faulkner si sedette vicino a lei sul letto, con ancora indosso i pantaloncini, ma senza la camicia. Gli occhi di lei viaggiavano sulla sua pelle. Era muscoloso. Sapeva che doveva allenarsi ogni mattina con la squadra, ma perbacco, non aveva mai visto addominali come quelli, prima di allora.

"Ti piace sentire il tocco della mia mano, vero Che?"

Lei annuì subito, mentendo. Non le piaceva, lo adorava.

"Facciamo una prova, ti va?"

Cheyenne inspirò con forza quando Faulkner andò dritto al sodo. Non ci girò intorno toccandole l'addome, le spalle o il viso. Andò subito a toccarle i seni, i capezzoli si irrigidirono subito. Le passò le dita ferite sui seni, finché Cheyenne non sentì il cuore quasi uscirle dal petto, tanto forte batteva.

Lei aprì la bocca, quasi implorando Faulkner di fare qualcosa, ma se ne accorse all'ultimo secondo.. Così non parlò.

"Perfetto. Grazie per il tuo impegno così forte. Mi piace tanto vedere che ti trattieni."

Dude le mise il dito indice sulle labbra e glielo strofinò contro, per spalmare il suo lucidalabbra sul dito. Le sorrise compiaciuto e spostò il dito più in basso, strofinandole su un capezzolo il lucidalabbra che le aveva appena preso dalla bocca, poi si abbassò. Cheyenne tese i muscoli, desiderava sentirsi addosso le sue labbra fin da quella prima notte. L'aveva perfino sognato.

Faulkner la mordicchiò, la succhiò e la fece impazzire. Poi con la mano continuò a torturarle un capezzolo, mentre muoveva la bocca sull'altro. Infine le coprì entrambi i seni con le mani. Cheyenne poteva sentire i capezzoli che puntavano contro i palmi delle sue mani. L'accarezzava, la sfregava, parlando.

"Pastella dolce?"

Cheyenne si limitò a un sorrisetto malizioso.

"Oh, questo gioco mi piacerà un sacco. Mi chiedo quanti sapori diversi hai. Ci potremo davvero divertire usandoli. Ma adesso penso di aver bisogno di un sapore diverso in bocca."

Dude cercò di rallentare il suo cuore, che andava all'impazzata. Quando era entrato in camera e aveva visto che Cheyenne aveva seguito alla lettera le sue istruzioni, aggiungendo qualcosa di suo, aveva quasi perso la testa sul momento. Era così tremendamente bella. Era una gioia per i sensi.

Prendendosi tutto il tempo, scivolò verso i piedi del letto, senza mai perdere il contatto visivo con Cheyenne. Si mise tra le sue gambe e le fece divaricare lentamente. "Piega." Le toccò le ginocchia e sorrise, mentre lei piegava subito le ginocchia, in modo che lui si potesse sdraiare comodamente tra le sue gambe.

"Spero tu sia comoda, Che. Intendo passare molto tempo quaggiù." Dude si abbassò e inalò. "Ah, sì. Tu e il tuo pan di zenzero. Non c'è niente di meglio."

Poi si mise all'opera per far impazzire la sua donna. La portò al limite e poi si fermò, più e più volte; Dude sapeva che Cheyenne sarebbe esplosa in un orgasmo che non aveva mai vissuto prima. La guardò, senza rallentare con le dita, che continuavano a stimolarla, accarezzandola.

"Guardami."

Attendendo che gli occhi di Cheyenne si spostassero per guardarlo, Dude proseguì. "Sei stata così brava, Che. Rispondi così bene. Hai fatto tutto ciò che ti ho chiesto. Hai seguito alla lettera le mie indicazioni. Non sono mai stato accontentato così in passato. *Mai*. Senza parole, non trattenere le tue reazioni. Voglio sentirti."

Appena le parole gli uscirono di bocca, si abbassò e le succhiò forte il clitoride. Cheyenne esplose. Era come se aspettasse solo il suo permesso. Urlò dal piacere e inarcò la schiena, cavalcando le dita di lui. Dude scatenò il primo orgasmo di Cheyenne e poi la fece arrivare al secondo. Lei si contorceva e gemeva, sempre senza parlare. Era meravigliosa.

Dude ritrasse quasi controvoglia il dito dalle sue calde pieghe e si abbassò per dare un'ultima, lunga leccata. Sentiva Cheyenne fremere. Non poté più aspettare. Doveva possederla. Lei si stava ancora agitando, Dude sperava che avesse in serbo un altro orgasmo.

"Giù le gambe."

Appena Cheyenne abbandonò le gambe sul letto, Dude si inserì tra le sue gambe fino a farle divaricare le cosce. Si sbottonò i jeans e abbassò con attenzione la cerniera. Vide che Cheyenne si leccava le labbra. Guardò in basso e vide che la punta del suo pene gli spuntava dall'elastico dei boxer. Non fu sorpreso.

Nell'ultima mezz'ora aveva avuto un'erezione così forte che non ne ricordava una simile in tutta la vita.

Incontrò ancora lo sguardo di Cheyenne e le disse: "Adesso guardami, Che." Ridacchiò vedendo che portava controvoglia gli occhi su di lui. "Tra poco vedrai tutto ciò che vuoi. Ma per adesso tieni gli occhi su di me."

Dude scese dal letto e si scrollò di dosso rapidamente i jeans e i boxer. Aprì il cassetto del comodino vicino al letto e afferrò un preservativo, sempre senza staccare gli occhi da quelli di lei. Lo aprì senza nemmeno guardare e lo indossò. Poi tornò al suo posto sul letto, su Cheyenne, ma stavolta si mise in ginocchio con le mani appoggiate sul letto. Si abbassò abbastanza da toccarla solo con il suo membro.

"Lo senti?" sussurrò, "è tutto ciò che posso fare per non tuffarmi in te in un colpo solo. Per riempirti così tanto che non riusciresti più a distinguere dove finisci tu e dove comincio io."

Dude vide gli occhi di Cheyenne dilatarsi, fin quando a nascondere completamente il marrone delle iridi. "Lo vuoi?"

Vide che Cheyenne annuiva freneticamente. La stuzzicò ancora un po'. "Sei sicura?" Quando lei annuì di nuovo, leccandosi le labbra, Dude le chiese: "Ma non sarai stanca?"

Lei scosse la testa disperatamente, così lui disse, tornando serio: "Cosa mi fai, Che. Non posso più attendere. Pensavo di poterti provocare un poco, ma non ci

riesco. Devo penetrarti subito." Così, Dude si abbassò
fino a raggiungere il centro delle sue gambe, poi spinse.
Si spinse in lei fino a farla sentire *esattamente* come le
aveva detto. Lui stesso non sapeva dove finiva il suo
corpo e dove cominciava quello di lei.

Era calda e bagnata, Dude provava una sensazione
unica, che non aveva mai provato prime.

"Ti prego," disse roca Cheyenne. "Voglio toccarti."

Senza curarsi o riprenderla perché aveva parlato,
Dude disse con voce rotta: "Sì, santo cielo, sì."

Alle sue parole, Cheyenne allentò la presa sulle
doghe del letto e portò una mano nei capelli di Faulkner, mentre con l'altra afferrò i muscoli sulla sua schiena.

"Porca vacca, Faulkner. Non posso più stare in silenzio. Per favore, concedimelo."

"Tutto ciò che vuoi, Che. Tutto ciò che vuoi."

"Voglio te. Voglio sentirti muovere. Voglio le tue
mani su di me. Mi piaci così tanto. Mamma cara, non
hai idea. Non ho mai... cioè nessuno mai... cazzo. Non
riesco a parlare. Sei così forte, dappertutto. Non so
proprio perché mi vuoi, ma eccomi qua. Sono tua. Dai,
Faulkner, sì." Era come se poter parlare di nuovo avesse
aperto una diga. Le sue parole scaturivano fuori senza
pensarci, ricche di emozioni forti.

Le spinte di Dude si fecero più forti man mano che
lei parlava. Era evidente che non stesse pensando,
diceva solo quello che le veniva in mente. Dude si sentì
uomo come mai prima.

"Sì, Che, dimmi cosa vuoi."

"Te, voglio te. Di più. Dai. Che bello. Sìì."

Dude tenne gli occhi aperti e guardò il viso di Cheyenne. Aveva gli occhi serrati e la testa buttata all'indietro. Gemeva e fremeva tra le braccia di lui, si contorceva contro di lui ogni volta che lui spingeva. Cheyenne si tenne stretta a lui e non lo lasciò mai andare, anche quando spingeva molto forte, era sempre attaccata a lui.

Infine i suoi occhi si aprirono di scatto e si fissarono nei suoi. "Faulkner, cazzo. Sì. Sto per..."

Dude allungò una mano per strofinare forte il suo clitoride col pollice. Bastarono due tocchi decisi per farla esplodere di nuovo. Dude strinse i denti sentendo i suoi muscoli interni che si contraevano ritmicamente intorno a lui, mentre lei si contorceva e gli si appoggiava contro. Lui trattenne il suo orgasmo fino all'ultimo, poi quando Cheyenne smise di tremargli contro, le mise le mani ai lati della testa e grugnì: "Guardami, Che. Guardami mentre mi porti al limite. Guarda cosa mi fai. Tu. Solo tu."

Cheyenne era sfinita. Aprì gli occhi come Faulkner le aveva chiesto e guardò la sua faccia mentre si spingeva in lei. Vide il momento in cui fu sopraffatto dal piacere. Spinse ancora una volta, due volte, ma dopo la terza spinta rimase dentro di lei con tutto il membro. Non chiuse mai gli occhi, ma li tenne socchiusi. Cheyenne poteva vedere la vena del collo di Faulkner palpitare, mentre lui stringeva i denti e grugniva. Era sexy da morire, ed era tutto merito suo.

Cheyenne alzò una mano sul collo di Faulkner e lo prese stretto.

Finalmente, i muscoli del suo corpo si stavano rilassando, lui espirò. "Santo cielo, cazzo."

"Mi hai rubato le parole di bocca," lo punzecchiò Cheyenne, con aria sognante.

Dude crollò sul petto di Cheyenne con un ultimo grugnito. La sentì emettere un gridolino di sorpresa, poi sentì le sue braccia dietro la schiena che lo tiravano più vicino. Non l'avrebbe mai lasciata andare. Mai.

CAPITOLO DODICI

KE SI FA OGGI?

Abbiamo una riunione col comandante, poi altre eserci-
tazioni.

Sempre esercitaz

Sì, ma ti piace il risultato

Ok è vero. :)

Cheyenne sorrise leggendo il messaggino di Faulkner. Era così divertente. Le piacevano molto questi
scambi con lui. Era come più intimo, lo sentiva più
vicino. L'ultimo mese era stato una favola. Non erano
riusciti a stare insieme tutte le notti a causa dei loro
orari, ma quando potevano, ne approfittavano al
massimo.

Cosa fai oggi?

Pranzo cn mmma e sore

Vorrei tanto potessi aspettare per venire con te.

Va ttt ok.

Aspetta che possa venire anch'io.

Scusa, solo a letto.

Dannazione. Stanotte mi piacerebbe provarci.

Ridendo apertamente, senza preoccuparsi degli sguardi di stupore che attirava dalle persone intorno a lei, in pasticceria, Cheyenne continuò a messaggiare.

è solo prnz ti sms dopo

No, chiamami. Voglio sentire la tua voce per sapere che stai bene.

Starò bn

Chia-ma-mi.

Va ben mr capo

A dopo.

cia

Cheyenne spense il cellulare e se lo mise in borsetta. Poi si sedette comoda ad aspettare che arrivasse il resto della sua famiglia. Aveva scelto un localino piccolo volutamente, sapendo che alla sorella non sarebbe andato a genio. Non ne andava particolarmente fiera, ma almeno aveva pensato che così il pranzo sarebbe durato poco.

Si alzò quando Karen e la mamma entrarono nel locale. Karen aveva un aspetto impeccabile, come sempre. Indossava una gonna marrone della lunghezza giusta, al ginocchio. L'aveva abbinata con una camicetta bianca a bottoni e una giacca marrone da tailleur. Aveva scarpe marroni coi tacchi e i capelli erano acconciati in modo molto elaborato.

La madre era altrettanto elegante. Indossava un paio di pantaloni grigi con un maglioncino rosa d'angora a maniche corte, un paio di scarpe a tacchi bassi, i capelli raccolti a cipolla, il colore dei suoi capelli bianchi si abbinava perfettamente a quello dei pantaloni che aveva scelto.

Vicino alla sua famiglia, Cheyenne si sentiva sempre trasandata, ma si scrollò di dosso quella sensazione. Era il suo giorno libero. Non aveva intenzione di preoccuparsi del suo abbigliamento. I jeans, la maglietta e le infradito che indossava andavano bene. Si era tirata su i capelli raccogliendoli in una coda di cavallo, per tenerli lontani dal viso.

"Ciao mamma, Karen."

"Cheyenne, quante volte devo dirti di curare di più il tuo aspetto?"

Cheyenne sospirò. Niente "ciao", niente "come stai," sua mamma aveva cominciato subito a criticare. Non cambiava mai. "Mamma, è il mio giorno libero..."

Sua madre la interruppe. "Niente scuse. Non si sa mai chi puoi incontrare quando esci, devi sempre curarti al massimo. Guarda tua sorella. Ha sempre un aspetto impeccabile. Come pensi di conquistare un uomo, se non ci metti un po' di impegno."

"A dire il vero..."

Cheyenne fu interrotta di nuovo, stavolta da sua sorella.

"Non riesco a credere che i telegiornali si occupino

ancora del tuo piccolo incidente. Cioè, davvero. Penso che un mese e mezzo sia già abbastanza."

Cheyenne guardò Karen piena di stupore, era sul punto di dire a sua mamma che *aveva* incontrato un uomo, e che uomo! "Di cosa parli?"

"Non lo sapevi? C'è stato un altro speciale su di te, ieri sera. Beh, almeno su quanto è successo. Non capisco perché non vuoi parlare alla stampa. Almeno così te li toglieresti di dosso."

"*Un altro* speciale?" Cheyenne non sapeva di cosa stesse parlando sua sorella.

"Sì. *Un altro* speciale. Un canale ha già fatto un paio di serate in cui hanno parlato delle varie persone coinvolte in quanto successo. Hanno fatto vedere tutti quelli uccisi dalla polizia, poi hanno fatto anche un accenno a te. Però non hanno potuto parlare del militare che è stato coinvolto. Un po' mi è dispiaciuto per quelli uccisi. Avevano tutti famiglia e delle storie così tristi."

Cheyenne non credeva alle sue orecchie. "Ma mi prendi per il culo?"

Sua mamma la riprese subito: "Cheyenne, contieni il linguaggio."

Cheyenne si girò verso di lei. "Ma *tu* mi prendi per il culo?"

"Cheyenne Nicole Cotton, niente parolacce," la rimproverò sua mamma una seconda volta.

Cheyenne tornò a rivolgersi a Karen. "Non riesco a credere a quanto dici. Tu dovresti essere mia *sorella*.

Abbiamo lo stesso sangue, siamo famiglia. Ma lo sai che cosa mi hanno *fatto?*"

"A me sembra che tu stia bene. Mamma cara, Cheyenne, vuoi sempre stare al centro dell'attenzione."

Cheyenne scosse la testa e si avvicinò a sua sorella. "Vi ho invitate oggi perché volevo provare a conoscervi meglio. Mi è sempre dispiaciuto non andare molto d'accordo con voi. Ma non posso credere che tu abbia espresso dispiacere per degli estranei, e non al tuo stesso sangue. Quegli uomini per cui ti senti tanto dispiaciuta, mi hanno *colpita.* Mi hanno minacciata con delle pistole. Mi hanno spaventata a morte. Mi hanno attaccato con del nastro adesivo una dannatissima *bomba* al petto, mi avrebbero fatto saltare volentieri in aria senza pensarci due volte. E tu hai il coraggio di startene lì e di dirmi che ti dispiace per le *loro* famiglie? Che avevano delle storie difficili e che quello che hanno fatto era giustificato? La prossima cosa che dirai sarà che pensi che la polizia abbia sbagliato a sparare uccidendoli."

"Infatti," ribatté subito Karen, con uno sguardo odioso.

Cheyenne annuì una volta sola. Poi mise il suo tovagliolo con calma sul tavolo, davanti a sé.

"Sentite, forse dovremmo..." cominciò a parlare la madre.

Cheyenne interruppe sua madre. "Sono stufa. Sei piena di astio, Karen. Non so proprio come sei diventata così, ma è la verità. Non so cosa ti ho fatto, per odiarmi così tanto, tranne esser nata, e non penso di dovermi prendere la colpa per *questo*. Ho sempre voluto solo una sorella maggiore con cui passare il tempo, da seguire come modello, ma tu non mi hai mai dato questa possibilità. Non voglio più né sentirti né vederti. Se hai più compassione per una banda di malviventi che per tua sorella, allora non posso considerarti famiglia."

Non fu Karen a rispondere, ma sua madre. "Cheyenne, non puoi comportarti così. Non dirai sul serio."

"E *tu* cosa ne pensi, mamma? Anche a te dispiace per quei tipi?"

"Beh, non è che la polizia abbia dato loro modo di arrendersi, non è vero?"

"Allora ho chiuso anche con te," sussurrò immediatamente Cheyenne, con gli occhi che si riempivano di lacrime. "Per tutta la vita ho cercato di essere abbastanza brava. Ho fatto tutto ciò che potevo perché fossi fiera di me almeno una frazione di quanto lo sei di Karen. Ma è ovvio che non è così, che non ci riesci. Quindi a posto. Non chiamatemi più. Lasciatemi perdere e basta."

Girando i tacchi, Cheyenne uscì dal locale. Aprì la macchina col telecomando e ci salì senza ragionare, quasi in automatico. Non la sorprese non vedere né sua madre né Karen uscire dalla pasticceria per cercare di fermarla. Probabilmente erano rimaste dentro a parlar male di lei, rassicurandosi a vicenda di non aver detto nulla di male.

Cheyenne andò fino alla spiaggia. Da sempre amava il suono che facevano le onde contro la sabbia. Di solito la rilassava, ma non quel giorno.

Non sapeva affatto che in televisione avessero trasmesso degli "speciali" su quanto le era successo. Le dava la nausea sentire l'immagine che era stata data degli uomini che avevano preso in ostaggio lei e le altre due donne. Le avevano terrorizzate. Cheyenne pensava onestamente di morire, era spaventata a morte.

Pensare che qualcuno potesse sentirsi *dispiaciuto* per quei tipi la faceva star male. Che sua sorella, sangue del suo sangue, fosse dispiaciuta per quelli, era sconfortante e la faceva sentire ancor più sola di quanto non si fosse mai sentita.

Cheyenne si sedette rivolta all'oceano, su un muretto che circondava il parcheggio. Era così felice. Aveva appena passato le ultime quattro notti a letto con Faulkner, tutte le notti di quella settimana, e quando stavano insieme il suo corpo andava in brodo di giuggiole. Le aveva mostrato quanto fosse bello "sottomettersi" a lui. Si fidava di lui ciecamente.

Proprio quando le cose sembravano andarle bene, la sua famiglia le doveva rovinare tutto. Avrebbe dovuto sapere che Karen si sarebbe ingelosita, per l'attenzione che i media le stavano rivolgendo, anche se Cheyenne si era sempre rifiutata di parlare alla stampa.

Avrebbe dovuto aspettare e andare a pranzo con la sua famiglia insieme a Faulkner. Aveva pensato sinceramente di poter lavorare al loro rapporto, risanandolo.

Almeno con sua *mamma*. Una mamma dovrebbe amare i figli allo stesso modo, ma *sua* mamma non era mai stata così.

Tirando i piedi sul muretto davanti a lei, Cheyenne si abbracciò gli stinchi e appoggiò la guancia alle ginocchia. Perse la sensazione del tempo, rimase così seduta senza sapere quanto a lungo, ma finì per perdere sensibilità alle natiche e così dovette muoversi. Lasciò andare le gambe, intorpidite, portando i piedi per terra. Non era ancora pronta ad andarsene, ma sapeva che era meglio contattare Faulkner. Le aveva chiesto di chiamarlo, una volta finito il pranzo, ma Cheyenne non aveva voluto parlare con lui o con nessun altro.

Si incamminò verso la sua auto e tirò fuori il cellulare dalla borsetta. Poi tornò indietro verso la spiaggia e si avviò sul marciapiede fino a trovare un tratto di spiaggia non troppo affollato. Si tolse le infradito e camminò nella sabbia. Appena trovò un punto che le andasse bene, si accovacciò.

Sbloccò lo schermo del telefono e sussultò. Tre SMS e un messaggio in segreteria. Tutti di Faulkner. Il fatto che, dopo quanto aveva detto loro, né sua sorella né sua mamma avessero provato a contattarla, la feriva nel profondo.

Prima lesse i messaggini.

Volevo solo farmi sentire. Come va il pranzo?

Non ho avuto tue notizie. Chiamami.

CHIAMAMI.

Chissà come, anche se erano solo messaggi scritti,

poteva sentire l'irritazione di Faulkner nei suoi confronti. Cheyenne non voleva proprio ascoltare il messaggio che le aveva lasciato in segreteria. Probabilmente era arrabbiato con lei. Non poteva affrontare qualcun altro, arrabbiato con lei.

Scorrendo tra i suoi contatti, Cheyenne si soffermò sul numero di Caroline, poi cliccò su "Invia messaggio."

Una sera, dopo cena, Faulkner le aveva preso il cellulare e aveva inserito i numeri di tutti i suoi commilitoni. Aveva aggiunto anche quelli delle loro compagne. Lei aveva protestato, dicendo a Faulkner che non le conosceva nemmeno, ma lui l'aveva ignorata e l'aveva fatto comunque.

Poi, stranamente, le aveva indicato un nome che aveva inserito nel telefono e le aveva detto con tono molto serio: "Se *mai* ti trovassi in pericolo e non riuscissi a trovarmi, chiama Tex."

"Tex? E chi è? Un altro soprannome per uno dei tuoi compagni?"

"Tex è stato un SEAL, adesso vive in Virginia. Lui può trovare tutti; è una storia lunga, ma basterà dirti che ha aiutato a proteggere tutte le donne dei miei amici, prima o poi. Di lui mi fido ciecamente. Ha dei contatti che noi non potremmo mai raggiungere. Promettimelo. Va bene?"

Così aveva fatto.

Ma quella non era una situazione di cui voleva parlare a un estraneo, poi non era in pericolo. Aveva solo bisogno di un'amica. Così digitò rapidamente un messaggino.

Ciao Caroline, sono Cheyenne. 6 libera?

La risposta arrivò quasi subito.

Ciao C. che c'è?

Subito Cheyenne non seppe cosa dire. Non sapeva nemmeno perché avesse scritto a Caroline.

Cheyenne? Tutto ok?

Sì. Hai 1 sec per parlare? Posso chiamarti?

Ma certo.

Cheyenne respirò profondamente. In qualche modo doveva pur cominciare. Le piacevano Caroline e le altre donne, aveva bisogno di un'amica. Toccò il numero di Caroline e attese che rispondesse alla telefonata.

"Ciao, Cheyenne."

"Ciao."

"Sul serio, stai bene?"

"Sì, ho solo bisogno di un consiglio."

"Lasciami indovinare, si tratta di un certo SEAL che conosciamo entrambe?"

"Sì." riuscì a dire Cheyenne. "Penso che sia arrabbiato con me," sussurrò, senza sapere bene il perché stesse sussurrando.

"Che è successo?"

"Dovevo chiamarlo, ma non l'ho fatto. Mi ha mandato tre SMS e l'ultimo era tutte maiuscole."

Caroline rise. Sentendo che Cheyenne non la seguiva, si ricompose. "Ehi, dici sul serio, vero? Senti, io faccio arrabbiare Matthew continuamente, ma poi gli passa."

"Non voglio che Faulkner alzi la voce con me," A Cheyenne venne un groppo in gola. "Ho avuto una giornataccia. Ma più aspetto a chiamarlo, più so che si arrabbierà con me."

"Dove sei? Non sei a casa, vero?"

"No. Sono seduta in spiaggia a guardare il tramonto, perché sono una femminuccia. Non posso andare a casa perché lui mi troverà e mi griderà dietro. Lui è... è un po' autoritario. E io... cazzo. Sono così imbarazzata."

"Capito, Cheyenne. Sappiamo tutti che Faulkner è molto più intenso degli altri ragazzi nell'imporsi. Però, Che, non alzerà la voce con te, sapendo che hai avuto una giornataccia."

"Andava tutto così bene tra noi. Mi piace il suo modo di fare... quando stiamo insieme... non voglio rovinare tutto."

"Ascoltami. I SEAL sono sempre molto intensi. Sono grossi, decisi e sfrontati, ma come ti ho detto quando eri a casa mia, dentro sono dei teneroni. Basta che tu sia onesta con lui. Dì a Faulkner che ti dispiace non averlo chiamato, che avevi bisogno di un po' di tempo. Poi chiedigli scusa e lascia che ci pensi lui a tirarti su."

Sentendo che Cheyenne non diceva nulla, Caroline proseguì. "Oh, Che, ma cos'è successo?"

"Io... non... non posso..."

"Va bene, non me lo devi dire. Però, per favore, fai

sapere a Faulkner dove sei. Sarà molto preoccupato per te. Loro sono fatti così. Vuoi che lo chiami io?"

"No, lo chiamo io. Avevo solo bisogno... di un incoraggiamento, credo."

"Son contenta che mi hai chiamata. Davvero. Chiamami ogni volta che vuoi. Non posso dire di poter spiegare anche solo metà di quello che fanno i nostri ragazzi, ma almeno possiamo unire le forze e cercare di capirlo insieme. Giusto perché tu lo sappia, quando li mandano in missione, noi ci troviamo tutte per ubriacarci la prima sera. Questo è il nostro gruppo di sostegno brevettato."

Cheyenne ridacchiò, immaginando che Caroline stesse invitando anche lei.

"E dobbiamo ancora andare a fare shopping, uno di questi giorni. Ti prometto che ci troviamo presto con le ragazze, va bene? Vieni anche tu?"

"Sì, mi piacerebbe. Grazie."

"Va bene. Cheyenne? Chiama Faulkner e digli dove sei. Fidati di lui, si prenderà cura di te. Sembra che ti fidi già abbastanza di lui, almeno a casa..."

Cheyenne capì a cosa alludeva Caroline, così arrossì.

"Fidati di lui anche alla luce del sole. Lui ne ha bisogno."

"Va bene. Grazie, Caroline."

"Quando vuoi. Ci sentiamo presto."

"Va bene, ciao."

"Ciao."

Cheyenne cliccò per terminare la conversazione e

fissò il suo cellulare. L'icona del messaggio in segreteria telefonica continuava ad attirare la sua attenzione. Non poteva farlo. Non poteva ascoltare il messaggio di Faulkner in quel momento.

Dopo cinque minuti di dilemma interiore, Cheyenne finalmente si morse le labbra e aprì l'applicazione dei messaggi. Almeno doveva mandargli un SMS.

Ehi. Scusa nn ho chiamato

La risposta fu quasi immediata

Dove sei?

Sto bene

Che, dove 6? Sono preoccupato x te.

Cheyenne rilesse l'ultimo messaggio di Faulkner. Aveva usato anche lui delle abbreviazioni. Non lo aveva *mai* fatto prima. Era davvero così stressato?

Sono alla spiaggia di S Mission. Sto bene. C sono miriadi di persone. Stavo per tornare.

Stai lì. Arrivo subito.

xò non ti arrabbiare.

Non sono arrabbiato.

Dovevo aspettare x andare a pranzo con te.

Va bene. Non sono arrabbiato.

Davvero? Non potrei sopportare la rabbia adesso.

Che, non sono arrabbiato. Sono preoccupato da morire. Voglio solo raggiungerti.

Ok. Guida piano. Sto bene.

Arrivo il prima possibile.

Cheyenne respirò profondamente. Era bastato scambiarsi dei messaggi con Faulkner per farla stare un po' meglio. Riguardò il suo telefonino e pensò se fosse il caso di ascoltare il messaggio che le aveva lasciato in segreteria. No, non ce la faceva ancora. Avrebbe aspettato di sentirsi meglio. Più forte. Abbracciò di nuovo le gambe piegate, era una posizione che ultimamente le piaceva molto, e attese che Faulkner la raggiungesse.

CAPITOLO TREDICI

LE MANI di Dude tremavano mentre si dirigeva a sud, verso Mission Beach. Cheyenne aveva ragione, non era certo un posto molto appartato, probabilmente ci sarebbero state miriadi di persone intorno, ma lui era comunque preoccupato per lei. Se l'era presa perché non l'aveva chiamato, quando il pranzo ormai era sicuramente finito, ma l'agitazione gli era durata solo cinque minuti. Cheyenne non era solita farlo preoccupare o non contattarlo. Ben presto, la preoccupazione aveva avuto il sopravvento sulla rabbia.

Era ovvio che il pranzo con la sua famiglia non era andato bene. Cavolo. Dude aveva un sacco di esperienza più di Cheyenne nel trattare coi genitori delusi, avrebbe voluto esserci per fare da tampone, da paciere, perché nessuno dicesse niente di troppo doloroso. Il suo istinto si era ovviamente rivelato corretto. Era successo qualcosa.

Ora Dude voleva solo raggiungere Cheyenne per consolarla. In qualunque modo. Era stato così sollevato, quando Caroline l'aveva chiamato dicendogli di aver appena parlato con Che e che stava bene. Gli aveva raccontato brevemente come Che avesse voluto chiamarlo, ma avesse aspettato, e come avesse col passare del tempo creduto che lui si fosse arrabbiato sempre di più. Quel pensiero aveva rattristato Dude. Era ovvio che dovevano parlare.

Il bisogno di Cheyenne di accontentarlo era profondo, ma Dude non voleva che lei avesse paura di parlargli, per nessun motivo. E di sicuro non voleva che avesse paura di lui, delle sue reazioni a qualunque cosa avesse da dirgli.

Dopo i trenta minuti più lunghi della sua vita, Dude arrivò al parcheggio di South Mission Beach. Non era così affollato come l'aveva visto altre volte, in passato, di questo fu contento. Significava poter trovare facilmente un posto dove parcheggiare. Tirò fuori il cellulare e inviò un messaggino rapido a Cheyenne.

Sono al parcheggio. Dove sei?

La sua risposta fu quasi immediata.

a sin in spiaggia

Dude mise in tasca il telefonino e si incamminò. Trovo Cheyenne non tanto lontana dal parcheggio. Era seduta sola soletta sulla sabbia, guardava l'oceano, senza cercare con gli occhi il suo arrivo.

Senza preoccuparsi di togliersi i suoi stivali militari, Dude si avviò a falcate ampie là dove si trovava la sua donna, seduta triste sulla sabbia. Si fermò dietro di lei e si accomodò sulla sabbia. Avvolse il corpo di lei col proprio, con le ginocchia divaricate, vicine alle sue, poi l'abbracciò. Appoggiò la testa sulla sua spalla e attese.

Cheyenne si sentì rinascere tra le braccia di Faulkner. Era seduto tranquillo e immobile dietro di lei, mentre l'abbracciava. Si sentì rincuorata, per la prima volta da quando aveva lasciato la pasticceria quel pomeriggio. Sospirò. Ne aveva bisogno, aveva bisogno di Faulkner.

"Ehi," gli disse sottovoce.

"Ehi."

"Dovevo telefonarti. Mi dispiace."

"Va tutto bene, Che."

"No, non è così. Mi dispiace averti fatto preoccupare per me. Solo che... credevo ti fossi arrabbiato. Mi hai chiesto di chiamarti e non l'ho fatto. Poi nella mia testa c'è stata come una valanga. Più passava il tempo senza telefonarti, più pensavo ti arrabbiassi."

La sua voce si era abbassata così tanto che Dude si era dovuto avvicinare ulteriormente e girare la testa per sentirla bene.

"Non mi piace quando ti arrabbi con me. Anche se a dire il vero non ti sei ancora *mai* arrabbiato con me, ma non posso sopportare il *pensiero* di saperti arrabbiato con me. Penso sia questo il motivo. Voglio farti felice."

"Che..."

Cheyenne lo interruppe. "E adesso ti ho deluso. Non so proprio cosa sia peggio, davvero. Cazzo, io non sono così, non sono una smidollata. L'unica cosa che posso dire in mia difesa è che ho avuto una pessima giornata."

Dude ne ebbe abbastanza. Le girò intorno fino a trovarsi seduto al fianco di Cheyenne. "Basta, Che. Non sono arrabbiato e non mi hai deluso. Mi hai solo fatto preoccupare. C'è una differenza colossale."

"Non volevo."

"Lo so. Ma dobbiamo parlarne. Avremmo dovuto parlarne prima, ma è stata una mia mancanza. Tu non ci sei abituata. A me piace tanto il nostro rapporto. Mi piace come rispondi a quanto ti chiedo, a letto. Non riesco a esprimerti cosa significhi per me. Ne ho bisogno, è un desiderio forte. Ma fuori dalla camera da letto? No. Mi piacciono le contraddizioni che ti porti dentro. Non hai paura di far notare ai miei amici quando dicono delle stupidaggini. Sei così coraggiosa da affrontare un'intera squadra di polizia con una bomba attaccata al petto. Sei così caritatevole da lasciare che ti mettano addosso una bomba, solo per evitare la sofferenza ad altre due persone."

Le baciò la testa e proseguì. "Di certo mi arrabbierò, Che. Probabilmente a un certo punto urlerò, pure. Non vuol dire che non ti ami. Non devi avere paura di me. Non aver paura di mandarmi al diavolo. Se esagero, me lo devi dire. Ti ricordi quando ti ho detto che non servivano parole d'ordine? Lo penso ancora, Che. Se hai bisogno di mettermi a posto, devi solo parlare e io ti ascolterò."

"Mi ami?"

"Sì. Lo so che è presto, e che è una follia, non so nemmeno come sia successo. Ti aspettavo da una vita. Non una persona *come* te. Aspettavo *te*. So che non hai l'esperienza per capirlo, ma l'unione che abbiamo a letto è unica. Unica e speciale. Qualcosa che non mi è mai capitato con nessun'altra, mai. E non si tratta solo di sesso. Si tratta di chi sei, come persona. Nell'ultimo mese ci siamo conosciuti meglio e tu mi *piaci*, Cheyenne." La voce di Dude si abbassò. "Mi dispiace che la tua famiglia ti abbia delusa."

Gli occhi di Cheyenne si riempirono immediatamente di lacrime. "Me lo dovevo aspettare, Faulkner. È tutta una vita che fanno così. Ma quando Karen mi ha detto che le dispiaceva per le famiglie di quei tipi, non ci ho più visto. Non potevo credere che avesse più compassione per loro che per me. Per *me*! Che sono sangue del suo sangue. E mia mamma non ha detto una parola in mia difesa." Dopo un attimo, Cheyenne concluse tristemente: "Penso proprio di averle ripudiate, oggi."

"Bene."

A quel commento sentito di Faulkner, Cheyenne sollevò lo sguardo verso di lui.

Dude si ripeté. "Bene. Non ti servono queste stronzate nella vita. Sono io la tua famiglia, adesso. Io e i ragazzi. E ovviamente le loro compagne."

Fece una pausa. Per quanto Dude desiderasse chiederle di ripetere quanto le aveva appena detto, andò avanti comunque. L'avrebbe ripetuto quando fosse stata pronta.

"Dobbiamo parlare un po' di più di oggi, Che."

"Non lo farò più, lo giuro. So di avere questa esigenza di accontentarti, ma sentirti dire che va bene anche dirti di no mi ha fatto sentire meglio."

"Hai ascoltato il messaggio che ti ho lasciato in segreteria?"

Cheyenne rimase in silenzio per un momento. Poi scosse la testa per negare.

Dude le disse: "Ascoltalo."

"Lo farò."

"Adesso."

"Ho detto che lo ascolterò più tardi, Faulkner."

"Dammi il tuo cellulare." Dude sapeva che le stava facendo pressione. Capperi, le aveva appena detto che se la spingeva troppo, o se non voleva fare qualcosa, bastava che glielo dicesse e poi subito aveva insistito. Ma non poteva lasciar perdere su questo.

Sospirando, Cheyenne gli consegnò il telefonino. Poi vide che Faulkner toccava alcune icone sullo schermo e girava il telefono per indirizzare il suono verso entrambi. Aveva premuto *play* per ascoltare il messaggio e l'aveva messo in vivavoce.

Cheyenne si innervosì. Cavolo, non voleva ascoltare quanto Faulkner le aveva detto, con lui lì, presente...

Ciao Che. Sono preoccupato per te. Di sicuro è successo qualcosa a pranzo con la tua famiglia. Per favore, puoi telefo-narmi o mandarmi un messaggio? Se hai bisogno di stare un po' da sola, nessun problema. Ho solo bisogno di sapere che sei al sicuro. Spero di sentirti presto.

Il messaggio terminò e Cheyenne deglutì. "Allora non eri arrabbiato." Cheyenne guardò meglio l'uomo seduto al suo fianco. Aveva avuto molta paura che alzasse la voce con lei, l'aveva totalmente sottovalutato.

"No, Che. Non ero arrabbiato. Te l'ho detto, ero preoccupato."

"Mi dispiace."

"Ora basta con le scuse. Stiamo ancora imparando a conoscerci. Scopriamo ancora cose nuove di noi, per capire le dinamiche del nostro rapporto. Come ti dicevo, di sicuro ci saranno momenti in cui mi arrabbierò, come ci saranno momenti in cui sarai tu a prendertela con me. Si chiama rapporto di coppia, Che. Sono cose che succedono, fanno perfino bene al rapporto. Se hai bisogno di un po' di spazio, devi solo dirmelo e ne avrai quanto serve, ma solo se saprò che stai bene e che sei al sicuro. D'accordo?"

"D'accordo. Grazie, Faulkner."

"Non c'è di che, Che. Adesso per favore possiamo andare a casa?"

"Sì. Possiamo andare a casa."

Dude si alzò e prese la mano di Cheyenne. Lei afferrò la sua mano e si lasciò aiutare a rialzarsi. Mentre lo guardava, vide i suoi occhi brillare.

"Che gusto, oggi?" Dude si avvicinò e la baciò brevemente ma con molta passione. Poi si passò la lingua sulle labbra mentre si allontanava da lei. "Uva. Gnam."

Cheyenne si limitò a scuotere la testa in risposta, leccandosi le labbra, mentre cercava di non perdere l'equilibrio.

Dude le prese la mano e la trascinò al parcheggio. "Per quanto mi piacerebbe chiederti di non guidare, credo che probabilmente te la prenderesti con me se lo facessi, non è vero?"

Cheyenne annuì semplicemente. "Me la sento di guidare, Faulkner."

"Va bene. Ci vediamo a casa?"

"Sì, a casa."

Si sorrisero a vicenda e Dude la baciò un'ultima volta, prima di assicurarsi che si allacciasse la cintura di sicurezza. Poi le chiuse la portiera e si voltò per raggiungere il suo pick-up. Non vedeva l'ora di mostrarle quanto fosse importante per lui, quella notte. Cheyenne non aveva ripetuto le sue parole, ma gli aveva dimostrato nei fatti, con le sue azioni di tutti i giorni, che per lei lui era importante. Dude sarebbe stato paziente. Almeno avrebbe *provato* a essere paziente.

CAPITOLO QUATTORDICI

CHEYENNE se la rideva con Summer ed Alabama. Caroline aveva telefonato a Cheyenne quel mattino, dicendole che stavano per uscire tutte insieme. Era passato quasi un mese da quell'orribile pranzo con la sua famiglia, Cheyenne si era alimentata sempre più delle attenzioni di Faulkner.

La loro vita amorosa continuava ad essere sempre molto piccante e Cheyenne amava ogni secondo della loro intimità. C'era qualcosa di liberatorio nel potersi lasciar andare e far prendere tutte le decisioni a Faulkner. E lui era bravissimo a ricoprire quel ruolo. Sapeva sempre esattamente cosa dire e cosa fare per portarla al massimo del piacere. Cheyenne sapeva che non si sarebbe mai stancata di lui.

Però non gli aveva ancora detto di amarlo. Non sapeva proprio il perché, stava solo aspettando il momento ideale. Cheyenne voleva che fosse un momento romantico e ricco di emozioni. Dirlo mentre facevano sesso non le sembrava significativo, nemmeno dopo averlo fatto le sembrava giusto. Faulkner non era il tipo "da ristoranti di lusso" quindi anche quello scenario era fuori discussione. Cheyenne faceva fatica. Sapeva che era tutto un problema stupido, avrebbe potuto semplicemente dirglielo, ma finora non era successo. Più tempo aspettava, maggiore era la pressione che si faceva per trovare il momento perfetto.

Caroline aveva mantenuto la sua parola e aveva incluso Cheyenne nelle feste "tra ragazze" da quando le aveva telefonato dalla spiaggia. Le altre erano davvero scatenate. Cheyenne le rispettava sempre di più. Aveva sentito tutte le loro storie, nell'ultimo mese, una dopo l'altra. Cheyenne non poteva credere a quanto avevano dovuto superare, ma quando aveva provato a dirlo, le avevano risposto ridendo e dicendo che quanto *lei* aveva dovuto affrontare era altrettanto impressionante.

Così Cheyenne aveva vinto la sua fragilità nervosa e le piaceva un sacco uscire con loro. A volte andava a pranzo o a cena con una delle ragazze del gruppo, altre volte si trovavano tutte insieme.

Cheyenne aveva conosciuto lentamente anche gli altri ragazzi della squadra di Faulkner. Caroline aveva ragione, all'esterno erano tutti burberi e arruffati, ma nel profondo *erano* davvero dei coccoloni.

Bastò un episodio tra Hunter e Fiona per far "capire" finalmente a Cheyenne cosa avesse provato a dirle Faulkner quel giorno, sulla spiaggia.

Fiona e Cheyenne erano uscite a pranzo e avevano deciso sul posto spontaneamente di andare a vedere un film, quel pomeriggio. Senza nemmeno pensarci, avevano messo i cellulari in silenzioso e si erano godute la visione. Quando il film era finito, Fiona aveva visto i suo cellulare e aveva reagito dicendo: "Oh oh."

"Che c'è?"

"Dovevo telefonare a Hunter una volta finito il pranzo per farmi venire a prendere. Non è riuscito a contattare né me né te." Poi fece una risatina. Una vera risata.

"Non si sarà arrabbiato?"

Fiona aveva guardato Cheyenne negli occhi e le aveva detto: "No. Se la sarà presa con me. Magari avrà alzato la voce, ma so che sotto sotto fa così perché i preoccupa *per* me. C'è un'enorme differenza tra la rabbia che deriva dall'odio e la rabbia causata dall'amore."

In quel momento Cheyenne aveva capito. Quando Hunter era arrivato al cinema a prendere Fiona, Cheyenne aveva visto quanto l'aveva rimproverata, inveendo. Le aveva dato una strigliata dicendo che era stata egoista e avventata. Fiona l'aveva ascoltato senza problemi e si era scusata più volte. La rabbia di Hunter era svanita rapidamente, poi aveva preso Fiona tra le braccia e l'aveva stretta forte a sé.

Tutto era diventato logico, dopo aver visto la reazione di Hunter. Cheyenne non ne aveva ancora riparlato con Faulkner, ma intendeva farlo. Sapeva che era stato molto attento ultimamente a non indispettirla, ma Cheyenne voleva che questo atteggiamento finisse. Era un SEAL, ma soprattutto un uomo, più di chiunque altro avesse mai conosciuto. Doveva poter sfogare le sue emozioni. Cheyenne sapeva di dover convincere Faulkner che non sarebbe uscita di testa se l'avesse ripresa, adesso.

Così, quella sera Caroline l'aveva chiamata per dirle che sarebbero uscite tutte insieme. Dato che lei non lavorava, aveva accettato prontamente.

Ora erano sedute all'*Aces,* il loro locale preferito, a bere Amaretto e Midori Sour[1], con qualche liquorino occasionale. Summer e Alabama si erano sfidate a chi riusciva a bere uno shot senza prenderlo con le mani, bevendo direttamente dal bicchiere. Ovviamente erano entrambe destinate a fallire, ma era così divertente vederle cercare la strategia giusta.

Cheyenne guardò Mozart. Era seduto dall'altra parte del locale e faceva finta di non vedere. I ragazzi avevano accettato che le donne andassero dove volevano, bastava che uno di loro fosse nei paraggi per proteggerle.

Le donne fingevano di essere seccate al proposito, ma Caroline aveva detto a Cheyenne che, sotto sotto, a loro piaceva. Caroline le aveva detto anche che le ragazze uscivano solo per il sesso incredibile che ne seguiva, quando tornavano a casa. Le aveva spiegato che ai loro uomini piaceva farlo quando erano mezze ubriache, così incoraggiavano quell'uscita, almeno una volta al mese.

Cheyenne ridacchiò al ricordo di Caroline che le

aveva parlato di un episodio con Matthew, un mese prima. Lei le si era avvicinata per sussurrarle che Faulkner l'aveva legata al letto proprio la notte prima. La reazione sul volto di Caroline era impareggiabile. Cheyenne non vedeva l'ora di scoprire come Faulkner potesse "farsela mezza ubriaca." Se era meglio di quanto non lo fosse già adesso, sarebbe stato pazzesco.

Una bella cameriera, con capelli corti e neri, dall'aspetto stanco, aveva portato le loro ordinazioni. Le altre donne sembravano conoscerla, infatti la chiamavano per nome; si chiamava Jess e scherzava con loro, quasi come se facesse parte dello stesso gruppo.

Cheyenne disse alle sue amiche che le dispiaceva che Jess dovesse continuamente andare avanti e indietro dal bancone del bar al tavolo, visto che faceva fatica a camminare, così si offrì di andare lei stessa al bar a prendere i drink. Le altre le avevano risposto che così avrebbe messo Jess in imbarazzo e che non era il caso di preoccuparsi. Allora Cheyenne aveva lasciato perdere e dopo un altro paio di bicchierini aveva smesso di vedere quella cameriera come una persona disabile, cominciando a considerarla una specie di salvezza che faceva arrivare i drink proprio quando ne avevano bisogno.

Cheyenne vide Fiona contare fino a tre, poi Summer e Alabama si abbassarono e cercarono di prendere i bicchierini con la bocca e coi denti. Con i drink tra i denti, avevano rialzato la testa per bere lo shot e il liquido si versò più addosso al loro petto che nelle loro bocche, così ora avevano entrambe le magliette bagnate.

Ridendo senza freni, Caroline, Fiona e Cheyenne rimasero a vedere le altre due che cercavano di tamponare il liquido prima che scorresse giù dalle magliette fino ai pantaloni.

"Allora, chi ha vinto?" chiese Summer con un sorriso a trentadue denti pieno di malizia.

Cheyenne invece scosse la testa. "Ragazze, siete proprio delle citrulle. Penso abbiate perso entrambe. Va bene, adesso andiamo a darvi una bella ripulita." Poi si mise tra loro due e le accompagnò ai bagni del locale, tutte tre con passo incerto. Fermandosi di fianco a Mozart, Summer lo baciò a lungo e con passione profonda. Stanca di aspettare, Alabama la prese per un braccio e la tirò via.

"Andiamo, ragazza. Puoi andare avanti più tardi. Adesso siamo tra noi ragazze. Devi aspettare come tutte noi."

Summer si lasciò trascinare via dalle braccia del suo uomo. Prima di proseguire per i bagni però, si abbassò di nuovo per sussurrare qualcosa al suo orecchio. Cheyenne lo vide sorridere appena e annuire, ovviamente gli piacevano le parole provocanti che Summer gli aveva detto, di qualunque cosa si trattasse.

Le tre amiche proseguirono verso il bagno ed entrarono insieme. Per un locale così piccolo, i bagni erano sorprendentemente ampi. Erano anche molto puliti, anche quello era un motivo per cui il gruppo sceglieva sempre di andare all'*Aces*. Non c'era nulla di peggio che dover fare la pipì da ubriache in un bagno lurido... almeno questo diceva Caroline.

Dato che Cheyenne non aveva mai provato a fare la pipì da ubriaca in un bagno sporco, non poteva certo mettersi a discutere, ma fu felice di non dover stare sospesa sopra una tazza sporca. Era molto meglio potersi sedere, sapendo che era pulito.

"I ragazzi sono così fortunati!" esclamò Cheyenne mentre faceva i suoi bisogni.

"Di che cavolo stai cianciando, Cheyenne?" esclamò Alabama dalla tazza vicina.

"I ragazzi, possono fare la pipì stando in piedi. Non devono preoccuparsi se i bagni sono sporchi o se le tazze sono luride."

"Fortuna di merda!" gridò Summer, dalla tassa sull'altro lato di Cheyenne.

Le ragazze risero sonoramente e finirono di fare i loro bisogni, poi si lavarono le mani chiacchierando delle varie difficoltà e tribolazioni che le donne dovevano superare per fare la pipì nei locali pubblici, quando all'improvviso si aprì la porta del bagno ed entrò un'altra donna. Aveva capelli lunghi e castani, indossava un paio di jeans neri e una maglietta nera a maniche lunghe.

"Ciao!" disse tutta allegra. Guardando Cheyenne, le disse: "Ma io ti conosco, sei quella che era al telegiornale un po' di tempo fa? Eri in quel negozio quando hanno sparato a quegli uomini, vero?"

Cheyenne si fermò e non mosse un dito. Non le era mai capitato di essere riconosciuta da qualcuno, in passato. C'era qualcosa di strano nel modo in cui quella donna le aveva rivolto la sua domanda.

Prima ancora che potesse confermare o negare le parole di quella donna, Summer rispose al posto suo. "Che cavolo, gliel'ha fatta vedere *lei*! Quegli stronzi non avevano alcuna possibilità su questa terra di uscirne vivi. La nostra Cheyenne era troppo intelligente per loro." Si voltò verso Alabama e le porse la mano per farsi dare un cinque.

Cheyenne non tolse gli occhi da quella sconosciuta. La sua voce svaniva rapidamente. Non sembrava una donna felice. Anzi, sembrava proprio arrabbiata.

"Uno di quegli stronzi era mio fratello," disse a bassa voce, estraendo una pistola.

"Oh, cazzo," disse Alabama a mezza voce.

"Va bene, senti, mi dispiace, non volevo." Summer cercò di fare marcia indietro scusandosi.

"Troppo tardi, brutta troia. Non puoi dire qualcosa del genere e poi prendere fiato e dire che non volevi. Certo che volevi. E per questo verrai anche tu con me."

"Venire con te?"

"Già, ce ne andiamo a fare un giro."

Cheyenne cercò di pensare alla svelta. "Senti, sei incazzata con me... non con loro. Loro non c'erano. Posso dirti tutto quello che vuoi sapere. Posso riferirti le ultime parole di tuo fratello. Loro lasciale qui, prendi solo me."

"Cazzate. Appena uscite da qui, telefonerebbero ai

tuoi amici militari. Proprio per nulla. Dovete venire via tutte con me."

"Come pensi di costringerci tutte a seguirti?" le chiese Alabama con voce ferma, come se un minuto prima non fosse stata sul punto di perdere l'equilibrio, mezza ubriaca.

La donna si mosse rapidamente e prese Summer per un braccio. Le fece perdere l'equilibrio, tirandola a sé. Poi le passò un braccio attorno al collo stringendo, mentre puntava la pistola alla tempia di Summer. "Se non venite con me, la uccido. Proprio qui, davanti a voi. Le faccio saltare le cervella. Allora che facciamo?"

Quella donna ovviamente era più forte di quanto sembrasse, o poteva essere sotto l'influsso di qualche droga. Summer cercò per poco di reagire lottando, ma non riuscì a far perdere la presa all'altra donna.

Cheyenne e Alabama erano inermi e vedevano che Summer faticava a respirare. La decisione era obbligata.

"Va bene, veniamo. Non farle del male. Per favore."

La donna allentò la presa sulla gola di Summer. "Non fate scherzi. So che c'è uno dei vostri amici militari là fuori. Usciremo dalla porta sul retro. Fate finta di niente oppure giuro che le sparo. Non ho nulla da perdere. Dopo l'uccisione di Hunk, la mia vita è una merda, comunque."

Cheyenne capì che quella tipa avrebbe ucciso Summer, se una di loro avesse tentato di ribellarsi. Gli occhi le si riempirono di lacrime. Cazzo. Non voleva mettere in pericolo le sue amiche. Summer era già stata rapita una volta, non avrebbe dovuto trovarsi di nuovo in una situazione simile. Cheyenne sapeva di dover togliere dal pericolo le sue nuove amiche, in qualche modo.

Non sarebbe passato molto tempo, prima che Sam capisse che erano in bagno da troppo, specialmente sapendo che c'era anche Summer, la sua donna. Sarebbe arrivato a cercarle, non potendole trovare, avrebbe capito che c'era qualcosa che non andava.

Cheyenne e Alabama precedettero la donna infuriata fuori dai bagni, dirigendosi verso la porta sul retro.

Faceva quasi paura pensare quanto fosse stato facile per lei rapirle, proprio all'*Aces*. Un SUV le attendeva nel vicolo, col motore acceso. Un uomo enorme era seduto al volante del veicolo e le guardò uscire dal locale.

Ma che cazzo, Alicia? Pensavo che prendessi solo la stronza del supermercato. Chi minchia sono queste altre troie?"

"Non potevo lasciarle là, Javier! Cavolo! Se me ne andavo con solo lei, subito dopo avrebbero telefonato e tutti i militari ci avrebbero dato la caccia! Merda. Andiamocene via subito!"

Cheyenne fece un ultimo tentativo. "Ti prego, non prendere anche loro, lasciale qui, non chiameranno nessuno. Te lo giuro."

"Col cazzo, entra in auto, puttana. Ricordati quello che ti ho detto. Ucciderò le tue amiche se ho anche solo *l'impressione* che stai per fare qualcosa. Non me ne frega un cazzo di loro, quindi stai attenta che non scherzo."

"Farò tutto ciò che chiedi. Te lo prometto. Però non far loro del male."

Cheyenne vide un sorriso maligno comparire in faccia a Javier. "Adesso capisco, Alicia. Ottima idea. Farà la brava per proteggere le sue amiche... non è vero, dolcezza?"

Cheyenne mandò giù la bile che le saliva in gola. Merda. Erano nei guai fino al collo.

————

Mozart si agitava sulla sua sedia. Non vedeva l'ora di portare a casa Summer e di mostrarle quanto gli piacevano quelle "serate tra donne". Gli aveva sussurrato nell'orecchio che quella notte finalmente si sarebbe lasciata legare. Avevano fatto tanti giochetti insieme. Lei ogni tanto aveva ancora degli incubi e sognava Ben Hurst che la legava e la teneva inerme tra le sue grinfie. Sapevano entrambi che lui non era Hurst, ma a volte cuore e cervello reagivano diversamente.

A lui piaceva vedere le donne mezze ubriache. Erano carine e molto divertenti. Avrebbe tanto voluto filmare Summer e Alabama che cercavano di bere quello shot senza le mani. Abe si sarebbe divertito un sacco.

I ragazzi potevano anche lagnarsi e fingersi annoiati per dover fare da baby-sitter alle loro donne, ma la verità era che si litigavano tra loro il posto di guardia ogni mese. Le donne avrebbero riso alla grande se avessero scoperto il rituale elaborato che ripercorrevano ogni mese, facendo di tutto per prevalere e conquistare la possibilità di starsene seduti in uno stupido locale per qualche ora a osservare le donne che se la spassavano. Ora c'erano più donne, probabilmente sarebbe stato meglio andarci in due, quando si ubriacavano, giusto per sicurezza.

Mozart controllò il suo orologio. Erano passati quindici minuti da quando Summer e le altre gli erano passate vicino per andare in bagno. Sapeva che tendevano a passare in bagno più tempo degli uomini, ma quindici minuti era un po' troppo. Facendo un cenno a Caroline, che controllava nello stesso momento il suo orologio, sollevò il mento verso il bagno.

Caroline si avvicinò a Fiona e le disse che sarebbe tornata subito. Si incamminò verso Mozart e proseguì verso il bagno. Lui si accigliò vedendola tornare dopo nemmeno un minuto.

"Non ci sono."

"Ma sei sicura?"

"Sam, in bagno ci sono solo tre tazze, non è che siamo in uno stadio di calcio. Dentro non c'è nessuno."

Si guardarono. Caroline prese il telefono. "Non mi hanno mandato alcun messaggio."

Mozart estrasse il suo cellulare. "Neanche a me. Cazzo."

Si voltarono e andarono quasi a sbattere contro Jess, la cameriera.

"Ehi, Jess, hai visto Alabama, Summer o Cheyenne?

Sono andate in bagno circa quindici minuti fa e non sono più tornate."

Jess sembrava preoccupata. "Mi dispiace. Non le ho proprio viste. Ero impegnata a lavorare da quella parte," Jess indicò a gesti l'altro lato del locale. "Stavo prendendo le ordinazione a quella tavolata e poi ho aiutato a preparare i drink."

Caroline e Mozart annuirono e tornarono rapidamente al tavolo. "Fiona, non è che per caso le altre ti hanno mandato un messaggio?"

Sentendo apprensione nel tono di voce, Fiona controllò subito il suo cellulare e scosse la testa, dopo aver visto che non aveva ricevuto alcun SMS.

Mozart non perse altro tempo. Chiamò Wolf per primo.

"Ehi, Mozart, la serata è quasi finita?"

"Summer, Alabama e Cheyenne sono MIA[2]. Sono andate in bagno venti minuti fa e ora sono scomparse. Non ho ancora perlustrato la zona, volevo avvisarti subito."

"Caroline e Fiona?" la voce di Wolf si era fatta subito secca, professionale.

"Sono qui con me."

"Passami Ice."

Mozart passò il telefono a Caroline.

"Ciao, Matthew."

"Ice, tu e Fiona dovete stare con Mozart. Ora chiamo gli altri della squadra, ma finché non scopriamo che cavolo sta succedendo, dovete stare al sicuro. Capito?"

"Ma certo, Matthew. Rimango qui e non lo perdo di vista."

"Grazie, piccola, per favore stai al sicuro," disse Wolf con voce tenera e affettuosa, prima di tornare alla sua voce neutra e seria. "Ripassami Mozart."

Caroline restituì il telefono a Sam senza proferire parola.

"Sì."

"Fai un sopralluogo, poi chiama Tex se non le trovi. Lui potrà rintracciare i loro cellulari. Io chiamo Dude e Abe per farglielo sapere. Chiama Benny e Cookie e di' loro di raggiungerti all'*Aces*."

"Capito. Chiama se scopri qualcosa."

Dopo aver chiuso la conversazione con Mozart, Wolf strinse i pugni per un momento, prima di sospirare e di andare a cercare tra i suoi contatti. Né Abe né Dude sarebbero stati felici di scoprire che le loro compagne erano sparite.

———

Cheyenne era seduta sul sedile anteriore del SUV, rannicchiata nel suo tormento. Alicia si era messa sul sedile posteriore, con Summer e Alabama. Teneva la pistola dritta nel fianco di Alabama. Javier continuava a sghignazzare a Cheyenne, facendole l'occhiolino mali-

gnamente. Stava facendo impensierire Cheyenne
oltremodo.

Cheyenne cercò di capire cosa stesse accadendo.
Finora, sapeva solo che uno degli uomini di quel giorno,
al supermercato, era il fratello di Alicia. Non era ancora
riuscita a capire cosa c'entrasse Javier in tutta quella
vicenda.

I due non dicevano dove stessero andando o cosa
sarebbe successo, una volta arrivati. Ma il rapimento era
evidentemente programmato.

Continuarono a viaggiare per un periodo di tempo
che sembrava lungo delle ore, anche se probabilmente si
trattava di una quarantina di minuti, poi accostarono in
un vialetto polveroso. Percorsero il vialetto dissestato e
sterrato per almeno un paio di chilometri, prima di
fermarsi, fuori da una casetta.

Alicia costrinse Alabama e Summer a uscire, mentre
Javier impediva a Cheyenne di scendere, tenendola
stretta per un braccio.

"Dove le porta?" gridò Cheyenne. "Lasciami andare.
No, non portarle via. Merda. No." Cercò di lottare per
liberarsi dalla presa di Javier, finché lui non strinse un
pugno, colpendola alla guancia.

"Chiudi quella cazzo di bocca. Cazzo, davvero."

Cheyenne scosse la testa. Sentiva le orecchie fischiare,
gemette. Le faceva un male cane. Provò una tattica
diversa. "Senti, se sono i soldi che vuoi, posso farteli avere.
Ho ventimila dollari in banca, sono tuoi se lascia andare le

mie amiche. Loro non hanno fatto niente, non hanno nulla a che vedere con questa situazione. Ti prego, non far loro del male, portami via e andiamo a prendere i soldi."

Javier non rispose, invece abbassò il finestrino del passeggero e urlò: "Sbrigati, cazzo, Alicia, non abbiamo tempo da perdere!"

"Stai calmo, Javier. Cazzo! Arrivo!"

Prima che Javier potesse chiudere il finestrino, Cheyenne urlò fuori dal veicolo alle sue amiche. "Resistete, ragazze! I ragazzi stanno arrivando di sicuro!"

"I tuoi stronzi Navy SEAL non stanno arrivando, brutta troia." Le grugnì Javier.

Cheyenne non ne poteva più. "Certo che *arrivano*. Vi troveranno e vi spareranno, proprio come hanno fatto i tiratori scelti al fratello di Alicia!"

"Se arriveranno, moriranno."

Cheyenne fissò Javier, cercando di capire se stava bluffando o se faceva sul serio.

"Abbiamo un perimetro di sorveglianza."

Allo sguardo terrorizzato di Cheyenne, Javier rise. "Poverina, Cheyenne, non solo perderai le tue amiche, ma anche il tuo preziosissimo SEAL. Con tutte queste telecamere, potrai anche assistere di persona."

"Ma credevo non vi aspettaste di portar qui anche le mie amiche."

"Ma certo che si. Abbiamo preparato un bello spettacolo con tanto di fuochi artificiali, pensavi che non sapessimo che voi troiette non potete andare a pisciare sole solette? Sapevamo che saresti stata almeno con una tua amica. Due in più? Almeno i tuoi SEAL saranno occupati un po' di più."

"No, santo cielo, no."

"Sì, santo cielo, sì," la prese in giro Javier.

"Ma tu chi sei? Perché fai tutto questo?" gli chiese Cheyenne disperatamente, cercando di capire come uscire da quella situazione orribile in cui si trovava, insieme alle sue amiche.

"Perché uno di quegli stronzi era *mio* fratello. Alicia e io ci siamo conosciuti durante le riprese per uno di quegli spettacoli in TV. Ti abbiamo seguita, ti abbiamo vista nel parcheggio del tuo posto di lavoro. Abbiamo imparato i tuoi orari. Abbiamo deciso di unire le forze per vendicarci. La vendetta è un piatto che va servito a freddo, non sei d'accordo?"

Cheyenne singhiozzò sull'orlo del pianto, ma si trattenne. Trasalì al rumore secco di un colpo d'arma da fuoco che risuonò nella campagna. "Summer? Alabama?" urlò tutta agitata.

"Stiamo bene!"

Cheyenne sospirò sollevata, poi sentì un altro sparo. "Basta sparare alle mie amiche, cazzo!" gridò, sperando che Alicia potesse sentirla. Javier, seduto vicino a lei, si mise a ridere, ovviamente non era minimamente preoccupato per Alicia. Chiuse il finestrino completamente, in modo che Cheyenne non potesse più sentire quanto accadeva in quel casottino.

Cheyenne vide Alicia uscire dalla casetta. Non si diresse subito al veicolo. Cheyenne la vide prendere del filo spinato e circondare con esso il casotto, due volte, assicurandosi di attorcigliare per bene il filo, man mano che procedeva.

"Sta preparando i fili per la bomba," le disse Javier, con una voce indifferente, come se le stesse dicendo le previsioni del tempo. "Il casotto è imbottito per saltare in aria. Ci sono inneschi nascosti dappertutto. Basterà che i preziosi SEAL facciano un passo falso e le tue amiche salteranno in aria proprio davanti ai loro occhi."

"No," disse Cheyenne con un filo di voce. "Ti prego, lasciale stare."

"Spiacente, dolcezza, ma è fin troppo tardi ormai."

Cheyenne stava andando in iperventilazione. Alicia aveva sparato a Summer o ad Alabama? Erano nel casotto, stavano morendo?

Alicia tornò di corsa al SUV. Aprì di getto la porta posteriore e si gettò ridendo sul sedile, poi chiuse la portiera, sbattendola. "Tutto a posto. Il primo sparo le ha spaventate, ma il secondo ha messo a tacere la bionda."

"No! Cos'hai fatto?!" Cheyenne cercò di girarsi sul sedile per poter balzare indietro e ferire Alicia, ma Javier ridendo le torse il braccio che stava ancora afferrando, con crudeltà.

Cheyenne dovette contorcersi per cercare di allentare la pressione che subiva al braccio, per la presa di Javier. Lui continuò a torcerle il braccio finché Cheyenne non sentì un *pop*. Fu sopraffatta dal dolore più incredibile che avesse mai immaginato, tanto da farla quasi svenire. "Aahhhhhhh."

Cheyenne sentiva Javier e Alicia ridere nonostante il dolore atroce.

"Le hai rotto il braccio?"

"No, è solo una lussazione. Almeno così starà buona."

Cheyenne si concentrò per riuscire a non vomitarsi addosso, sulla macchina e addosso a Javier. Non aveva idea di come uscirne. Di come ne sarebbero uscite le sue amiche. Non sapeva nemmeno se Summer era ancora viva. Se Alicia le aveva sparato, quanto tempo le restava per essere soccorsa, prima di morire? Cheyenne gemette. Erano in guai davvero seri.

CAPITOLO QUINDICI

Wolf, Abe, Mozart, Dude e Benny arrivarono a un vicolo nel cuore della città. Cookie era tornato all'*Aces* con Ice e Fiona per tenerle al sicuro, attendendo informazioni dal resto della squadra.

Wolf e Abe si avvicinavano da sud, mentre gli altri tre SEAL arrivavano da nord. Tex aveva rintracciato i telefoni cellulari in quella località. C'era un cassonetto enorme contro il muro, si sentivano suoni provenire da dentro.

Con estrema accortezza e senza far rumore i cinque si avvicinarono. Non avevano idea di cosa si trovasse all'interno, ma erano tutti concentrati su quel cassonetto. Wolf si mise di guardia all'entrata sud, mentre Benny copriva l'ingresso a nord. Mozart si avvicinò con circospezione al cassonetto, portando la sua torcia, poi ne alzò il coperchio senza fare rumore.

Dopo aver fatto capolino e sbirciato all'interno,

riabbassò il coperchio chiudendo bene il cassonetto e si allontanò rapidamente.

"Bomba," disse con voce ferma e atona.

I cinque non persero tempo, si ritirarono fino alla fine del vicolo.

Mozart disse ai suoi amici quanto aveva visto.

"Ci sono tutti tre i cellulari, sono attaccati a una piccola bomba. Non penso possa fare molti danni, ma dobbiamo segnalarla comunque."

"Devo intervenire io a disinnescarla?" chiese Dude, sapendo di poter capire a prima vista l'entità reale del rischio che quella bomba comportava.

"No, è ovvio che hanno solo scaricato i telefoni per prenderci in giro," commentò Abe disgustato.

"Cazzo. Chiamerò Tex per dirgli di continuare a cercare," disse Benny, tirando fuori il suo cellulare e componendo il numero, come aveva detto.

"Che cazzo succede?" ringhiò Dude, senza rivolgersi a nessuno in particolare.

"Di sicuro c'è qualche collegamento con quanto è successo al supermercato. La bomba è una coincidenza troppo plateale," dedusse Wolf, mentre la squadra intera ripercorreva la strada che li separava dal SUV di Wolf. "Chiama Cookie, chiedigli di parlare ancora con Ice e Fiona, vediamo se può raccogliere qualche *altra* informazione utile. Qualunque dettaglio può esserci utile, a questo punto."

"Non usciranno mai più senza la nostra presenza, neanche a pisciare." Dude aveva esaurito la pazienza.

Era molto peggio del giorno in cui Cheyenne era andata a pranzo con la sua famiglia. Almeno quel giorno sapeva che si trattava solo di una giornata storta, che era giù di morale. Adesso? Era preda di qualche stronzo che aveva abbastanza sale in zucca da scaricare i loro cellulari *e* creare un diversivo micidiale per loro.

Benny cominciò a parlare appena salito sul SUV. "Tex sta chiamando la polizia per avvertirli dell'esplosivo nel cassonetto. Anche lui è incazzato come noi. Sta anche esaminando i video delle telecamere di sorveglianza, anche se l'*Aces* non è proprio coperto molto bene. Dato che hanno rapito tre donne, dovevano avere un veicolo piuttosto grande."

"Perché pensi siano andate tutte e tre? Cioè, se sono state rapite da una persona sola, sarebbe stato difficile sopraffarle tutte," rifletté Benny.

"Minacce. Probabilmente una di loro sarà stata minacciata. Conosci le nostre donne," disse Abe con voce bassa ma decisa. "Sarà bastato minacciare di far del male o di uccidere una di loro per convincere le altre a eseguire ogni ordine senza ribellarsi."

All'improvviso, Mozart voltò la schiena al veicolo e si incamminò deciso all'edificio più vicino, poi scagliò un pugno contro il muro. Dalla pelle lacerata delle sue nocche cominciò a scorrere subito il sangue. Wolf e Benny lo raggiunsero e gli afferrarono le braccia, pronti a tenerlo fermo qualora avesse tentato di prendere a pugni il muro un'altra volta.

Invece Mozart mise le mani contro al muro e vi si

appoggiò di peso, a testa bassa. "Summer non può vivere di nuovo un'esperienza simile," disse con voce bassa e tormentata. "Crollerà. Se la ritroverò a pezzi dopo tutto questo, qualcuno ci lascerà la pelle."

"La troveremo, Mozart," disse Wolf al suo amico con voce solenne.

"Sì? Quando? Dopo che sarà stata violata? Dopo che l'avranno torturata di nuovo? Davvero, lo *sai* cos'è successo con Hurst, l'altra volta. Non può subire un'altra esperienza simile."

"Lo so, Mozart, lo so. Tex le troverà. Lo sai che può trovare chiunque."

"Sarà meglio che sia così."

Per un momento nessuno parlò. Ciascuno di loro, nella mente, pensava a quanto stavano passando le tre donne. Infine, Mozart si spinse via dal muro e si incamminò verso Dude e Abe.

"Sono tremendamente dispiaciuto che tocchi anche a voi un'esperienza come questa. Speravo di essere l'unico a sapere come si sta quando ti rapiscono la donna. Non so chi o che cosa stiamo combattendo, ma le dobbiamo ritrovare. Prima di adesso."

"Le troveremo, Mozart. Vedrai che le ritroveremo, cazzo," gli rispose Abe.

Dude non disse una parola. Gli occhi gli bruciavano dall'odio. Già era difficile accettare che le donne dei suoi amici fossero state rapite. Ma nessuno poteva portargli via la *sua* donna. Cheyenne era sua. Si sentiva come un cane derubato del suo osso. Che gliel'aveva detto espressamente. Era sua.

Dude *amava* Che. Improvvisamente gli era tutto chiaro. Prima di quel momento non ci era arrivato. Sapeva di provare qualcosa di speciale per Cheyenne, aveva pensato di amarla, gliel'aveva anche detto, ma non era ancora arrivato a capire come i suoi commilitoni potessero mettere da parte tutto ciò che avevano per una donna. Ma adesso? Finalmente ci era arrivato. Quando Fiona era scappata per i suoi incubi e Cookie era fuori dal paese? Quando Abe aveva capito di aver ferito profondamente Alabama e di averle detto cose che l'avevano ridotta in pezzi? Quando Summer era stata rapita e Mozart era andato su tutte le furie per ritrovarla? E quando erano nel bel mezzo dell'oceano e Wolf si era fatto da parte per lasciare che qualcun altro dirigesse la missione per salvare Ice... Dude finalmente aveva capito.

Amore. I suoi amici amavano le loro compagne con tutti se stessi, proprio come Dude amava Cheyenne. Lei era sua. Non importava nulla che fosse il ventunesimo secolo e che le donne non "appartenessero" più a nessuno. Non importava che Cheyenne fosse una persona indipendente e che potesse arrangiarsi da sola su tutto, senza di lui.

Nel profondo, c'era quell'istinto primordiale che insisteva a far considerare "loro" quelle donne. Le dovevano proteggere, nutrire, vestire, amare. Erano loro. Cheyenne era *sua*, perdiana. Aveva bisogno di lei, nella vita, nella sua casa, nel suo letto. Diamine, aveva bisogno di averla attorno. Vederla sorridere, guardarla masticarsi quel cavolo di pollice. Era una sensazione struggente che lo avvolgeva fino al midollo.

"Andiamo," fu tutto ciò che Dude riuscì a dire, a denti stretti. Era al limite. Sapeva che Mozart e Abe si sentivano altrettanto frustrati. Le loro donne erano in pericolo. Era probabilmente la missione più importante della loro vita. La squadra era già molto affiatata, ma adesso si muovevano come un corpo e una mente soli. Wolf sapeva che sarebbe potuto succedere facilmente anche a Caroline. Non era andata così per puro caso.

Gli uomini risalirono sul SUV senza proferire altre parole. Quella situazione di merda doveva finire. Qualunque cosa ci fosse dietro a quel rapimento, doveva decisamente finire.

———

Due ore dopo, tutta la squadra era radunata intorno a un piccolo casotto, a circa venti miglia dalla città. Caroline e Fiona erano tornate a casa di Caroline, accompagnate da altri tre SEAL di un'altra squadra della stessa base. Wolf non aveva voluto minimamente mettere in gioco la loro sicurezza. Le donne avevano accettato di essere protette senza discutere, il che fece innervosire ulteriormente i loro compagni, perché significava che si sentivano in pericolo, vulnerabili, impaurite dagli avvenimenti. Normalmente, Ice si sarebbe contrariata e avrebbe discusso con Wolf, non le piaceva far entrare degli estranei a casa loro, invece l'aveva solo baciato, l'aveva abbracciato molto forte e gli aveva detto di riportare a casa le sue amiche.

Tex si era rifatto sentire. Proprio quando tutti pensavano che in quell'occasione Tex non avrebbe mai potuto fare di più, lui invece ci era riuscito. Aveva compiuto l'impresa di trovare l'ago nel pagliaio, pur trovandosi a migliaia di chilometri di distanza.

Aveva sfruttato una specie di algoritmo matematico-fisico-ingegneristico per studiare l'andamento del traffico locale, combinato con l'utilizzo del traffico di telefonia mobile e delle telecamere di sorveglianza, per individuare il modello preciso di veicolo in cui le donne erano state portate via. Una volta trovata l'auto, tutto era diventato più semplice, parole dello stesso Tex, era bastato entrare abusivamente nei satelliti del governo e usarli per rintracciare il veicolo.

Tutti gli uomini della squadra sapevano bene che Tex si era mosso fuori dalla legalità, ma nessuno aveva aperto bocca. Pur di riportare indietro le loro donne, non avrebbero guardato in faccia a nessuno.

Tex era riuscito a trovare il veicolo in questo casotto degradato. Era tutto fin troppo tranquillo. C'era senz'altro qualcosa sotto. Dude avrebbe voluto urlare il nome di Cheyenne, per vedere se stava bene, o almeno se si trovava in quel dannato casotto. Ma non poteva. In questa missione, ogni comunicazione era proibita. Se i rapitori si trovavano ancora nei paraggi, li avrebbero presi di sorpresa.

Dude fece strada verso l'ingresso della baita, ad ogni passo si guardava intorno con circospezione, cercando... qualcosa. Non sapeva esattamente cosa. Ma aveva i nervi a fior di pelle e una strana sensazione di disagio... c'era qualcosa che non tornava. Fece segno a tutti di fermarsi.

Smisero tutti di camminare e aspettarono Dude. Togliendo gli occhi dal terreno, Dude si guardò intorno. Cercò di vedere con l'istinto e l'esperienza anche oltre quanto gli trasmettevano i suoi occhi. Poi si fermò e si voltò indietro, verso un punto in cui aveva appena controllato. Ecco.

"Una fottuta telecamera nell'albero," disse con voce atona ai suoi commilitoni, parlando nel microfono dell'interfono.

Dopo un attimo, Wolf disse: "Ce n'è una anche qui."

"Anche qui," intervenne Abe.

"Wolf, quei bastardi ci stanno guardando," commentò inutilmente Dude.

"Ma ci guarderanno da dentro la baita, o da qualche altra parte?" intervenne Benny, chiedendo ciò che anche tutti gli altri pensavano.

Senza aspettare che Wolf approvasse la sua iniziativa, Dude urlò. La sua voce attraversò tutto lo spiazzo davanti a quel casotto. "Che? Summer? Alabama?"

Gli uomini attesero. Sperando.

"Qui! Siamo qui!"

"Santo cielo, grazie!" disse con un filo di voce Abe, riconoscendo la voce di Alabama.

"Non entrate!" proseguì Alabama, urlando dall'interno della baita. "Quei bastardi hanno imbottito questo posto di qualche tipo di esplosivo!"

Tutti gli uomini si fermarono sul posto. Dude si guardò attorno, ora che sapeva cosa stava cercando, era più facile vederlo. I cavi intorno alla casa non erano nascosti molto bene. Si era così preoccupato di cercare cavi nascosti nel terreno, che gli erano sfuggiti quelli davanti a lui, così evidenti. Il rapitore evidentemente pensava di essere stato furbo a mettere i cavi intorno al casotto, nel vialetto, sperando che i SEAL inciampassero e facessero saltare la bomba. Deficienti.

"Summer è lì con te? E Cheyenne?" gridò Mozart.

"Summer è qui. Però hanno preso Cheyenne."

"Hanno? Buon Dio, di quante persone stiamo parlando?" mormorò Cookie nel microfono.

"Va bene, stai tranquilla, tesoro. C'è qualcun altro nei paraggi?" Tutti capirono che Abe non avrebbe voluto far altro che correre nella baita e vedere coi suoi occhi che Alabama stava bene, ma era addestrato fin troppo bene a non far nulla che compromettesse la missione, specialmente quando erano coinvolti degli esplosivi.

"No, ci siamo solo noi. Ma Summer è ferita."

Alle ultime parole di Alabama, il livello di ansia in tutti gli uomini della squadra schizzò alle stelle. Dude ignorò il fatto che Cheyenne non fosse in quel casotto e si mise al lavoro per ricostruire la configurazione degli esplosivi e trovare il modo per disinnescarli. Prima trovava la soluzione, prima avrebbero potuto arrivare a Summer e Alabama, e prima avrebbero ritrovato Che.

"Benny, tu e Cookie pensate a mettere fuori uso le telecamere. Fate attenzione, quei bastardi potrebbero aver cablato anche quelle. Lasciatene in funzione solo una. Io telefono a Tex e lo aggiorno sulle telecamere, magari è in grado di rintracciare il segnale e di ripercorrerlo all'indietro per scoprire dove arriva. Se ci guardano, ci deve essere un motivo. Usiamo la loro voglia di guardare contro di loro. Fottuti stronzi."

———

Cheyenne non credeva di rivivere un'esperienza simile. Ancora una volta si trovava ricoperta di metri e metri di nastro adesivo, con la spalla che le doleva tremendamente. Javier gliela aveva *davvero* lussata, torcendole il braccio in auto. Almeno, immaginava, il nastro probabilmente l'aiutava, tenendole fermo il braccio. Ma il dolore che sentiva era forte, più di quanto ne avesse provato in passato.

Quei due l'avevano riportata in macchina in città, in un edificio di appartamenti. Erano entrati da una porta in un vicolo, sul retro, trascinandola giù per le scale fino a un seminterrato, dove l'avevano avvolta di nastro adesivo.

Javier e Alicia avevano riso e schiamazzato per tutto

il tempo, mentre la avvolgevano. A differenza del supermercato, stavolta le avevano messo addosso tre bombe. Poi Alicia aveva pensato di divertirsi, avvolgendole il nastro anche intorno al collo e alla testa. Per fortuna Javier l'aveva fermata prima che arrivasse alla bocca, dicendole di smetterla per non coprire naso e bocca .

Così adesso Cheyenne era letteralmente mummificata. Non poteva muoversi. Era sdraiata per terra, con il nastro su tutto il corpo, dalle caviglie alla testa, comprese gambe e braccia. Quasi le veniva da ridere al pensiero di quanto potesse costare tutto quel nastro adesivo.

Era totalmente inerme. Non poteva correre, non poteva nemmeno spostarsi, poteva solo rimanere lì per terra e guardare Javier e Alicia. Cheyenne chiuse gli occhi, era stufa di vederli. Comportarsi in modo così orribile e aver rapito un essere umano doveva averli eccitati, perché avevano fatto sesso proprio su quel pavimento, vicino a lei. Dato che Cheyenne non poteva muoversi, essendo mummificata, non aveva potuto far altro che chiudere gli occhi, sperando di tutto cuore che Faulkner arrivasse.

Finiti i loro comodi, Javier aveva tirato fuori un apparecchio portatile e si era accovacciato con Alicia per osservarlo. Continuavano a sghignazzare tutti allegri, strillando come dei maniaci. Guardavano la trasmissione video che arrivava dal casotto. Osservavano i SEAL che si avvicinavano alla baita.

"Vorrei tanto ci fosse il sonoro!" si lamentò Alicia.

"Ma è troppo forte. Guardali, tutti in modalità missione invisibile. Capisco perché ti piacciono tanto, sono tutti muscoli, davvero sexy... peccato che stanno per saltare in aria... insieme a quelle stupide delle tue amiche."

Cheyenne si dimenò quanto poteva sul pavimento. No! Porca vacca, no! Smise di muoversi, accorgendosi che non si faceva altro che del male. Senza ottenere nulla. Doveva solo sperare che i ragazzi sapessero il fatto loro. Non si sarebbero certo avventati all'interno di quella baita senza le dovute precauzioni. Dude avrebbe visto gli esplosivi. Per forza.

"Ma che cazzo fanno? Perché non entrano? Hai detto che sarebbero corsi dritti alla porta e avrebbero fatto irruzione!" disse irritato Javier ad Alicia.

"Insomma, me l'ero immaginato. Là ci sono due delle loro donne. Sono dei militari dalla testa calda! Era quello che dovevano fare!"

"Invece proprio no! Guarda! Quello ha visto la telecamera! Cazzo!"

I due rimasero in silenzio per un attimo, mentre guardavano ciò che succedeva nel monitor in bianco e nero di quell'apparecchietto. Dopo un altro paio di minuti, Javier sospirò esasperato.

"Ce ne dobbiamo andare. Ovviamente riusciranno a liberare le ragazze. Porca troia."

"E lei?" si lagnò Alicia.

"Questa parte del piano non cambia. Tra circa otto ore salterà in aria, quindi chi se ne frega."

"Ma sa chi siamo..."

Javier ringhiò in faccia ad Alicia. "Sì, e anche quelle stronze che stanno per liberare. Pensi che non diranno ai SEAL chi siamo? ah?"

"Ma non possiamo lasciarla qui *così*... dirà loro che ci stiamo dirigendo in Messico."

"Tra circa otto ore sarà morta, quindi chi.. se... ne... frega."

"Va bene, va bene, diamine. Stai un po' tranquillo. Merda. Non è meglio cambiare il conto alla rovescia per farla esplodere prima?"

"Troppo tardi, furbona. L'abbiamo già coperta tutta di nastro adesivo," disse Javier con impazienza. "Lascia qui il visore, vicino a lei. Sarà meglio non portarlo con noi, potrebbero in qualche modo rintracciare la trasmissione. E poi, così potrà vedere le sue amiche che vengono salvate, o che saltano in aria. Mi sembra giusto."

Cheyenne vide che Alicia lasciava cadere la testa all'indietro sghignazzando alle parole di Javier. Poi Alicia si avvicinò al punto in cui Cheyenne giaceva inerme sul pavimento e le sistemò l'apparecchio proprio vicino alla testa.

"Ecco qua, stronza. Spero che saltino tutte in aria. Le potrai vedere in diretta e poi toccherà a te, le tue bombe salteranno e anche *tu* finirai in mille pezzi."

"Sei un pezzo di merda," disse Cheyenne con voce rotta.

"No, tu hai fatto uccidere mio fratello e anche il fratello di Javier. *Sei tu* il pezzo di merda."

Cheyenne poté solo guardare i suoi due rapitori che raccoglievano le loro cose e se ne andavano senza girarsi indietro. Si guardò intorno, sapendo che se le bombe fossero esplose, sarebbe morta, ma, probabilmente ancor più importante, avrebbero ucciso anche un sacco di altre persone.

Si trovava nel seminterrato di un condominio di appartamenti. Ci *vivevano* tante famiglie. L'esplosione di quegli ordigni avrebbe di certo danneggiato l'edificio stesso. Avrebbe perfino potuto crollare. Se fosse crollato, nessuno avrebbe più ritrovato il suo corpo... sempre che fosse rimasto qualcosa da trovare. Cheyenne respinse una lacrima. Non poteva piangere. Non c'è niente di peggio del muco che ti scende sulla faccia, quando non ti puoi pulire. C'era ancora del tempo. Aveva otto ore. Forse Faulkner l'avrebbe trovata in tempo.

Portò la sua attenzione a quel piccolo schermo che le stava vicino. Cheyenne poteva riconoscere a malapena la baita, ma vedeva i SEAL che camminavano e si abbassavano. Sperava che riuscissero a farcela, a mettere al sicuro Summer e Alabama. Sperava che Summer non fosse morta. Poteva solo guardare le persone migliori che avesse mai conosciuto muoversi freneticamente per salvare le sue amiche.

Cheyenne deglutì alla vista di Faulkner. Lo avrebbe riconosciuto ovunque. Aveva passato settimane a conoscere e imparare a memoria ogni centimetro del suo corpo, seguendo le sue istruzioni. Conosceva la posizione di ogni cicatrice, di ogni neo, ogni forma e sporgenza del suo corpo. Non aveva la minima idea se sarebbe riuscita mai a rivederlo di persona, per poter risentire il suo corpo, pelle a pelle; vedendo Faulkner che si muoveva intorno a quel casotto riusciva a riconoscere ogni minima parte di lui, ne seguiva ogni movimento.

––––––––

Dude era rimasto da parte a guardare Abe che abbracciava Alabama, mentre Mozart consolava Summer e Cookie controllava che fosse abbastanza stabile, per poterla portare all'ospedale in città in tutta sicurezza. Le avevano sparato, ma per fortuna il proiettile le aveva solo graffiato il braccio. Alabama era intervenuta subito con qualche primo soccorso e aveva fermato il sanguinamento. Summer stava bene.

Dude fu sollevato vedendo che entrambe le donne stavano bene, ma la sensazione di irrequietezza che lo consumava era ben lungi dall'essere sparita. Dove cavolo era Cheyenne? *Lei* cosa stava passando? Era rimasto indietro rispetto agli altri, coi pugni stretti, voleva fare qualcosa, ma non sapeva bene ancora cosa poter fare.

Ricordandosi delle telecamere negli alberi, guardò fisso nell'unica che non era stata scollegata. Tex stava ancora cercando di rintracciare la trasmissione. Quei bastardi li stavano ancora guardando? Tenne gli occhi fissi nella telecamera, era più facile rispetto a vedere i suoi amici che abbracciavano le loro donne.

––––––––

Cheyenne non sapeva quanto tempo fosse passato, da quando Alicia e Javier se ne erano andati. Aveva tenuto gli occhi fissi su quel piccolo schermo sfocato in bianco e nero. L'angolo da cui osservava non era il massimo, ma poté comunque vedere il gruppo che entrava nella baita e ne usciva con Summer e Alabama.

Il suo cuore si era quasi fermato, vedendo Summer trasportata da Sam, ma si rilassò un poco vedendo che si muoveva liberamente e che si tenevano per mano.

Anche se per lei era quasi una tortura poter vedere le sue amiche così da vicino, per quanto fossero così lontane, continuò a guardare. Dopo un momento, notò Faulkner. Era in piedi, appartato, non interagiva in alcun modo coi suoi amici. Stava guardando in alto, verso di lei... insomma, nella telecamera. Cheyenne immaginò di riuscire a vedere i muscoli pulsare nella sua mascella. Sapevano delle telecamere. Lo *sapevano*.

Una sola lacrima sfuggì all'occhio di Cheyenne, prima che la mandasse giù con forza. Se sapevano delle telecamere, probabilmente avevano un piano. Doveva crederci. Cheyenne non aveva la minima idea di come avrebbero potuto tirarla fuori da *quella* situazione, ma se qualcuno poteva farcela, quelli erano i suoi SEAL.

Continuò a osservare lo schermo finché tutto il

gruppo uscì dall'inquadratura. Ovviamente se ne stavano andando. La trasmissione continuava, ma Cheyenne poteva vedere solo gli alberi, che si muovevano al soffio gentile del vento, e la baita che rimaneva, desolata, nella radura.

Sperò con tutta se stessa di non aver appena visto per l'ultima volta i suoi amici... e Faulkner.

———

"Forza, andiamo. Dobbiamo portare Summer all'ospedale," ordinò Wolf, tornando al SUV.

Dude finalmente distolse lo sguardo dalla telecamera per rivolgerlo ai suoi compagni. Wolf lo guardava preoccupato. Benny e Cookie sembravano molto irritati, Mozart e Abe erano sollevati, perché avevano riavuto indietro le loro donne, ma rimanevano determinati.

"Con questa squadra non si scherza. E non si scherza con le nostre donne, pensando di farla franca," disse Abe assai risentito. "Non ci fermeremo se non quando l'avremo trovata, Dude."

"Il nome della donna è Alicia, ha chiamato l'altro tipo Javier," disse improvvisamente Alabama. "Hanno detto che alcuni dei tipi del supermercato erano loro fratelli."

Con queste ultime due frasi, tutto tornava.

"Vendetta," disse Cookie, riconoscendo l'ovvia verità.

"Sembra proprio che mettere insieme delle bombe e

fare gli stronzi sia un dono di famiglia," scherzò Summer, tra le braccia di Mozart.

Non rise nessuno, ma almeno apprezzarono tutti il suo tentativo di stemperare gli animi.

"Non possiamo andarcene, ancora. E se Cheyenne fosse qui, da qualche parte? Perderemmo troppo tempo, tornando in città, per poi tornare qui quando Tex avrà rintracciato la trasmissione."

Benny era sempre molto oggettivo, era una situazione difficile. Aveva ragione. Dude non sapeva se proseguire le ricerche nel bosco circostante, o se tornare in città. Chiuse gli occhi e abbassò la testa, per pensare.

Allora, se questi erano fratelli dei tipi che sono morti nel supermercato, volevano vendetta. Avranno voluto portare Cheyenne nel bosco per torturarla, o per qualche strano motivo l'avranno riportata in città?

Dude rialzò la testa, sapendo nel profondo dell'animo che la sua intuizione era giusta. "Sono in città."

Senza chiedere come mai Dude fosse così sicuro, gli uomini si avviarono verso le macchine.

Alabama non era così convinta. "Ma Dude, se ci hanno portate qui, perché non nascondere anche Cheyenne nel bosco, qui vicino?"

Senza nemmeno rallentare, Dude cercò di spiegarglielo. "Vogliono vendicarsi. Voi eravate solo un diversivo. Volevano che perdessimo tempo quaggiù. L'hanno riportata in città, dove ci sono tante altre persone. Sì, vogliono far male a Cheyenne, ma vogliono far del male anche a noi. Sanno chi siamo e cosa facciamo, il loro obiettivo è uccidere più persone possibile. Vogliono dimostrare che i SEAL non sono perfetti, che non riusciamo sempre a salvare le persone in pericolo, come ho fatto quel giorno, al supermercato."

"Ma è una follia," sussurrò Alabama.

"Sì," concordò Dude, senza aggiungere altro.

Nel SUV stavano molto stretti, ma nessuno si lamentò. La loro missione non era ancora terminata. Cheyenne era ancora in pericolo... da qualche parte.

CAPITOLO SEDICI

Sette uomini stavano intorno a un tavolo, alla base navale. Il comandante della squadra, Hurt, li aveva raggiunti e stava ascoltando le informazioni che Tex stava riferendo.

"La trasmissione della telecamera arriva senz'altro in città. A causa delle interferenze prodotte da tutti gli edifici, è difficile indicare esattamente il punto di destinazione."

"Prova." La voce di Dude era molto tesa. Ovviamente era stressato da ogni tipo di rischio o di minaccia.

"Sto cercando, Dude. Te lo giuro sulla mia vita, che sto cercando. La polizia ha avuto più fortuna con Alicia e Javier?"

Quando Wolf aveva contattato il comandante, questi a sua volta aveva chiamato la polizia appena la squadra aveva lasciato la baita. Aveva spiegato chi fossero le persone che avevano rapito Summer e Alabama. Entrambe le donne avevano detto di essere determinate a sporgere querela.

Javier e Alicia erano stati così stupidi da farsi trovare nei rispettivi appartamenti, mentre facevano le valigie per espatriare in tutta fretta. Erano stati arrestati senza alcuna difficoltà, ma si rifiutavano di rivelare dove si trovasse Cheyenne. Negavano ogni coinvolgimento nei rapimenti e affermavano perfino di non sapere chi fosse Cheyenne.

Wolf rispose a Tex: "No, per ora non hanno rivelato nulla. Però Alicia si è lasciata scappare qualcosa, magari non è nulla, ma ha detto che sarebbe disposta a parlare domattina. Non sappiamo ancora che differenza faccia, aspettare domattina."

"C'è un'altra bomba," disse Dude nel silenzio generale che si era creato dopo le frasi di Wolf. "Un'altra bomba è l'unica risposta logica. L'hanno ficcata da qualche parte e l'hanno immobilizzata con addosso una bomba, proprio come avevano fatto i loro fratelli in quel supermercato. Parlerà domattina perché ormai sarà troppo tardi. La bomba sarà già esplosa."

Inaspettatamente, fu proprio il comandante a perdere le staffe. "*Porca* troia! Voglio *subito* al telefono il capo della polizia!"

Nessuno aveva capito con certezza di chi stesse parlando il comandante Hurt, ma Tex prese comunque l'iniziativa di far partire la chiamata. "Sta squillando, signore... squilla... in linea."

"Sì?" Una voce roca rispose all'altro capo del telefono, l'altoparlante sul tavolo gracchiò con forza.

"Capo? Senta, sono il comandante Hurt. Abbiamo uno sviluppo nel caso..."

Il comandante proseguì a spiegare i loro sospetti al capo della polizia, chiarendo che il tempismo nelle ricerche era fondamentale. Il capo della polizia accettò di aumentare le pressioni su Alicia per vedere se riuscivano a farle dire il luogo in cui avevano nascosto Cheyenne.

"Tex..."

"Lo so, lo so, ci sto lavorando."

"Il tempo sta per scadere," irruppe infine la voce di Dude. Poteva sentire che era quasi troppo tardi. Sapeva che ogni secondo era prezioso per liberare Cheyenne da qualunque situazione intricata in cui l'avessero ficcata quei due disgraziati. Tutta la sua carriera nei SEAL l'aveva preparato per *questo*. Il suo talento con gli esplosivi serviva proprio a *questo*. Per salvare la vita di quella donna. La vita della sua donna.

"Dude, te lo giuro su Dio, la troverò. Quei pivelli non sono così intelligenti, di sicuro non più di me. Brutti stronzi." Il ringhio di Tex si interruppe improvvisamente. "Aspettate... mi venga un colpo. Mi prendete in giro?"

"Cosa? Santo cielo, Tex. Cosa?"

Tutti i presenti rivolsero la loro attenzione a quel telefono dall'aspetto così anonimo, sul tavolo.

"Va bene, non sono sicuro al cento per cento, ma

non voglio aspettare di *essere* completamente sicuro. Ho ristretto la ricerca del segnale a un isolato. Ci sono tre edifici. Uno è pieno di uffici, poi c'è un condominio di appartamenti e l'altro, dalle foto dei satelliti, sembra una fabbrica abbandonata. Credo la vogliano riconvertire creando delle villette a schiera un po' eccentriche, o qualcosa del genere."

Wolf si rivolse a Dude. "Qual è il nostro?" Aveva la certezza assoluta che Dude lo sapesse.

Dude chiuse gli occhi per pensare meglio. Non poteva certo sbagliarsi. Sì, erano edifici molto vicini tra loro, ma non poteva sbagliare, per tutte le persone coinvolte, per Cheyenne. Ragionò sulla situazione a voce alta.

"Allora, l'edificio abbandonato senz'altro no. Non farebbe abbastanza danni. Volevano far del male e uccidere più persone possibili. Vogliono un effetto plateale. Ci sono tante persone in entrambi gli altri edifici. Tex," Dude riaprì gli occhi e cominciò a camminare avanti e indietro, "dimmi come sono strutturati gli altri."

Si sentì il rumore di Tex che digitava sulla sua tastiera. "L'edificio con gli uffici è di quattro piani, ci sono settanta aziende diverse, divise equamente sui quattro piani. Ci sono ascensori nell'angolo a nordovest e anche al centro. Le scale sono negli angoli a nordest e a sudovest. Anche il condominio è di quattro piani. Ci sono venti appartamenti per piano, un totale di ottanta appartamenti. Settantacinque sono occupati. Al secondo piano ci sono due appartamenti vuoti, uno è al terzo piano e due al quarto piano. Al piano terra ci sono tre ascensori e due rampe di scale. Entrambe fanno anche da scale antincendio e danno sulla strada."

"Sulla strada?" gridò Dude, sempre camminando.

"Gli uffici hanno due uscite di emergenza che portano sulla strada dalle rampe di scale. Ci sono due ingressi principali nell'edificio e all'ingresso al piano terra c'è un bancone della sicurezza che verifica l'identità degli impiegati e riceve la posta. Anche il condominio ha due ingressi, entrambi dotati di chiave elettronica, senza alcun servizio di sicurezza al piano terra. Però c'è un locale per la posta accessibile a tutti, con una porta a chiave elettronica che porta all'atrio principale."

"Seminterrati? C'è accesso?"

"Entrambi gli edifici hanno dei seminterrati, non si può accedere dagli uffici, mentre nel condominio entrambe le rampe di scale portano sia ai seminterrati che sul tetto."

Dude si stava dirigendo alla porta della sala riunioni prima ancora che Tex finisse di parlare. "Si trova nel seminterrato del condominio," disse raggiungendo la porta.

Nessuno gli chiese come facesse a saperlo, nessuno mise in discussione Dude. Era sbalorditivo e anche misterioso il modo in cui Dude riusciva a intuire le cose, a volte. Se diceva che Cheyenne era nel seminterrato del condominio, voleva dire che si trovava là.

Il comandante strillò a Tex al telefono: "Avvertirò la

polizia e i vigili del fuoco... fai partire gli allarmi in remoto, Tex, fai evacuare entrambi gli edifici e crea un perimetro di sicurezza. Non so quanto tempo abbiamo, ma dobbiamo far allontanare tutti."

Dude era completamente concentrato su Cheyenne. Il comandante aveva ragione, non sapevano quanto tempo rimanesse, ma il suo istinto gli diceva che non sarebbe bastato.

————

Cheyenne sentì i campanelli dell'allarme nell'edificio sopra. Non aveva idea di che ora fosse o di quanto tempo fosse passato, delle otto ore, da quando Alicia e Javier se ne erano andati. La sua spalla non le faceva più male, probabilmente perché era del tutto intorpidita. Sapeva che, quando una spalla si dislocava, in poco tempo il flusso sanguigno si interrompeva in quella zona.

Tornò con gli occhi su quello schermo in bianco e nero. Non riusciva a staccare lo sguardo da quel monitor. Era l'ultimo posto in cui aveva visto Faulkner e voleva fissare quel ricordo nella sua mente.

Cheyenne sperò con tutto il cuore che il rumore dell'allarme antincendio che sentiva servisse a far evacuare l'edificio. Non voleva pensare che fosse perché l'avevano rintracciata. Non voleva alimentare quella speranza, non prima di venire soccorsa.

Gli alberi che si muovevano al soffio del vento, nella

radura della baita inquadrata nello schermo, la ipnotiz-
zavano. Il casotto aveva la porta aperta, ogni tanto si
richiudeva lentamente, per poi aprirsi alla prima raffica
potente, pochi minuti dopo. Tenne l'attenzione fissa su
quel piccolo schermo. Era sempre meglio che pensare
alla sua situazione, a quante persone potevano morire a
causa sua.

————

Dude era completamente concentrato sull'edificio che
aveva davanti. La sua Che era là, da qualche parte, lo
sentiva istintivamente. Era uno scenario perfetto. La
porta delle scale che dava sul vicolo era tenuta aperta da
un sasso appoggiato tra lo stipite e la porta. Bastava
quella piccola ostruzione per impedire alla porta di
chiudersi. Era il punto in cui dovevano essere entrati
Alicia e Javier.

Dude si rivolse a Benny e Cookie. "Ci devo andare
da solo."

"No, non puoi," rispose immediatamente Benny.

"Senti, sappiamo tutti cosa ci troveremo, io sono
l'unico che la può tirar fuori da lì."

"No, non è così, Dude," argomentò Cookie. "Noi
siamo una squadra, ci stai facendo perdere tempo. Wolf
è al comando di questa operazione. Verremo con te e
scopriremo come salvarla. Ora chiudi quel cazzo di
bocca e muovi il culo."

Cookie aveva ragione. Non avevano tempo da

perdere. Dude si girò sul posto e scese dalle scale. I tre voltarono l'angolo della rampa di scale e si fermarono sul posto. Dude aveva ragione. Cheyenne era là, ma era in guai grossi. Come tutti loro.

Cheyenne credette di sentire qualcosa, ma non si curò di girare la testa, distogliendola dallo schermo. Voleva rimanere ferma a quel momento, ricordare l'immagine delle sue amiche mentre venivano salvate. Improvvisamente sentì una mano sulla guancia. No, sentì la mano *di Faulkner* sulla guancia. Avrebbe riconosciuto ovunque la sua mano ruvida e ferita. Era tutto un sogno?

"Che, sono qui."

Cheyenne mosse a fatica gli occhi dallo schermo per guardare in alto. *Era* Faulkner. Con Hunter e Kason. Oh, merda.

"No. Andate via, sul serio. Per favore. Andatevene."

"Ci siamo già passati, Che. Lascia che ti aiuti. Ti tirerò fuori di qui."

"No, Faulkner, non puoi. Non è come l'ultima volta."

"Col cavolo. Non ti lascio andare, Che. Sei mia. L'hai detto anche tu. Quindi mi prendo cura di te. Ricordi?"

Cheyenne non riuscì a trattenere il pianto. Guardò anche Kason e Hunter e sussurrò: "Vi prego, stavolta non può, prendetelo e portatelo via."

"Col cazzo, Cheyenne, lui non se ne va e nemmeno noi," disse duramente Cookie, con gli occhi che le squadravano il corpo, per cercare di intuire il piano d'azione migliore.

"Cheyenne, l'edificio è stato evacuato. Tutti i residenti sono stati portati al sicuro. Dobbiamo solo toglierti questa roba di dosso e Dude si occuperà di qualunque cosa ci sia sotto e poi porteremo in salvo anche te."

Stranamente, Cheyenne non reagì alle sue parole, si limitò a rivolgersi di nuovo a Faulkner per chiedergli, con voce atona: "Quanto tempo è passato da quando avete salvato Summer e Alabama?"

Dude guardò il suo orologio, poi tornò a fissare Cheyenne negli occhi. "Circa sei ore."

"Loro hanno detto otto ore. Probabilmente adesso ne sono passate sette. Ti sarà impossibile risolvere tutto in un'ora."

"Ma va, Che. Un'ora è un tesoro. Diamine, pensavo di avere solo cinque minuti. Fidati di me."

"Mi fido, Faulkner, mi fido, ma..."

"No. Niente ma. O ti fidi, o non ti fidi. Punto, Che."

Cheyenne guardò profondamente Faulkner negli occhi. Cercò di non pensare all'esplosione, di non pensare che *lui* saltasse in aria, proprio vicino a lei. Non le aveva chiesto molto, solo la sua disponibilità, in definitiva, la sua fiducia. Lei si era fidata di lui quando facevano l'amore, si fidava che non le avrebbe mai fatto del male volontariamente, avrebbe dovuto fidarsi anche in quell'occasione. Quello era il suo lavoro.

"Mi fido di te e ti amo."

Cheyenne vide che Faulkner chiudeva gli occhi brevemente. Quando li riaprì, brillavano di determinazione. Poi strinse le labbra e le disse: "Quando torniamo a casa, vedrai che ti faccio, per aver aspettato fino ad *ora* per dirmelo, Che."

Lei aprì la bocca, ma lui le fece cenno di tacere, ormai era completamente concentrato su ciò che doveva fare, di nuovo. "Dimmi cosa c'è sotto il nastro. Dimmi tutto ciò che sai."

"Ci sono tre bombe, per quanto ne so. Una tra le ginocchia, una sulla pancia e una sul petto. Prima che me le attaccassero col nastro stavano ticchettando. Non sento più il braccio. Javier mi ha dislocato la spalla prima che mi ricoprissero di nastro."

Tenendo da parte per un attimo il commento sulla spalla, Dude le chiese: "Quale ti hanno attaccato per prima? E riesci a respirare bene? C'è qualcos'altro di strano che devo sapere prima di cominciare?"

"Hanno cominciato dai piedi. Me li hanno legati insieme per evitare che li prendessi a calci. Mi hanno immobilizzata a partire dai piedi su fino al collo. E sì, riesco a respirare bene." Cheyenne fece una breve pausa e poi disse a bassa voce: "Ho paura, Faulkner."

"Anch'io, Che, anch'io," le disse Dude, sorprendendola. "Ma ti giuro che ti tirerò fuori di qui."

"So che lo farai. Non preoccuparti di farmi del male. Lo posso sopportare. Fai tutto il necessario per togliermi il nastro e per disinnescare le bombe."

"Non c'è bisogno di farti del male, Cheyenne," disse Cookie, tirando fuori qualcosa dal suo zainetto. "Dude, ho della morfina."

"Va bene," disse Dude senza la minima esitazione. Sapeva che avrebbe dovuto far del male a Che, voleva assicurarsi che il dolore fosse il minimo possibile.

"Ma merda, Faulkner, lo sai che effetto mi fanno quelle sostanze."

Dude sorrise per la prima volta dopo tante ore. Si abbassò velocemente su di lei e le baciò la fronte, fissandola negli occhi. "Non me ne frega un tubo di quello che dici, piccola, basta che sei viva e che respiri."

"Cheyenne, devo iniettartela nella coscia. Non potrò vedere esattamente dove entrerà l'ago, quindi ti chiedo scusa in anticipo se ti farò del male."

"Hunter, il dolore sarebbe molto di più se saltassimo in aria, quindi non mi importa un fico secco dove mi pianti quell'ago, stai tranquillo e procedi."

Benny quasi rise al tono scontroso della sua voce, mentre Cookie inserì rapidamente l'ago nel nastro adesivo all'altezza della sua coscia.

Sempre fissando Faulkner negli occhi, Cheyenne gli disse: "Non aspettare, fai ciò che devi."

Per quanto desiderasse attendere che la morfina facesse effetto, Dude sapeva che Cheyenne aveva ragione, non potevano permettersi il lusso di aspettare.

"Benny, vieni qui dietro la sua testa, non toccarle il nastro intorno alla testa, lo possiamo togliere dopo, comincia dal petto. Fai molta attenzione. Attento a non toccare l'ordigno. Allenta il nastro più che puoi. Cookie, tu fai lo stesso sui fianchi. Io parto dalle gambe. Togliete solo il necessario per arrivare alle bombe, nient'altro."

I tre si misero all'opera.

Dude tirò fuori il suo coltello militare, lo stesso fecero gli altri, poi cominciò a tagliare il nastro intorno alle caviglie di Cheyenne. Dovette muovere il coltello per segare il nastro, tanto ne avevano messo. Alicia e Javier avevano dovuto impiegare parecchio tempo per avvolgerla tutta. Non volevano riuscisse a liberarsi facilmente. Anzi, non volevano riuscisse affatto a liberarsi.

Dude riuscì almeno a scioglierle le caviglie. Una volta separati i piedi, fu più facile tagliare il nastro che le teneva unite la gambe.

Infine arrivò all'esplosivo che si trovava tra le sue ginocchia. Si prese del tempo prezioso per liberare quanto più nastro poteva sopra e sotto l'ordigno.

"Faulkner, l'ultima volta che stavi tra le mie gambe in questo modo, mi hai ordinato di non venire: non penso avremo lo stesso problema, adesso."

Dude non poté trattenere un sorriso. Santo cielo, era incredibile come il filtro del linguaggio di Cheyenne si spegnesse, con dei farmaci in circolo nel suo corpo. "Che..." cominciò ad avvertirla, ma si interruppe.

"No, lo so. So che ti piace darmi degli ordini e tu sai che mi piace. Dico solo, non dovrai dirmi di trattenermi, stavolta. Vedrai che non succederà. Te lo prometto."

Sentendo Cookie che smorzava a fatica una risata, Dude spiegò ai suoi amici. "Sono i farmaci, dice tutto ciò le passa per la testa, non ha filtri."

"Ma certo," osservò Cookie, sempre sorridente.

"Faulkner?" chiese Cheyenne, con la voce chiaramente persa.

"Sì, Che?" Dude non distolse lo sguardo da quanto c'era in mezzo alle gambe.

"Io ti amo, lo sai. Stavo solo cercando il momento giusto per dirtelo, ma più aspettavo e più diventava difficile trovarlo. Volevo prepararti la cena, una sera, ma mi ero dimenticata che dovevo andare a lavorare, e poi in cucina sono una frana. Poi volevo dirtelo quando mi hai fatta inginocchiare, ma neanche quello mi è sembrato il momento adatto, anche perché non potevo parlare molto, con la bocca piena, comunque. Poi volevo aspettare che mi slegassi, quell'altra sera... Santo cielo, che forte quella volta... ma insomma, mi sono addormentata troppo presto. Non mi sembrava giusto nemmeno sputarlo fuori così.... ma ti amo. Ti amo tantissimo. Sei tutto ciò che ho sempre voluto in un uomo. Nel *mio* uomo. Non avevo mai capito quanto mi piacesse lasciarmi andare e sottomettermi così, ma tu rendi tutto così semplice. Io, io, non lo so, non so che farei se tu decidessi di non volermi più"

Dude fece una pausa brevissima, sentiva di dover rispondere al dolore che trapelava dalle sue parole. "Che..."

"No! Lo so, probabilmente sto dicendo un mare di cavolate, mi sembra di galleggiare, però, so solo che farei di tutto per te. Devi saperlo. Ti lascerei anche stare se me lo chiedessi. Magari ci morirei, ma lo farei, per te."

"Non ti lascerò certo andare, Che."

"Ah, va bene. Ottimo. Mi piace quando mi stringi."

Dude scosse la testa e tornò a concentrarsi sull'ordigno. "Cazzo," disse sottovoce. "Cookie, Benny, fermi. Hanno collegato le tre bombe tra loro. Non posso disinnescare questa, senza disinnescare anche le altre allo stesso tempo."

Senza lasciarsi sfuggire l'occasione di far valere la propria ragione, Cookie disse: "Sembra che in fondo ti serviamo entrambi quaggiù, non è vero?"

"Scemo," disse Dude scherzosamente, sapendo che Cookie aveva ragione. Mai e poi mai avrebbe potuto disinnescare tutte tre le bombe allo stesso tempo da solo. Aveva bisogno dei suoi compagni.

"Hunter?"

"Sì, Cheyenne?"

"Come sta Fiona? Scommetto che è molto preoccupata. E non avrà visto Javier, vero? Non voglio che si spaventi. So che sta ancora cercando di dimenticare quegli stronzi che l'hanno rapita in Messico. Non che sia stato Javier, ma comunque... Sono preoccupata per lei. Mi manca. Non abbiamo finito i nostri bicchierini..."

"Sta bene, Cheyenne, non preoccuparti per lei."

"Sì, è vero, ci sei tu. Cercherò. Ma non avevo mai avuto delle amiche così intime, prima. Non è questo che si fa, tra amiche? Ci si preoccupa le une per le altre."

I tre uomini proseguirono in silenzio a rimuovere abbastanza nastro adesivo per arrivare in sicurezza alle bombe sotto. Ogni volta che dovevano strappare del nastro dalla pelle, reagivano con una smorfia. Le chiazze rosse che rimanevano sull'epidermide avevano un aspetto davvero poco confortante.

"Allora, le prime due bombe sono scoperte, come andiamo lassù, Benny?" chiese Dude mostrando una certa fretta. Il tempo scorreva rapido. Troppo rapido. Non avrebbero mai avuto una seconda opportunità.

"Quasi fatto, Dude."

"Kason...mi piace il tuo nome. Perché ti chiamano Benny?"

Benny aprì la bocca, ma Cookie lo anticipò nel rispondere.

"Il suo soprannome è più che meritato, Cheyenne. Non importa quello che ti dirà."

"Ooooooooh, sento che sta per arrivare una bella storia," farfugliò Cheyenne. "Riuscite a vedere il mio braccio, ragazzi? Sarà ancora attaccato? Non lo sento affatto. Non sarà un buon segno di sicuro, vero Faulkner?"

"Sì, piccola?"

"Ti amo."

"Lo so."

"E non mi rispondi?"

"Sì, quando saremo fuori da questo casino di merda e sarai al sicuro tra le mie braccia, nel mio letto, dopo che sarai venuta tre volte e che mi sarò assicurato che non ti troverai mai più in una situazione del cazzo come questa."

"Oh, Faulkner?"

"Cosa?" la voce di Dude era quasi irritata. Per quanto amasse Cheyenne, stava cercando di concentrarsi.

"Hai detto un sacco di parolacce, ma non vedo l'ora."

Dude respirò sonoramente, ma senza risponderle.

"Va bene, ragazzi, ecco cosa dovete fare. Vedete quel filo rosso sottile che passa sotto agli ordigni? Ora conto fino a tre e li dobbiamo tirar fuori. Tirate con tutta la forza. Deve staccarsi. Dobbiamo farlo tutti insieme. Altrimenti le bombe esploderanno."

"Oh no, per Dio. Non fatelo." Cheyenne parlò all'improvviso, cominciò a contorcersi sotto di loro, Benny le mise le mani sotto le spalle per cercare di tenerla ferma. Dude non era sicuro che capisse cosa stessero facendo, ma dalle sue parole sembrava di sì. Lo sapeva bene. "Andate via, cazzo. Non fatelo. Kason, Hunter, andatevene, portate Faulkner con voi. Non fatelo." Poi cominciò a tremare.

Dude controllò il suo orologio. Aveva tempo, poco, ma aveva tempo. Si spostò più in su, davanti agli occhi di Cheyenne. Le prese la testa tra le mani e si abbassò verso di lei.

"Cheyenne, smettila."

Lei smise di agitarsi, ma aveva gli occhi pieni di lacrime, per la prima volta da quando erano arrivati. Era stata sempre forte, ma ora era il momento decisivo, finalmente aveva ceduto alle sue emozioni.

"Non posso. Voglio toccarti, Faulkner, e non posso. Non ho mai avuto così tanta paura in vita mia, non tanto per me, ma per *te*. Non voglio essere io il motivo per cui Fiona perde il suo uomo. Non voglio essere la causa che impedisca a Benny di trovare una donna splendida, che è là in giro da qualche parte che lo aspetta, per farsi proteggere da lui. Non posso e non voglio essere io il motivo della tua morte. Se devo morire, va bene, tu potrai anche trovarti un'altra, ma non voglio uccidere anche te. Ti prego, Faulkner, ti prego."

Dude sentiva il cuore spezzarsi. Si abbassò e baciò le lacrime che le scendevano copiose dall'occhio destro, poi fece lo stesso con l'occhio sinistro.

"Che, non troverò mai nessun'altra. Mai. Ho te. Punto. Finito. Fine della storia. Ti ho aspettata per tutta la vita. Non sopravviverei un sol giorno senza poter assaggiare il sapore delle tue labbra. Senza vederti notte dopo notte sul mio letto che allunghi braccia e gambe, mentre aspetti che ti raggiunga per fare tutto ciò che ti chiedo; senza sentire la tua presenza intorno a me, quando mi stringi; senza tutto ciò, la mia vita non vale nulla." La voce di Dude si abbassò fino al sussurro. "Ti amo, Che. Ci siamo dentro insieme. Va bene?"

"Tu non mi *chiedi* nulla, Faulkner."

"Sì, scusa." Dude trattenne a malapena una risata. Era così tenera, perfino ricoperta di nastro adesivo. "Ti amo, Che. Siamo insieme."

Cheyenne tirò su col naso. "Per favore mi pulisci il

naso? Io non ci arrivo e non posso sopportare il muco che mi scende sul viso."

Dude sorrise e con la manica asciugò le lacrime dalle sue guance, per poi toglierle dalla faccia tutto il fluido che le fuoriusciva dal naso.

"Adesso per favore posso disinnescare questa cazzo di bomba così ce ne andiamo?"

Cheyenne annuì.

Dude si abbassò di nuovo e la baciò sulle labbra. "Tu aspetta un attimo che abbiam quasi finito."

Tornò verso i suoi piedi per armeggiare all'ordigno tra le sue ginocchia.

"Allora Summer sta bene? Cioè, Alicia e Javier hanno lasciato questo aggeggio con lo schermo acceso perché potessi guardare. Penso volessero costringermi a guardare mentre voi ragazzi saltavate in aria o qualcosa del genere, ma siete troppo intelligenti e non ci siete caduti, vero? Comunque, ho sentito Alicia..."

"Allora al tre. Uno..."

"...sparare. Due volte! E mi ha detto di aver sparato a Summer, e non sapevo se era morta o no, ma ho visto che la portavate fuori e che si appoggiava a Sam, così ho pensato che sembrava star bene e voi non stavate dando di testa o altro. Ma è stato terribile. Sta..."

"Due..."

"...sta bene? Cioè, non è che poteva essere divertente farsi rapire, *ancora*. Imbecilli. E Caroline? Sta bene? Cioè sarà stato brutto ritrovarsi seduta all'*Aces* e scoprire che non c'eravamo più. Dove sono Fiona e Caroline? Qualcuno le sta sorvegliando..."

"Tre!"

"...perché Alicia e Javier sanno chi sono e sono ancora in circolazione. Stavano organizzando una fuga all'estero. Voi ragazzi lo sapevate? Mi hanno detto... stupidi pazzi, quindi dovreste fare attenzione..."

"Cheyenne."

"...anzi cercare di rintracciarli prima che riescano a espatriare. Se arrivano in Messico li possiamo far tornare? Non mi ricordo mai tutte quelle regole su estradizione e compagnia bella. Voglio uscire ancora con le altre. La settimana prossima. Anzi, domani. Non siamo riuscite..."

"*Cheyenne.*"

"...a finire la nostra serata tra amiche, era la nostra prima uscita in assoluto. Mi stavo anche divertendo, cavolo! Non è giusto. Non è colpa nostra, quegli stupidi ci dovevano rovinare..."

Le parole di Cheyenne si interruppero improvvisamente. Guardò in su, Faulkner era inginocchiato di fianco a lei, vide Kason e Hunter in piedi, intorno a lei.

"Che, è finita."

"Avete spento quelle bombe?"

Dude sorrise alle sue parole. "Sì, le abbiamo spente."

"Possiamo andare a casa adesso, Faulkner? Voglio dormire un milione di anni nel tuo letto. Con te. Nudi. Anzi, meglio se sei dentro di me."

"Presto. Ma prima dobbiamo portarti all'ospedale."

"Ma Faulkner, non voglio andare all'ospedale. Voglio solo stare con te."

"Ma starai con me, Che. Non ti lascerò per un momento, voglio proprio vedere se qualcuno anche solo *prova* a tirarmi via da te."

"Allora va bene, ma presto? Mi porterai a letto?"

"Sì, Che. Presto."

Guardando Hunter e Kason, vide degli ampi sorrisi maliziosi sui loro volti, così Cheyenne domandò: "Cosa c'è da ridere? Non penso ci sia nulla di divertente in tutto ciò." Tornò con gli occhi a Faulkner. "Dì loro che devono smettere di ridere."

"Sei così carina, Che."

"No, non è così," si difese subito. "Non sono riuscita a mettermi il mio lucidalabbra nelle ultime ore, le mie labbra non hanno alcun sapore, mentre volevo che avessero sempre un sapore diverso, così avresti sempre avuto voglia di baciarmi. Sono ricoperta di stupido nastro adesivo, *ancora*, ma stavolta so che farà un male cane quando me lo toglieranno. Non ho idea di come faranno a togliermelo dai capelli senza tagliarmeli tutti, cazzo. Non sento più il braccio e quasi quasi ho paura che dovranno tagliarmi anche quello. Sono troppo stanca di avere paura e adesso mi viene ancora da piangere, ma non posso pulirmi da sola la faccia."

Dude si abbassò e alzò Cheyenne tra le sue braccia. "Puliscit il muco su di me, Che, non mi dà alcun fastidio. Ti prometto sulla mia vita che non sentirai nulla quando ti toglieranno il nastro, che non ti taglieranno tutti i capelli e che avrai ancora il tuo braccio, quando ti sveglierai."

Dude sentì che Cheyenne annuiva sulla sua spalla, dove aveva appoggiato la testa, per pulirsi la faccia sulla sua maglia, ovviamente l'aveva preso in parola e si era tolta il muco dal viso su di lui, per evitare di sporcarsi troppo. Lui sorrise.

"E un'altra cosa, ho sempre voglia di baciarti, non importa se ti sei messa quella roba saporita o no."

"Va bene. Tienimi stretta."

"Lo farò. Adesso stai buona. Lascia che mi occupi di te."

"Ti prendi sempre cura di me."

"Esatto."

CAPITOLO DICIASSETTE

CHEYENNE APRÌ GLI OCCHI MUGUGNANDO. La stanza era buia, ma ricordò subito di essere in ospedale. Era impossibile confondere quell'odore di antisettici, di vecchio e stantio. Disorientata, guardò con agitazione alla sua destra e sospirò.

Faulkner era là. Ricordava a spizzichi e bocconi le ultime ore, vide che aveva mantenuto la sua promessa di non lasciarla mai da sola. L'aveva portata in braccio fuori dal seminterrato, alla luce abbagliante del sole di quel pomeriggio. Avevano trovato le telecamere, tanta gente che chiedeva informazioni, ma Faulkner aveva ignorato tutto e tutti, scortato dai commilitoni della sua squadra, che li proteggevano dai giornalisti, per arrivare all'ambulanza che li attendeva. Stavolta però non l'aveva lasciata, si era messo seduto di fianco alla lettiga e aveva tenuto la mano martoriata sulla sua fronte per tutto il viaggio.

Al pronto soccorso li aspettavano, Cheyenne era

stata portata in una sala appartata, circondata da una tendina verde. Il medico era arrivato quasi subito a fare il punto. Cheyenne non aveva altri ricordi successivi a quel momento, le avevano fatto un'altra iniezione mentre lei guardava Faulkner, impaurita.

Lui si era avvicinato con la testa e le aveva sussurrato: "Fidati di me."

Lei aveva annuito e poi si era addormentata.

Cheyenne seguì con gli occhi i respiri di Faulkner. Il ritmo con cui inspirava ed espirava era costante, uniforme. L'aveva visto dormire abbastanza da sapere che stava dormendo profondamente, non quei sonnellini leggeri che era abituato a fare ogni tanto.

Le venne quasi da imprecare, sentendo la porta che si apriva, risvegliando di colpo Faulkner. Probabilmente aveva bisogno di dormire, invece il suo sonno era stato interrotto così bruscamente. Cheyenne tenne gli occhi su Faulkner, fu ricompensata da un ampio sorriso che le rivolse, vedendo che si era svegliata.

Lui si alzò e le si avvicinò. "Ciao, Che. Come stai?"

"Terribile." Rispose con voce gracchiante, ma sempre onesta.

Faulkner rise di gusto alla sua risposta. Lei lo guardò accigliata.

"Abbi un po' di pazienza, Cheyenne, ti sentirai meglio tra un po' di tempo."

Cheyenne si voltò e vide un uomo in piedi vicino al letto. Non lo riconobbe, ma intuì che doveva essere il suo medico.

"Siamo riusciti a togliere gran parte del nastro senza danneggiare l'epidermide, questa volta. Servirà un po' di tempo perché tornino a crescere i peli su gambe e braccia."

Cheyenne ricordò per la prima volta di aver avuto nastro anche sulla testa. Mosse il braccio libero per sentire da sola se le avevano rasato i capelli, ma Faulkner lo intercettò, baciandole il palmo della mano, prima di prenderlo nella sua mano ferita.

"I miei capelli?"

"Ci hanno creato vari problemi. Il suo uomo, qui," disse il medico, indicando Faulkner, "si è rifiutato di farceli rasare, però abbiamo comunque dovuto tagliali per togliere il nastro."

Cheyenne sentì le lacrime raccogliersi ai lati degli occhi, ma si rifiutò di lasciarle andare. Sarebbe stato stupido piangere per quel motivo. Era viva, Faulkner era vivo, tutti gli altri erano vivi. I capelli sarebbero ricresciuti.

"Stanno bene, Che," le sussurrò Faulkner all'orecchio. "Sono solo più corti di prima. Fidati di me."

Perché cavolo doveva continuare a ripeterlo. Lei si *fidava* di lui, ma non riuscire a vedere da sola la spaventava comunque. Si morse le labbra, poi annuì a Faulkner. Il sorriso che ottenne in risposta fu tutto ciò di cui aveva bisogno. Pur di vederlo sorridere così, avrebbe camminato sulle braci ardenti. Pur di accontentarlo.

Il medico continuò a parlare. "Servirà un po' di tempo alla spalla per guarire. La sua fortuna è che si è trattata solo di una sublussazione." Notando lo sguardo perso di Cheyenne, il medico spiegò: "Scusi, vuol dire che la spalla si è dislocata solo parzialmente. Non abbiamo dovuto intervenire chirurgicamente per rimetterla a posto, è bastata una manovra di manipolazione qui, al pronto soccorso. Però le farà male comunque. La dovremo monitorare con attenzione perché è rimasta fuori sede per molto tempo. Per un po' la dovrà tenere a riposo. Le ricerche più recenti hanno dimostrato che fissare il braccio con un supporto non serve molto, dovrà solo farci attenzione. Può usare una fascia per alleggerire il carico. Se si stanca la può togliere per un po'. Le ho preparato una ricetta per degli antidolorifici. Le consiglio di usarli appieno per il primo giorno, poi man mano diminuendo le dosi col tempo."

"Non voglio farmaci," insisté Cheyenne. "Odio il modo in cui mi fanno sentire."

Dude ridacchiò di fianco a lei. "Su questo devo dire che sono d'accordo. La fanno sembrare proprio un'altra persona, ma almeno so come fare se voglio estorcerle un'informazione."

"Non è divertente, Faulkner," reagì seccata Cheyenne.

"Ma è la verità."

Ignorando per il momento Faulkner, Cheyenne tornò a rivolgersi al medico. "Quando potrò tornare a casa?"

"Oggi stesso."

Cheyenne lasciò andare un sospiro di sollievo.

"Dobbiamo solo finire la scheda e il congedo, ma dovremmo essere in grado di liberarla in un paio d'ore."

Faulkner tese la mano verso il medico. "Grazie di tutto, dottore. Davvero."

"Ci mancherebbe." Il medico strinse la mano di Faulkner e poi si rivolse di nuovo a Cheyenne.

"Lei è davvero una donna fortunata, Cheyenne. Ha al suo fianco un vero e proprio cavaliere. Non si è mai allontanato, ha insistito per assistere alla rimozione di tutto il nastro. Io fossi in lei non me lo lascerei scappare."

Cheyenne guardò Faulkner e sorrise. "Non sia mai, è mio e non me lo lascio scappare."

———

Cheyenne era appisolata sul letto, nell'attesa che il medico tornasse per congedarla. Era pronta a tornare nel mondo.

Sentì Faulkner dire: "Ma che cavolo?" e aprì gli occhi, per vedere sua madre e sua sorella che entravano in camera.

"No, col cavolo. Voi non potete rimanere."

"Ma siamo venute a trovare mia figlia," disse esitante la madre di Cheyenne.

"Non è vero, siete venute a farla arrabbiare," ribatté Faulkner.

"Cheyenne, sul serio, ma chi è questo?" disse Karen con tono di scherno. "Mi sembra che sia un gran male-

ducato. Devo chiamare la sicurezza per farlo allontanare, mamma?"

Prima che Faulkner potesse dire nulla, Cheyenne
parlò. "Ti prego, Karen, ma certo, chiama la sicurezza,
ma per allontanare voi due, non Faulkner."

"Come, Cheyenne, sul serio? Ne avevamo parlato,
dovresti smettere di fare queste scenate."

"Perché siete qui?" chiese Cheyenne, cercando di
mettersi a sedere nel letto.

Faulkner le si avvicinò e l'aiutò a mettersi seduta,
Cheyenne lo ringraziò con un breve sorriso, prima di
tornare a rivolgersi alla sua famiglia.

"Siamo qui perché siamo la tua famiglia," le disse la
madre, con un tono di voce piuttosto pacato e assente.

"Davvero?" Cheyenne sentì ringhiare Faulkner da
dietro. Gli prese la mano e gliela strinse. Gli era grata
per la sua presenza, ma doveva riuscire ad affrontarle da
sola.

"Ma certo! Lei è mia figlia, la sorella di Karen."

Il silenzio nella stanza diventò quasi imbarazzante.
Cheyenne si rifiutava di parlare per prima. Se erano
venute per un motivo, avrebbero fatto meglio a tirarlo
fuori al più presto.

"Abbiamo visto al telegiornale che sei stata rapita
ancora."

Cheyenne attese che sua sorella arrivasse al punto.

"Davvero, sembra che il tuo mestiere sia metterti in
pericolo, se trovassi qualcosa di meno pericoloso, non
continuerebbero a capitarti di queste cose."

Cheyenne strinse la mano di Faulkner più forte che poté. Riusciva a sentire ogni muscolo del suo corpo contrarsi alle parole di sua sorella.

"Secondo quale logica sarebbe colpa mia se sono stata presa di mira mentre facevo la spesa, Karen? E quale sarebbe precisamente la mia colpa se quella 'povera famiglia', come li hai chiamati, se ricordo bene, ha sentito il bisogno di vendicarsi su di me? Il mio lavoro non ha nulla a che fare con tutto ciò. Sto seduta in una camera a rispondere al telefono. Ecco tutto."

"Ma Cheyenne, guarda tua sorella," parlò sua madre, cercando ovviamente di supportare ancora una volta Karen, senza pensare minimamente a quanto le sue parole avrebbero potuto ferire l'altra figlia. "Lavora per il dipartimento di giustizia, aiuta a mettere in galera i malviventi, tu rispondi solo al telefono."

"Mamma, lei non mette in galera i malviventi, sono gli avvocati. Lei risponde al telefono e fa il lavoro sporco per gli avvocati, che poi fanno la vera differenza. Come fai a dire che il suo lavoro è diverso dal mio?"

"Ora basta, mi sono rotto," Dude non riuscì più a starsene tranquillo. "Sua figlia non 'risponde solo al telefono', è la voce di salvezza di chi chiama per chiedere aiuto. A volte è l'unica differenza tra la vita e la morte. Aiuta le persone a intervenire in primo soccorso, dà conforto, aiuta polizia e paramedici ad andare dove devono intervenire. Ogni giorno è in prima linea e si fa in quattro senza ringraziamenti, senza premi. Non esiste alcun 'solo' su quel che fa Cheyenne. Io sono fiero di lei per quello che fa, ma questo non è il punto, adesso. Se siete la sua *famiglia*, perché non eravate qui al suo fianco, quando l'hanno portata? Dovreste essere orgogliose di lei perché avete lo stesso sangue, non per il lavoro che fa. Dovreste proprio vergognarvi."

Dude sentì che entrambe le donne sussultarono, ma proseguì comunque.

"Cheyenne mi ha detto anche che vi ha disconosciute per il modo in cui vi siete comportate l'ultima volta che vi siete trovate. Quindi non ne vuole più sapere di voi. *Fine*. Se deciderà di darvi un'altra opportunità, tanto meglio, ma sarà una decisione sua. Non vostra. Probabilmente lo farà, perché ha il cuore molto dolce, ma ve lo dico qui, adesso, se la deriderete ancora, non avrete più modo di parlarle. Quindi ora andatevene. Entrambe. Pensate a quanto potreste perdere. Se non vi interessa, peggio per voi, ma non incolpate Cheyenne."

Cheyenne vide che Karen stringeva le labbra. "Andiamo, mamma, se Cheyenne preferisce avere a che fare con questo poco di buono, sono fatti suoi."

La madre guardò di nuovo Cheyenne, poi si voltò per seguire la figlia fuori dalla stanza, senza aggiungere altro.

Dude appoggiò il pollice al mento di Cheyenne e le girò il viso per guardarla negli occhi. La fissò per un momento, poi sospirò. "Non mi dispiace, Che. Non mi dispiace averle riprese, mi dispiace però che tu abbia dovuto affrontarle proprio oggi. Non ascoltare una sola parola di quanto hanno detto. Tu sei una persona meravigliosa. Quello che fai è fantastico. Ogni centimetro di te mi fa impazzire."

"Grazie, Faulkner. Sono contenta che tu sia qui."

"Non avevi bisogno di me, ti sei difesa benissimo da sola, ma anch'io sono contento di esserci stato."

Cheyenne si mise la sua cosiddetta famiglia alle spalle, una volta per tutte, sapendo che non sarebbero cambiate. Aveva vissuto una vita cercando di accontentarle e non aveva ottenuto nulla. Probabilmente ne avrebbe pianto, in seguito, tra le braccia di Faulkner, ma per ora era passata.

"Puoi controllare col medico per sapere quanto tempo manca prima di potercene andare?"

"Ma certo. Torno subito."

"Sto bene. Davvero."

"Lo so che stai bene, Che. Ti amo."

Cheyenne sorrise, mentre Faulkner apriva la porta e cercava nel corridoio un segno di presenza della sua famiglia. Ovviamente non erano più nei paraggi, così le mandò un ultimo sorriso, prima di chiudersi la porta alle spalle.

Cheyenne tornò a sdraiarsi, facendo scivolare il sedere fino ad avere la schiena appoggiata sul letto, poi chiuse gli occhi. Magari avrebbe fatto in tempo a fare un pisolino, mentre aspettava che Faulkner tornasse a prenderla, per andarsene dall'ospedale.

———

Cheyenne sedette nella vettura di Faulkner con un sospiro. Era contentissima di uscire dall'ospedale, anche se non fu facile. Dovettero uscire da un cancello sul retro, perché i media si accalcavano all'ingresso principale. Tutta la storia del suo secondo rapimento, con la doppia minaccia e le bombe, oltre all'evacuazione dell'edificio, erano notizie da prima pagina. Per non parlare del fatto che i rapitori erano imparentati con gli uomini che avevano compiuto un'azione simile, pochi mesi prima.

Cheyenne sapeva che Faulkner non avrebbe permesso loro di avvicinarla, per consentirle di rilassarsi. Si sarebbe preso cura di lei.

"Ti va una fermata mentre andiamo a casa, Che?"

Cheyenne guardò Faulkner. Era un po' arruffato, aveva l'aria stanca, avrebbe accettato di fermarsi ovunque fosse necessario senza alcuna domanda. Non le importava indossare un altro camice preso in prestito dall'ospedale, anche se aveva un bisogno disperato di una doccia. Se Faulkner voleva fermarsi da qualche parte, a lei andava senz'altro bene.

"Ma certo. Fermati dove vuoi. Non c'è problema."

Dude le si avvicinò e prese la nuca di Che, per avvicinarla gentilmente, cercando di non muoverle la spalla. "Non c'è problema. E grazie."

La lasciò andare e avviò il pick-up. "Devo dirti qualcosa, prima che arriviamo a casa. Lo scopriresti comunque presto, ma preferisco avvertirti prima."

"Di cosa?" chiese Cheyenne sospettosa.

"Ti trasferisci da me."

"Che? Faulkner! Non puoi chiedermi un passo del genere, è troppo presto!"

"Non te lo sto chiedendo, Che. Ricordi? Me l'hai detto quando eravamo in quel dannato palazzo, nel seminterrato. Io non chiedo. Io dico."

"Sì, insomma, me ne ricordo vagamente, ma Faulkner, è troppo presto."

"Sì, lo so, ma mi ami. Io ti amo. Non amerò mai nessun'altra. Non lascerò mai che ami un altro. Quindi ti trasferisci. Così potremo cominciare il resto della nostra vita fin da subito. Abbiamo perso già troppo tempo senza stare insieme. Non ti lascerò passare una sola notte in più fuori dal mio letto."

Cheyenne si sentì sciogliere il cuore. Strinse le labbra e cercò di non piangere. "Non avrei mai pensato di ritrovarmi qui."

"Qui dove?"

"Qui. Con te. In un rapporto in cui mi sento così a mio agio da lasciare le decisioni più importanti come questa a qualcun altro. Senza dovermi preoccupare di una giornata negativa al lavoro, perché so che c'è qual-cuno che mi ascolta e che mi conforta. Un rapporto in cui non devo competere per ottenere affetto. Non devo sempre giustificare quello che faccio. Non avrei mai creduto di poter essere così felice, Faulkner."

"Non ti prometto che saranno sempre rose e fiori, Che."

"Ma io non ti chiedo questo. Non sono una scema.

Faccio degli orari assurdi. Tu sei un militare. Sei un SEAL. So che ti manderanno in missione, a fare qualcosa che non potrò nemmeno chiederti e che non scoprirò mai. Ma sai che c'è? Poi tornerai da me. Non avrebbe avuto senso per me superare... anzi no, per *noi* superare tutto quello che abbiamo passato, per poi farci portar via tutto. Quando dovrai partire, piangerò, terrò il broncio, sarò triste. Ma uscirò con le altre ragazze. Magari berremo fin troppo, sempre al sicuro, in una delle nostre case. O andrò a lavorare, continuerò giorno dopo giorno finché tornerai a casa. Poi riprenderai a darmi ordini, a negarmi gli orgasmi, poi a farmeli vivere più e più volte, fino ad essere soddisfatto. Poi mi scoperai fino ad essere entrambi esauriti, per poi ricominciare. E amerò ogni secondo della nostra vita."

Dude sorrise a Cheyenne. "Ti amo."

"Non ho finito."

"Scusa, Che, ci mancherebbe, continua."

Cheyenne sorrise al suo uomo. Cavolo, lo amava davvero tanto. "Ho pensato a qualcosa. Ci sono arrivata, ho capito."

"Hai capito che cosa?"

"Ho capito che se e quando ti arrabbi con me, non è perché sei necessariamente *arrabbiato* con me. Ma perché sei preoccupato per me." Si fermò per un attimo prima di proseguire. "E lo so che me l'avevi detto, ma non l'avevo capito *davvero*. Quel giorno, sulla spiaggia, quando avevo paura di telefonarti perché temevo che fossi arrabbiato... è perché mia sorella si sarebbe arrabbiata con me. Si sarebbe infuriata urlandomi dietro. Lei mi spaventava sempre, per questo ho un'idea così della rabbia. Ma poi ho visto Fiona e Hunter. Siamo andate a vedere un film al cinema, lei si è dimenticata di avvisarlo. Quando si è messa in contatto con lui, alla fine le ha urlato dietro tutto arrabbiato, ma per tutto il tempo Fiona è rimasta impassibile. Non ha avuto paura di lui. Quando ha finito, l'ha abbracciata così forte che pensavo le stritolasse le costole."

"Era preoccupato per lei. Si era agitato perché temeva avesse avuto un *flashback*. Non sapeva dove fosse e pensava potesse essere nei guai. L'ho capito. Quindi ora voglio che tu non abbia mai più paura di urlarmi dietro. So che non mi faresti mai del male, e so che se ti arrabbi è perché ci tieni e sei preoccupato per me. Adesso l'ho capito."

Dude dovette accostare. Santo cielo. Accostò nel parcheggio di un negozio che dava quasi sulla strada. Mise il cambio in folle e aprì la portiera. Poi girò intorno al veicolo fino a trovarsi sul lato passeggero. Aprì la portiera e le si avvicinò immediatamente, appoggiando entrambe le mani al sedile, ai fianchi di Cheyenne.

"Che, te lo giuro, la devi smettere di farmi di queste tirate quando sto guidando." Dude sorrise e poi le mise le mani sulle cosce. "Ti amo. Ti amo così tanto che ho una paura folle. Sono sempre preoccupato per te. Ogni santo momento. Anche se sei nella stanza vicina, mi preoccupo e mi chiedo se stai bene. Se hai fame, se hai freddo, se sei felice, triste, contenta. Ho la sensazione che mi vedrai 'arrabbiato' molto spesso. Quel che mi hai detto mi ha emozionato tantissimo, ma sappi che farò tutto quel che posso per non arrabbiarmi e per non urlare. Non voglio che tu perda la tua indipendenza. Diamine, anche questo è un aspetto che amo, in te. Ma mi devi promettere di farmi sapere dove sei e quando tornerai a casa.

"Mandami un messaggio, telefonami, lasciami un biglietto, in qualunque modo, basta farmelo sapere. Vuoi uscire a pranzo? Nessun problema. Mandami un SMS. Vuoi andare a fare shopping con le altre ragazze? Ottimo. Spendi tutti i soldi che ti pare, ma dimmi dove sarai. Se devi fermarti a fare benzina prima di tornare a casa, fammelo sapere. Perché ti giuro che se sei in ritardo anche solo di due minuti comincerò a preoccuparmi. Non voglio esagerare a controllarti, non voglio fare lo stronzo. Sono solo *preoccupato* per te. Non potrei sopportare di vederti ancora rapita sotto al mio naso. Davvero non posso. Se non so dove sei per cinque minuti, vedrai che raduno la squadra per rintracciarti."

Cheyenne mise la mano sana sulla guancia di Faulkner. "Te lo prometto."

"Oh, dovresti anche sapere che tu e le altre avrete degli apparecchi di posizionamento in pratica su tutto ciò che possedete."

"Cosa?"

"Sì, ci abbiamo lavorato con Tex, li ordina lui e poi li programma col software che serve."

"Ma non pensi sia un po' esagerato, Faulkner?"

"No, non è esagerato. Caroline è stata rapita da un traditore dell'FBI, l'hanno trasferita in mezzo all'oceano per poter eliminare il suo corpo. Alabama per un periodo ha vissuto in strada e nessuno sapeva dove fosse. Fiona è stata portata in un cazzo di paese straniero e stava per essere venduta come schiava sessuale. Summer è stata rapita da un bastardo stupratore pedofilo e assassino. E tu, ti hanno attaccato tre cazzo di bombe e ti hanno nascosta nel seminterrato di un palazzo. Non è esagerato proprio un cazzo di niente."

"Un sacco di parolacce, Faulkner."

Dude scosse solo la testa e la lasciò cadere sul petto, chiuse gli occhi per un momento, cercando di riprendere il controllo. Invece di rompere le scatole perché aveva ordinato degli apparecchi di localizzazione, per poterla sempre trovare, a prescindere da cosa indossasse, portasse, o dove andasse, Cheyenne lo riprendeva per il suo linguaggio.

Dude rialzò la testa e le si avvicinò per baciarla. Prese le labbra di Cheyenne con un bacio profondo e deciso, poi si allontanò sorridendo. "Non riesco a capirlo."

"Melograno."

Dude scosse di nuovo la testa e si passò la lingua sulle labbra. "Delizioso."

Baciò Cheyenne sulla fronte, poi uscì dall'abitacolo e chiuse la portiera. Saltellò intorno al veicolo per tornare al suo posto e saltò su. "Va bene, faremo tardi, ma tanto darò la colpa a te e alla tua mania di metterti lucida-labbra saporiti."

"Va bene," accettò Cheyenne con un sorriso complice, non sapendo per cosa stavano facendo tardi, comunque non le importava.

Dude guidò fino a raggiungere un parcheggio famigliare. Cheyenne sorrise raggiante.

"Ma sul serio?"

"Pensavo, dato che ti sei lamentata così tanto perché non siete riuscite a finire la vostra serata fuori tra amiche, quale momento migliore se non adesso? Anche se ti dovrai adattare a una serata con tutti gli amici. Ci aspettano tutti dentro."

"Grazie, Faulkner. Ti amo."

"Anch'io ti amo, Che. Ma non credere che mi sia dimenticato che me l'hai detto solo quando eravamo sul punto di lasciarci le penne. Me la sono legata al dito."

"Sono sicura che me la farai pagare... stanotte."

"Ci puoi giurare. Quando arriviamo a casa ti aiuto a toglierti i vestiti e a farti accomodare nel nostro letto. Non posso legarti le braccia, ma ti legherò le gambe belle aperte così non le potrai richiudere. Non potrai toccarmi e non potrai muoverti di un millimetro, finché non mi sarò sfogato con te. Non potrai venire finché non te lo dirò io, e Che, mi rode che mi hai fatto aspettare per dirmelo."

Cheyenne sorrise, perché con le parole le diceva di essere arrabbiato, ma con lo sguardo le diceva altro.

"Poi ti prenderò intensamente, mentre sei ancora

legata, e vedremo quante volte riuscirò a farti esplodere prima di esplodere io dentro di te."

A Cheyenne fischiarono le orecchie e si appesantì il respiro.

"Dobbiamo davvero entrare?"

"Sì. Non puoi bere nulla di alcolico. Probabilmente avrai ancora della morfina in circolo, sarà meglio non rischiare. Puoi bere succo d'arancia, ma niente bevande gassate, al tuo corpo servono vitamine, adesso, niente porcherie."

"Va bene, Faulkner."

"Se ti dico che dobbiamo andare, andiamo. Non discutere con me. Lo so che sarai molto più stanca di quanto non lasci vedere. Probabilmente la spalla ti farà ancora male. L'antidolorifico leggero che hai preso non farà un grande effetto. Ma ci tenevo a farti vivere la tua serata, Che. Ti darò sempre e comunque tutto quanto in mio potere."

"Va bene, Faulkner."

"Ti amo, Che."

"Anch'io ti amo."

"Va bene, allora andiamo così poi potrò portarti nella tua nuova casa."

"La nostra nuova casa."

"Sì, la *nostra* nuova casa."

EPILOGO

Un gruppo numeroso di amici sedeva al tavolo dell'*Aces*. Cheyenne, Summer, e Alabama avevano insistito per tornare nel locale il prima possibile. I loro uomini, ovviamente, volevano boicottare quel posto a prescindere e non rimetterci piede mai più, ma le donne si erano impuntate.

"Non permetterò che degli stronzi ci costringano ad abbandonare il bar migliore della città. A noi questo locale piace un sacco." Summer aveva discusso con Mozart fino a diventare rossa in volto, ma lui continuava a rifiutarsi, insieme a Dude a Abe.

Si erano arresi solo quando le donne avevano cominciato a programmare l'uscita anche da sole. Ovviamente questo aveva costretto tutti gli uomini a cambiare idea in un batter d'occhio. Non le avrebbero mai lasciate andare da sole.

Nel momento in cui Cheyenne era entrata nell'*Aces*,

si era bloccata, ma Faulkner era lì con lei che la sosteneva. L'aveva abbracciata e l'aveva tirata più vicina. Erano rimasti lì, in piedi sulla soglia, senza muoversi. Faulkner si era abbassato per sussurrarle qualcosa all'orecchio. Cheyenne aveva sentito il fiato che gli usciva di bocca e le solleticava l'orecchio.

"Ce la puoi fare, Che. Non sei da sola. Possiamo star qui in piedi tutto il tempo che vuoi. Ci sono anch'io."

Quelle parole avevano dato a Cheyenne la forza di respirare profondamente. Aveva intrecciato le sue dita con quelle di Faulkner, sfregando per qualche secondo con il pollice le sue dita martoriate, poi si era voltata tra le sue braccia appoggiando la testa al suo petto e abbracciandolo per quanto poteva senza che la spalla le facesse male.

"Grazie, Faulkner. Ti amo."

"Anche io ti amo, Che. Su, andiamo a prenderci un drink."

Da allora, entrare all'*Aces* era diventato più facile. Ormai Cheyenne e le altre si trovavano in quel localino almeno una volta la settimana. A volte erano da sole, altre volte erano accompagnate dai loro uomini.

Anche gli uomini ogni tanto ci andavano per rilassarsi, con l'approvazione delle signore. Stavano prendendo l'abitudine di organizzare una serata tra donne in casa e un'uscita tra uomini allo stesso tempo. I ragazzi uscivano a farsi una birra o due, mentre le ragazze si radunavano a casa di Caroline a fare quello che le donne fanno quando si trovano.

Erano passati tre mesi da quando le tre donne erano state rapite, per fortuna era stato un periodo tranquillo. La squadra era stata inviata due volte in missione, ma erano state missioni brevi e non erano stati all'estero per più di quattro giorni ciascuna.

I membri della squadra erano seduti intorno a un tavolo, sorseggiando le loro birre, Cookie rise scoprendo che Dude guardava l'orologio per la terza volta in meno di venti minuti.

"Falla finita, Dude, davvero, potrai passare una notte senza dover ordinare a Cheyenne di farti i soliti servizi." Cookie aveva parlato sottovoce, per farsi sentire solo da Dude; voleva provocarlo, non svelare il suo segreto.

"Taci, Cookie. Ti avevo avvertito di non dire in giro queste cose. So che hai sentito quanto ha detto Cheyenne in quel seminterrato, ma deve rimanere tra di noi."

"Non preoccuparti, Dude, magari ti provoco un po', per stuzzicarti, ma non tradirei mai la tua fiducia, o la sua."

Dude sbuffò. Cheyenne era uscita per il suo turno di lavoro, quel pomeriggio, l'aveva presa intensamente proprio quel mattino. Lei era sempre disposta a provare tutto ciò che le chiedeva, quel mattino era stato molto creativo. Dude l'aveva bendata, le aveva legato le mani dietro la schiena, poi aveva giocato a stuzzicarle il sedere, prima di prenderla con grande passione. Dude amava il fatto che Cheyenne si fidasse di lui al punto da accettare di provare cose di cui non era sicura. Quel mattino, nel fare l'amore, lei aveva mostrato la massima fiducia, non solo aveva accettato di fare l'amore in modo nuovo, ma a giudicare dai suoi gemiti le era piaciuto molto e avrebbe voluto continuare.

La cameriera, Jess, arrivò al tavolo portando un altro vassoio di birre. Poi si girò per andarsene, senza il suo solito saluto amichevole.

Benny riuscì ad afferrarla per il braccio, la fece voltare e le disse: "Ehi, Jess, dove sei stata? Non ti si vede, ultimamente."

Benny e gli altri si stranirono nel vedere la reazione irritata sul volto della cameriera. Benny le lasciò andare subito il braccio e fece un passo indietro, guardò gli altri intorno al tavolo e abbassò lo sguardo sul vassoio che teneva in mano.

"Eh, sì, ho avuto da fare a casa."

"Va tutto bene?" le chiese Benny, a cui non piaceva il modo in cui aveva reagito. Non era l'uomo più grande al tavolo, ma nemmeno il più piccolo. Sapeva di poter incutere timore, ma Jess lo *conosceva*. Conosceva tutti loro. Aveva portato loro le ordinazioni per tanto tempo, ormai.

"Sì." Parlava con voce piatta, non scontrosa, ma non aperta a ulteriore conversazione, il che era insolito, per lei.

Benny la vide che si guardava intorno furtivamente, per poi girarsi e incamminarsi con il suo passo particolare verso il bancone del bar.

"Un comportamento insolito," commentò inutilmente Dude.

"Ma va?" rispose Benny, con gli occhi fissi sulla cameriera, che stava recuperando un altro giro di bevande al bar.

Dude vide Benny respirare profondamente, prima di voltarsi di nuovo verso gli altri. Si vedeva che non voleva ignorare quello strano incontro con la cameriera, ma lo fece comunque. La conversazione tornò ad essere una normale chiacchierata tra amici, finché Benny fu il primo a decidere di andarsene.

"Lo so che avete tutti una donna da cui tornare, dovrei essere l'ultimo ad andarmene, ma stasera non sono più dell'umore giusto. Salutatemi tutte le vostre compagne. Ci vediamo alle esercitazioni."

Dude e gli altri guardarono il loro amico che se ne andava. Erano preoccupati per lui. Benny era rimasto l'unico da solo. Era l'unico della squadra a non avere una donna di cui occuparsi, una donna da amare. Non volevano perderlo. Lo prendevano in giro, ma Benny era un elemento importante della squadra. Nessuno sarebbe stato contento di vederlo fare richiesta di trasferimento a un'altra squadra di SEAL.

Quando Benny se ne andò, anche gli altri decisero che la serata era giunta al termine. Dovevano tutti tornare dalle loro donne. Dude tornò a pensare a Cheyenne. Guardò l'orologio. Perfetto. Le undici. Ormai aveva cambiato turno, lavorava di giorno e non doveva più rimanere la sera. Dopo il lavoro, quel pomeriggio, era andata a cena a casa di Caroline, per rimanere qualche ora in compagnia.

Anche se era a casa di amici, Dude le aveva detto di congedarsi intorno a un quarto alle undici per tornare a casa. Aveva programmato gli orari perché lei arrivasse a casa poco prima di lui, le aveva spiegato come farsi trovare, mentre l'aspettava. Lei seguiva sempre le sue istruzioni alla lettera. In macchina aveva una borsa con dei nuovi aggeggi che aveva scelto per lei. Dude non vedeva l'ora. Era il bastardo più felice sulla faccia della terra.

———

Libro 7, *Proteggere Jessyka*, in arrivo!

NOTE

CAPITOLO DUE

1. I Navy SEAL sono le squadre speciali della marina degli Stati Uniti.
2. I Marine sono un reparto di fanteria dell'esercito, non della Marina.
3. "Dude" è un saluto informale usato negli Stati Uniti, rivolgendosi a persone che non si conoscono, a turisti, in voga in particolare tra surfisti e pattinatori.
4. La New York Strip Steak è una bistecca di controfiletto di manzo.

CAPITOLO TRE

1. La *Naval Shore Patrol* è una forza di polizia temporaneamente istituita quando le truppe scendono a terra per garantire la sicurezza e vigilare sul comportamento dei marinai. [ndt]

CAPITOLO OTTO

1. I biscotti di pan di zenzero sono tipici della tradizione natalizia anglosassone.

CAPITOLO QUATTORDICI

1. Amaretto Sour è un cocktail all'amaretto, Midori Sour un cocktail al melone.
2. MIA, dall'inglese Missing In Action, indica una persona scomparsa durante una missione.

Also by Susan Stoker

<u>Armi e Amori</u>
Proteggere Caroline
Proteggere Alabama
Proteggere Fiona
Il Matrimonio di Caroline
Proteggere Summer
Proteggere Cheyenne
Proteggere Jessyka (Prossimamente)

<u>Delta Force Heroes</u>
Salvare Rayne
Salvare Emily
Salvare Harley
Il Matrimonio di Emily
Salvare Kassie
Salvare Bryn (Prossimamente)
Salvare Casey (Prossimamente)
Salvare Sadie (Prossimamente)
Salvare Wendy (Prossimamente)

<u>Mercenari di Montagna</u>
Difendere Alle (Prossimamente)
Difendere Chloe (Prossimamente)

In inglese:
<u>Delta Force Heroes Series</u>

Rescuing Rayne
Rescuing Aimee (novella)
Rescuing Emily
Rescuing Harley
Marrying Emily (novella)
Rescuing Kassie
Rescuing Bryn
Rescuing Casey
Rescuing Sadie (novella)
Rescuing Wendy
Rescuing Mary
Rescuing Macie (novella)

Delta Team Two Series

Shielding Gillian
Shielding Kinley
Shielding Aspen (Oct 2020)
Shielding Jayme (novella) (Jan 2021)
Shielding Riley (Jan 2021)
Shielding Devyn (May 2021)
Shielding Ember (Sep 2021)
Shielding Sierra (TBA)

Badge of Honor: Texas Heroes Series

Justice for Mackenzie
Justice for Mickie
Justice for Corrie
Justice for Laine (novella)
Shelter for Elizabeth

Justice for Boone

Shelter for Adeline

Shelter for Sophie

Justice for Erin

Justice for Milena

Shelter for Blythe

Justice for Hope

Shelter for Quinn

Shelter for Koren

Shelter for Penelope

SEAL of Protection: Legacy Series

Securing Caite

Securing Brenae (novella)

Securing Sidney

Securing Piper

Securing Zoey

Securing Avery

Securing Kalee (Sept 2020)

Securing Jane (Feb 2021)

SEAL Team Hawaii Series

Finding Elodie (Apr 2021)

Finding Lexie (Aug 2021)

Finding Kenna (Oct 2021)

Finding Monica (TBA)

Finding Carly (TBA)

Finding Ashlyn (TBA)

Finding Jodelle (TBA)

Ace Security Series

Claiming Grace
Claiming Alexis
Claiming Bailey
Claiming Felicity
Claiming Sarah

Mountain Mercenaries Series

Defending Allye
Defending Chloe
Defending Morgan
Defending Harlow
Defending Everly
Defending Zara
Defending Raven

Silverstone Series

Trusting Skylar (Dec 2020)
Trusting Taylor (Mar 2021)
Trusting Molly (July 2021)
Trusting Cassidy (Dec 2021)

SEAL of Protection Series

Protecting Caroline
Protecting Alabama
Protecting Fiona
Marrying Caroline (novella)
Protecting Summer
Protecting Cheyenne

Protecting Jessyka
Protecting Julie (novella)
Protecting Melody
Protecting the Future
Protecting Kiera (novella)
Protecting Alabama's Kids (novella)
Protecting Dakota

BIOGRAFIA

L'autrice best seller del *New York Times*, *USA Today*, e *Wall Street Journal*, Susan Stoker ha un cuore grande come lo stato del Texas, dove vive, ma questa tipica ragazza americana ha trascorso gli ultimi quattordici anni vivendo nel Missouri, in California, in Colorado, e nell'Indiana. È sposata con un ex militare dell'esercito, che ora la segue in tutto il Paese.

Ha debuttato con la sua prima serie nel 2014, seguita dalla serie SEAL of Protection, che ha consolidato il suo amore per la scrittura, e la creazione di storie in cui i lettori possono perdersi.

Se ti è piaciuto questo libro, o qualsiasi libro, per favore considera di lasciare una recensione. Gli autori lo apprezzano più di quanto tu possa immaginare.

www.stokeraces.com
susan@stokeraces.com